CHRISTIANE
DIECKERHOFF
VERMISST

AF201791

atb aufbau taschenbuch

CHRISTIANE DIECKERHOFF lebt am nördlichen Rand des Ruhrgebiets. Nach über dreißig Berufsjahren als Kinderkrankenschwester und ersten erfolgreichen Veröffentlichungen wagte sie 2016 den Sprung in die Freiberuflichkeit. Sie hat bisher vier Spreewaldkrimis veröffentlicht.

Mehr zur Autorin unter www.krimiane.de

Von einem Besuch ihrer Familie im Ruhrgebiet kehrt Klaudia Wagner, Kriminalhauptmeisterin in Lübben, erschöpft in den Spreewald zurück. Ihr Vater ist nun so krank, dass er sie nicht mehr erkennt. Fast zu Hause kommt es zu einem Beinahe-Unfall. Klaudia muss einem unbeleuchteten Wagen ausweichen und überfährt eine Frau. Dann aber stellt sich heraus, dass die Frau bereits tot war und dass sie vor zwei Jahren verschwunden ist. Man hielt sie für tot. Weil Klaudia an dem Unfallgeschehen beteiligt war, möchte ihr Chef sie von den Ermittlungen ausschließen, doch das lässt sie nicht mit sich machen. Sie will die ganze Geschichte der Toten erfahren – selbst wenn sie sich dabei in höchste Gefahr begibt.

CHRISTIANE
DIECKERHOFF

VERMISST

EIN SPREEWALD-KRIMI

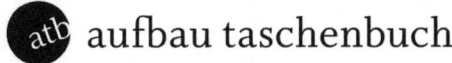 aufbau taschenbuch

MIX
Papier aus verantwor-
tungsvollen Quellen
FSC® C083411

ISBN 978-3-7466-3651-1

Aufbau Taschenbuch ist eine Marke
der Aufbau Verlag GmbH & Co. KG

1. Auflage 2020
© Aufbau Verlag GmbH & Co. KG, Berlin 2020
Copyright 2020 by Christiane Dieckerhoff
Umschlaggestaltung www.buerosued.de, München
unter Verwendung mehrerer Motive von
© Givaga, Kerrick, rvimages / Getty Images
Gesetzt aus der Whitman durch die LVD GmbH, Berlin
Druck und Binden CPI books GmbH, Leck, Germany
Printed in Germany

www.aufbau-verlag.de

DEN SPREEWALD gibt es natürlich wirklich,
doch diese Geschichte ist meiner Phantasie entsprungen,
sämtliche Ähnlichkeiten mit lebenden oder toten Personen
sind rein zufällig und nicht beabsichtigt.

HANDELNDE PERSONEN

Kriminalhauptmeisterin Klaudia Wagner – Mitte vierzig; Klaudia hat es vom Ruhrgebiet in den Spreewald verschlagen. Sie versackt regelmäßig in einem Zeitloch, das ihr morgens zwischen Dusche und Kaffeemaschine auflauert.

Erster Kriminalhauptkommissar Klaus Naumann – Ende fünfzig, genannt Pi Äitsch – ist Klaudias Chef und hat kein Verständnis für Zeitlöcher.

Kriminalobermeister Thang Rudnik – Mitte dreißig, ist Triathlet und macht gerne pünktlich Feierabend, um den mit seiner Frau zu verbringen.

Kriminalhauptmeister Peter Demel –Ende vierzig, fotografiert und flirtet gerne; trägt es mit Fassung, wenn er mal wieder abblitzt.

Kriminalhauptmeisterin Wibke Bredau – Anfang vierzig, ist bei der Spurensicherung und Klaudias beste Freundin.

Revierpolizist Uwe Michalke – Mitte vierzig, Witwer und Vater von drei Kindern. Er und Klaudia haben viel miteinander durchgemacht.

Reviersekretärin Petra Bartke – Mitte fünfzig, ist die gute Seele des Reviers und manchmal etwas zickig.

Und dann gibt es noch:
Staatsanwältin Birgit Demeter-Anders – Ende dreißig; sie und Klaudia sind sich zu ähnlich, um sich gut zu verstehen.

Kahnführer Schiebschick – niemand weiß, wie alt er ist, und obwohl er Berliner ist, halten ihn alle für einen waschechten Sorben.

Uwes Kinder: Annalene, Banu und Tim.

Dickie – freiheitsliebender Kater unbestimmten Alters, der auch eine Katze sein könnte, so genau weiß Klaudia das nicht.

PROLOG

Die Frau und der Mann stehen zwischen dem Fließ, vor Jahrmillionen von schmelzenden Gletschern in den Boden gefräst, und dem Lagerfeuer, das ihr Werk ist. Einzelne Flammen züngeln aus dem schon fast verkohlten Holz. Die beiden sind jung, fast noch Kinder in den Körpern von Erwachsenen: Er trägt ausgeleierte Jogginghosen und sonst nichts, sie ein verwaschenes Trikot von Hertha BSC, das ihr bis zu den Knien reicht.

Böiger Wind rauscht durch nachtschwarze Erlen. Der aufziehende Sturm ist nichts im Vergleich zu dem Aufruhr in ihrem Inneren. Die beiden schreien sich an, beschimpfen sich, die Hände zu Fäusten geballt, die Augen zu Schlitzen zusammengekniffen. Eigentlich lieben sie sich, zumindest ist da dieses Kribbeln im Bauch, das sie für Liebe halten, doch gerade jetzt sind sie Feinde. Feinde mit stecknadelkopfgroßen Pupillen.

Um das Feuer liegen bauchige Weinflaschen im niedergetrampelten Gras, und aus einem umgefallenen Tetrapack sickert Orangensaft in den sandigen Boden. Die Frau schlägt nach dem Mann. Sie holt weit aus, sie ist es nicht gewohnt zuzuschlagen. Der Mann weicht aus, der Schlag streift nur seine Wange. Trotzdem schlägt er zurück. Selbst wenn er zugedröhnt ist, funktionieren seine Reflexe. Sie sieht den Schlag nicht kommen. Als er sie trifft, stolpert sie, fängt sich so gerade eben noch. Sie streckt die Arme vor, die Finger gekrümmt, Nägel wie Dolche. Er wehrt sie ab. Sie tritt, kreischt. Das macht ihn wütend. Sie soll endlich still sein. Seine Faust trifft ihr Kinn. Ihr Kopf fliegt zurück, sie geht zu Boden, schreit und schreit: schrill, durchdringend. Ihr Kreischen vibriert in seinem Schädel: eine Sirene aus Schmerz und grellem Licht.

Sei endlich still, denkt er. Sein Fuß schnellt vor, trifft sie in die Rippe. Er spürt den Schmerz in den Zehen. Sie krümmt sich, wimmert jetzt, schützt ihren Kopf mit den Armen. Er stolpert, sinkt neben ihr in die Knie, verbirgt das Gesicht in den Händen.

»Du verfickte Fotze.« Seine Stimme klingt fast versöhnlich, doch dann trifft ihn etwas hart an der Schläfe. Blind vor Schmerz heult er auf, Halt suchend greift er hinter sich, hat auf einmal eine Weinflasche in der Hand. Na warte, denkt er. Blut läuft ihm über die Wange. Er zerschlägt die Flasche an einem der Steine, die das Feuer sichern, hebt den Arm. Ihr Schrei dröhnt in seinem Kopf. Sie tritt nach ihm, die Augen schreckensweit aufgerissen, robbt sie fort. Fort von ihm, fort von seinem blindwütigen, vom Amphetamin gepuschten Hass. Ihre Haare fangen Feuer. Sie kreischt. Ihr Schrei vibriert in seinen Trommelfellen, seinen Knochen. »Hör auf!«, schreit er. »Sei endlich still!« Dann schlägt er zu.

1. KAPITEL

… und ich sehe auf der Straße nach Norden,
dieser Teil der Welt ist anders geworden …

Klaudia summte die etwas rockige und gleichzeitig melancholische Melodie mit, die aus den Lautsprechern dröhnte. Die Kollegen hatten ihr diese CD mit Liedern von Gerhard Gundermann zu ihrer Beförderung zur Kriminalhauptmeisterin geschenkt. Sie fanden, es sei an der Zeit, etwas anderes als Celine Dion zu hören. Klaudia war nicht unbedingt der gleichen Meinung, doch nach annähernd sechs Stunden Fahrt konnte sie eine Pause von ihrer Lieblingssängerin gebrauchen.

… und ich frag mich, was ich bin, was ich war,
in der Suppe das Salz oder das Haar …

Regen trommelte auf das Wagendach. Die Scheibenwischer schafften es kaum, der Wassermassen Herr zu werden, die über die Windschutzscheibe flossen.

… ich schwimme mittendrin in meinem alten Hemd,
gehöre noch dazu und bin schon ziemlich fremd.

Der Schmerz kam überraschend. Klaudia realisierte erst, dass sie weinte, als Tränen von ihrem Kinn tropften.

Sie beugte sich vor, um das Radio einzuschalten. Was sie jetzt brauchte, war etwas Seichtes. Kein Liedermacher, nicht Celine Dion, deren Texte auch so oft mitten ins Schwarze trafen, sondern einfach nur Trallala. Mit dem Handrücken wischte sie sich die Tränen aus dem Gesicht. Offensichtlich steckte ihr die letzte Woche wesentlich übler in den Knochen, als sie sich selbst eingestehen wollte. Conny hatte ins Krankenhaus gemusst. Nichts Ernstes, hatte ihre Stiefmutter gesagt, nur eine Untersuchung. Außerdem hatte sie gesagt, und es klang wie eine Entschuldigung, dass die Zwillinge nicht einspringen konnten. Weil sie doch Familie hatten, kleine Kinder. Also hatte Conny sie angerufen, die älteste Tochter ihres Mannes. Es sei auch nur für eine Woche, hatte sie hinzugefügt, ansonsten müsse Papa – sie hatte tatsächlich Papa gesagt – in eine Kurzzeitpflege. Kurzzeitpflege! Das Wort hatte den Ausschlag gegeben. Außerdem war nicht viel los, wie meistens im Sommer, wenn die Touristen wie Mückenschwärme über den Spreewald hereinbrachen. Klaudia hatte mit ihrem Chef gesprochen, den alle nur Pi Äitsch nannten. Natürlich hatte er ihr frei gegeben. Er war froh, dass sie auf diese Weise Überstunden abbauen konnte. Also war sie am letzten Samstag, statt mit ihren Kollegen zum Spreewaldfest in Lübbenau zu gehen, nach Essen gefahren, wo ihr Vater lebte und wo sie die längste Zeit ihres Lebens gewohnt hatte. Sie kannte sich aus in Essen, im Haus ihres Vaters, doch noch nie hatte sie sich so fremd gefühlt wie in dieser Woche, allein mit ihrem Vater. Sie hatte ihm seine Medikamente gegeben und die Krusten vom Brot geschnitten, weil er sich jetzt immer so schnell verschluckte. Sie war mit ihm in einem Spielzeuggeschäft gewesen, um ein Holzauto für Tim zu kaufen. Uwes Sohn wurde drei, und als seine Patentante war sie natürlich eingeladen. Ihr Vater hatte das Auto ausgesucht, obwohl er fand, dass ein Auto nicht das richtige Geschenk für die Zwillinge sei. Klaudia hatte seinen Irrtum nicht aufgeklärt. Warum auch. In seiner Welt existierten Uwe und Tim nicht.

Ansonsten waren sie jeden Tag in den Grugapark gegangen, hatten auf einer Bank gesessen und dem Leben dabei zugesehen, wie es vorbeirauschte: in Kinderwagen, auf Inlineskatern, auf leisen Sohlen. Und sie hatte ihren Vater in den Arm genommen, wenn er nachts, verschreckt von einer Angst, die er nicht benennen konnte, durch das Haus irrte. Das alles hatte sie getan, und trotzdem lächelte er sie nur verwirrt an, wenn sie ihn morgens weckte. Er ahnte wohl, dass er sie kennen müsste, rief sie abwechselnd mit den Namen ihrer Schwestern oder sagte auch Mutter zu ihr, doch nie Klaudia. Und wenn sie ihm sagte, wer sie war, ihm von ihrem gemeinsamen Leben erzählte, nickte er und vergaß es sofort wieder. Das Hirnareal mit ihrem Namen und dem Namen ihrer Mutter war nur noch ein mit Flüssigkeit gefüllter Hohlraum.

Als ihre Stiefmutter aus dem Krankenhaus zurückkehrte, hatte Klaudia ihr erzählt, dass ihr Vater sie vergessen hatte. Sie hatte versucht, es so klingen zu lassen, als würde es ihr nichts ausmachen. Sie war sich jedoch nicht sicher, ob ihr das wirklich gelungen war. Diese irrationale Eifersucht, von der sie geglaubt hatte, sie überwunden zu haben, nagte an ihr.

Conny hatte sie in den Arm genommen und gesagt, er würde sie nur nicht erkennen, weil sie so selten zu Besuch kommen konnte. Und auch wenn sie es als Trost meinte, hörte Klaudia vor allem den Vorwurf. Sie warf einen kurzen Blick in den Rückspiegel, sah ihr schmales Gesicht, die mittelblonden Haare, die dringend nachgeschnitten werden mussten, die zarten Falten in den Mundwinkeln, die ihr noch fremd waren. Nein, dachte sie, so sehr hatte sie sich nicht verändert und außerdem: Die Zwillinge lebten auch schon lange nicht mehr bei ihm und Conny. Trotzdem hatte er sie nicht aus seiner Erinnerung radiert. Er hatte ihr von ihnen erzählt, sie hatten in alten Alben geblättert. Immer hatte er auf die Mädchen mit dem glatten dunklen Haar gezeigt, die sich bis auf die Sommersprossen glichen, nie auf das Mädchen im Hintergrund mit dem pinkfarbenen Irokesen. Es tat weh. Egal, was Conny sagte. Trotzdem hatte sie das Bild abfotografiert, es war das einzige, auf dem sie zusammen mit ihrem Vater zu sehen war. In den Jahren nachdem dieses Foto entstanden war, hatte sie sich immer geweigert, für das obligatorische Familienbild zu posieren. Nun nutzte sie es als Startbildschirm. Es sollte sie daran erinnern, was sie verloren hatte. Ein Nachrichtensprecher verlas mit unbeteiligter Stimme, dass die NATO Abschreckungsmaßnahmen gegen Russland beschlossen habe. Klaudia kramte nach ihrem Handy, dann doch lieber Celine Dion. Sie tastete nach dem Verbindungskabel, war für einen Moment abgelenkt. Als sie wieder aufblickte, schoss ein unbeleuchteter Wagen aus einer Seitenstraße hervor.

Instinktiv riss Klaudia das Lenkrad herum. Ihr Peugeot brach aus, sie bremste, sah den vor Nässe glänzenden Asphalt, dann schlugen Zweige gegen ihre Windschutzscheibe. Der Wagen rumpelte in einen Acker. Klaudia klammerte sich an das Lenkrad. Etwas krachte, der Wagen holperte über Bodenrillen und setzte schließlich hart auf. Der Motor erstarb. Die Stille dröhnte in ihren Ohren und vereinigte sich mit dem Sirren, das sie der Trennung von ihrem Ex verdankte. Die Arme weit von sich gestreckt, klammerte Klaudia sich an das Lenkrad. Die erste Bodenwelle hatte den Gurt arretiert. Das grelle Licht der Scheinwerfer beleuchtete einen Gurkenflieger, der wie ein überdimensionales Segelflugzeug mitten auf dem Feld stand. Scheiße, dachte sie. Scheiße, Scheiße, Scheiße. Mit fliegenden Fingern löste Klaudia den Gurt. Bevor sie die Fahrertür aufstieß, schloss sie für einen Moment die Augen. Jetzt eine Zigarette. Der Gedanke war absurd. Seit dem Hörsturz nach der Trennung von Arno – und das war immerhin bald vier Jahre her – hatte sie keine Zigaretten mehr angefasst, doch jetzt flatterte ihre Lunge vor Begierde.

Klaudia stieg aus. Der Regen prasselte auf sie nieder, doch die kalte Dusche half ihr, die Fassung wiederzugewinnen. Trotzdem zitterten ihre Knie, als sie vorsichtig ihren Wagen umrundete. Die Räder hatten sich tief in den Boden gegraben, der so weich und nass war, dass er bei jedem Schritt quatschte. Auch das noch! Frustriert trat Klaudia gegen einen Reifen, dann stieg sie wieder ein, wischte sich die Nässe aus dem Gesicht und schaltete die Zündung ein. Der Wagen sprang an, doch beim Versuch, rückwärts zu fahren, drehten die Räder durch.

Bitte, bitte, bitte … Klaudia richtete ihr Stoßgebet an niemanden im Besonderen. Ihre mehr als zwanzig Dienstjahre bei der Polizei hatten nicht gerade dazu beigetragen, ihren Glauben an einen Gott oder das Universum zu festigen. Sie schaltete in den ersten Gang und versuchte, den Wagen etwas vorrollen zu lassen. Nach einigen Versuchen gab sie auf und kramte nach ihrem Handy, das natürlich verschwunden war. Schlimmer geht immer! Seufzend stieg Klaudia wieder aus und öffnete die Heckklappe. Obwohl sie bei ihrem Vater gewesen war, stand dort ihr Einsatzrucksack. Sie kramte ihre Stablampe und ein Regencape heraus, streifte es über und leuchtete den Fußraum ihres Wagens aus. Das Handy war unter den Beifahrersitz gerutscht. Klaudia holte es heraus und wählte die Nummer der Leitstelle. Mittlerweile war ihr so kalt, dass ihre Zähne klapperten.

»Hast du nicht frei?«, fragte der diensthabende Kollege, bevor Klaudia ihren Namen nennen konnte. Sie schilderte ihm ihre Situation und bat ihn, ihr einen Streifenwagen mit einem Abschleppseil zu schicken.

»Das ist ja wohl eher ein Fall für die Feuerwehr«, meinte der Kollege. »Wo bist du genau?«

»Mitten auf dem Acker.« Klaudia blickte sich um. »Weißt du was«, sagte sie. »Vergiss das mit der Feuerwehr, ich lasse meinen Wagen morgen vom Bauern rausziehen. Ich rufe mir ein Taxi.«

»Warte mal.« Klaudia hörte gedämpfte Stimmen, dann meldete sich ihr Kollege Demel.

»Ich kann dich abholen«, sagte er.

»Wieso bist du im Revier?«

»Kriminalbereitschaft«, sagte er. »Sag mir, wo du bist, dann hole ich dich ab. Hast du das Nummernschild des Wagens gesehen, der dir die Vorfahrt genommen hat?«

»Nein, sorry.« Klaudia hatte das Gefühl, sich verteidigen zu müssen. »Der Wagen war nicht beleuchtet, und es ging alles so schnell.« Das war nur die halbe Wahrheit: Hätte sie nicht nach dem Kabel gesucht, hätte sie den Wagen wahrscheinlich den entscheidenden Bruchteil einer Sekunde eher gesehen.

»Okay«, sagte Demel. »Wo finde ich dich?«

Klaudia beschrieb es ihm, so gut sie konnte. »Ich warte an der Straße auf dich«, sagte sie schließlich.

»Bei diesem Wetter?«

»Ich bin gut ausgerüstet.« Was wahr, jedoch trotzdem nicht richtig war, denn unter ihrem Regencape war sie nass wie eine ertrunkene Katze. Klaudia hievte ihre Reisetasche aus dem Kofferraum und verschloss den Wagen. Dann machte sie sich auf den Weg. Im Schein ihrer Maglite sah sie die tiefen Radspuren, die ihr Wagen in das Feld gefräst hat. Sie füllten sich bereits mit Regenwasser, das im Lichtschein glänzte. Klaudia leuchtete die Böschung ab, durch die ihr Wagen gebrochen war. Abgebrochene Zweige, niedergewalzte Büsche.

Ein Blitz erhellte den nächtlichen Himmel. Klaudia zuckte zusammen. Da war etwas, am Rande ihres Blickfeldes. Etwas, das ihren Pulsschlag beschleunigte. Langsam richtete sie den Schein ihrer Taschenlampe auf die Stelle und schluckte. Da lag eine Hand. Klaudia blinzelte sich das Regenwasser aus den Augen. Die Hand blieb. Es war eine Frauenhand, und die gehörte eindeutig nicht auf einen Gurkenacker.

Wird man als Polizistin zu einer Todesfallermittlung gerufen, rechnet man mit einer Leiche. Man ist vorbereitet und ruft eine innere Checkliste auf. Stößt man mitten in der Nacht bei Regen und Gewitter auf einen leblosen Körper, fehlt das alles.

Klaudia unterdrückte den Impuls, einfach weiterzugehen und die geisterhaft blasse Hand aus ihrer Erinnerung zu löschen wie eine fehlerhafte Eintragung im *ComVor*, dem Vorgangsbearbeitungsprogramm, das polizeiintern nur Komfortzone genannt wurde. Einfach zur Straße gehen, sich von Demel nach Hause bringen lassen, in ihr warmes Bett fallen und die Decke über den Kopf ziehen. Und morgen würde die Sonne scheinen, und die Hand wäre verschwunden, doch Klaudia wusste es besser. Sie musste sich kümmern. Zögernd näherte sie sich der Hand, der Schein ihrer Maglite fuhr über einen Arm, einen weiblichen Körper, und dann krümmte sich Klaudia vor Entsetzen, und die Maglite landete im Schlamm.

2. KAPITEL

Manuela setzte sich in ihrem Bett auf. Für einen Moment desorientiert, sah sie sich um, dann blitzte es, und der Fensterladen knallte. Das also hatte sie geweckt. Es zog wieder ein Gewitter über den Spreewald. Vor der Wende hatte es das nicht gegeben. Wieder knallte der Fensterladen. Mike hätte schon längst den Feststellhaken reparieren sollen. Gleich morgen würde sie es ihm sagen.

Mike war ihr Mieter. Nach der Wende hatte sie die Kahnwerkstatt umgebaut, um an Feriengäste zu vermieten, doch dann hatte sie gemerkt, dass es ihr nicht lag, jede Woche den

Schmutz von Fremden wegzuputzen. Also vermietete sie nur noch an Saisonkräfte, die wollten ihre Ruhe und ließen ihr ihre. Außerdem waren die meisten recht geschickt und halfen ihr, wenn es im Haus etwas zu erledigen gab. In diesem Jahr war Mike ihr Mieter. Ihr Nachbar Kurt hatte sie gefragt. Seine Tochter suchte eine Unterkunft für einen jungen Mann, der ein Praktikum in der Apotheke ihres Mannes machte. Sie hatte zugestimmt, obwohl sie nicht gut mit Studierten konnte, außerdem hatten die meistens zwei linke Hände, sah man ja an dem Apotheker, wahrscheinlich schmierte Rena ihm die Schnittchen. Aber Kurt hatte ihr versprochen, dass der junge Mann geschickte Hände hätte, und tief in ihrem Inneren hoffte sie, so einen Fuß in die Tür zu bekommen. Sie hätte gerne Salben und Tees über die Apotheke verkauft. Nach dem Motto: Eine Hand wäscht die andere. Natürlich nur die Sachen, die über den Ladentisch gehen konnten, nicht das, was sie im Internet verkaufte. Einer der jungen Männer hatte ihr einen Internetshop eingerichtet: Spreewaldhexe dot com. Klang richtig gut. Vor allem ihre Kräuterkerzen waren sehr beliebt. Reich wurde sie zwar nicht davon, aber sie hatte ja auch kaum Unkosten. Sie war weitestgehend Selbstversorger. Aber der Apotheker weigerte sich trotzdem, irgendetwas von ihr in seiner Apotheke zu vertreiben. Er war eben Wessi, er wusste nicht, dass es wichtig war, sich Freunde zu machen. Manuela hatte schon mehrmals versucht, mit ihm zu reden, doch meistens starrte er sie an, als würde er kein Deutsch verstehen. Dabei war sein Deutsch auch nicht das reinste. Er rollte die R-Laute wie Kieselsteine. Er wolle nichts mit ihrem esoterischen Gedöns zu tun haben, hatte Zink ihr durch Rena ausrichten lassen. Esoterisches Gedöns! Manuela schnaubte unwillkürlich. Das konnte nur einem Wessi einfallen. Sie war eine Spreewaldhexe wie ihre Großmutter und ihre Urgroßmutter, und sie war stolz darauf.

Ein Blitz erhellte das Zimmer so hell wie früher das Stroboskoplicht im Discoklub. Gleich darauf erschütterte ein krachender Donner das Holzbohlenhaus am Fließ. Unwillkürlich bekreuzigte sich Manuela. Ihr Urgroßvater hatte das Haus erbaut, seitdem hielt es. Und es würde auch dieses Gewitter überstehen. Nur im Moment fühlte es sich gerade nicht so an. Das war das Leidige am Alleinleben. Irgendwann würde sie tot in ihrem Bett vertrocknen, und niemand würde sie vermissen. Kein Gedanke, der sich für die Dunkelheit eignete.

Manuela tastete nach dem Schalter der Nachttischlampe. Kein Strom. Natürlich nicht. Die Elektrik war so alt wie das Haus. Mit einem Seufzer quälte sie sich auf die Bettkante. Sie war gestern im Fitnessstudio gewesen. Manuela und Fitness, sie schnaubte. Eigentlich passten die beiden Worte nicht in einen Satz, aber sie war zweiundfünfzig, da musste sie ans Alter denken. Nicht, dass sie so endete wie Kurt, der kaum noch zurechtkam, aber zu stolz war, Hilfe anzunehmen. Nicht mal von seiner Tochter. Arme Rena! Sie war ein nettes Mädchen, auch wenn sie einen Wessi geheiratet hatte. Außerdem war der Besuch im Fitnessstudio ein Schnupperangebot gewesen. Nach einem Blick in ihr rundes Gesicht wollte der Trainer sie in den Kurs »Fit in den besten Jahren« stecken. Er versprach ihr, dass sie bei regelmäßigem Training ihren Alltag leichter meistern und dank der gezielten Übungen auch ihren Rücken nicht mehr spüren würde. Manuela wollte in keinen Kurs für Frauen in den besten Jahren, also landete sie im Calanatics-Kurs und verbog sich unter Anleitung einer untergewichtigen Schnepfe. Nun wusste Manuela, welche Muskelgruppen für die Stabilität ihrer Wirbelsäule zuständig waren, weil sie jede einzelne Muskelfaser spürte, und auch ihre Oberschenkel fühlten sich an, als seien sie durch die Wäschepresse ihrer Großmutter gezogen, die mit Thymian und Quendel bepflanzt vor dem Haus stand.

Manuela entzündete die Kerze, die neben ihrem Bett stand, und atmete den Duft von Bitterorange und Lavendel ein, den sie verströmte. Sie würde in die Küche hinuntergehen und einen Stiefmütterchentee ansetzen.

Mit einem Ruck richtete sie sich auf und griff nach dem silbernen Kerzenhalter aus der Aussteuer ihrer Urgroßmutter. Erneut blitzte es, doch diesmal folgte der Donner den Bruchteil einer Sekunde später. Erleichtert atmete Manuela auf. Das Gewitter zog weiter. Nur der Regen prasselte noch auf das Dach.

In der Küche schaltete Manuela die Sicherung wieder ein. Vom Fenster aus sah sie, wie im Kahnschuppen das Licht anging. Sie blinzelte. Mist, dachte sie, das Dachfenster steht offen.

Der Kredit für die Ferienwohnung im Kahnschuppen war noch nicht abbezahlt. Das lag einerseits daran, dass sie nur an Dauermieter vermietete, andererseits an dem Architekten, der voller innovativer Ideen steckte. Unter anderem fand er Dachfenster großartig. Ein unbedingtes Muss, hatte er gemeint. Und weil Manuela ihn großartig fand – wo sich ihre Kraftfelder berührten, bildete sich ein Regenbogen –, besaß die Ferienwohnung nun ein elektrisch zu bedienendes Fenster aus selbstreinigendem Glas, was fast so viel gekostet hatte wie die Küchenzeile.

Ihr Urgroßvater würde sich im Grab umdrehen, wenn er seine alte Werkstatt heute sehen könnte. Er hatte Kähne gebaut und ein bisschen Landwirtschaft betrieben. Wie man das damals so tat im Spreewald. Manuela liebte es, in den alten Fotoalben ihrer Familie zu blättern. Bilder vom Frühjahrsauftrieb, wenn die Kühe mit dem Kahn auf die Weide gebracht wurden, oder Bilder von der Heuernte, wenn Männer und Frauen mit langen Rechen die Heuschober einrichteten. Ihre Urgroßeltern waren nicht reich gewesen, trotzdem hatten sie dieses Haus gebaut. Schließlich lieferte der Spreewald alles, was sie brauchten. Holz für die Wände und Decken und Reet fürs Dach. Außerdem Nachbarn, die einem halfen. Was fehlte, waren Architekten, die einem teuren Schnickschnack auf-schwatzten und dann Ferien im Spa-Hotel in Burg machten.

Na ja, Manuela drehte den Wasserhahn auf und streckte sich nach der Dose mit den getrockneten Stiefmütterchen-blättern. Das Licht würde Mike schon wecken. Sie knirschte mit den Zähnen. Auch die Streckung schmerzte. Sport ist Mord, hatte ihr Großvater immer gesagt. Und so ungern sie es zugab, ihr Körper fühlte sich an, als hätte er recht gehabt.

Nachdem sie den Tee vorbereitet hatte, trank Manuela noch ein Glas lauwarmes Wasser. Das half ebenfalls gegen die Schmerzen, und außerdem war es gut für die Figur und ver-trieb den Knoblauchgeschmack, der wie ein pelziger Belag auf ihrer Zunge lag. Nach dem verunglückten Training hatte sie sich eine Tiefkühlpizza gegönnt. Das tat sie nicht oft. Manuela legte Wert auf gesunde Ernährung, aber manchmal brauchte frau Tiefkühlpizza. Zum Essen hatte sie ebenfalls ein Glas warmes Wasser getrunken, sozusagen als Antidot. Es lag so viel Kraft in Wasser. Man konnte sich Menschen sogar damit schön trinken, hatte sie erst kürzlich gelernt. Also nicht wirk-lich schön, sondern nur sympathisch. Es gab Studien, die das bewiesen. Irgendwie stimulierte warmes Wasser im Lustzen-trum die Hirnregionen, in denen man Sympathie für andere empfand. Vielleicht sollte sie einmal den Apotheker auf ein Gläschen Wasser einladen. Manuela stellte das Glas in die Spüle. In der Ferienwohnung brannte immer noch Licht, und das Dachfenster war auch noch geöffnet. Leise fluchend stieg sie in ihre Gummistiefel und zog den Regenmantel ihres Großvaters über den Schlafanzug. Sie nahm den Ersatzschlüssel vom Brett und stapfte durch das Gewitter über den Hof. Hoffentlich hatte der Bengel eine Haftpflichtversicherung. Sie klopfte einmal kurz, dann schloss sie auf. Niemand da. Na so was! Dabei war es immer das Erste, was sie ihren Mietern eintrichterte: Niemals das Dachfenster geöffnet lassen, wenn du nicht da bist. Aber so war das mit den jungen Leuten, zuhören war nicht so ihr Ding. Wobei das nicht stimmte, auf die Polen und Rumänen konnte sie sich verlassen, die deutschen Mieter waren das Problem, vor allem, wenn sie jung waren wie Mike. Die kriegten doch allesamt den Hintern bis in die Pubertät gepudert. Manuela war froh, dass sie keine Kinder hatte, obwohl so eine Tochter? Seufzend verbot sie sich den Gedanken. Sie hatte auch ohne Sehnsuchtsgefühle genug auf ihrem Teller.

Direkt unter dem Fenster hatte sich bereits eine Pfütze gebildet. Während sich das Fenster schloss, holte Manuela Mopp und Eimer aus dem Putzschrank und wischte auf. Ihre Oberschenkel protestierten wie bei der einen Übung, die ihr den Rest gegeben hatte. Nachdem der Boden wieder trocken war, sah Manuela sich um. Wenn sie schon einmal hier war, konnte sie auch gleich nach dem Rechten sehen.

Ordentlich war dieser Mike nicht. Wie schon bei ihrem letzten Kontrollbesuch juckte es sie in den Fingern aufzuräumen. Der Esstisch war übersät mit Tabakkrümeln. Und wozu brauchte er eine Kräutermühle? Manuela nahm sie in die Hand und roch daran. Ein harziger Duft, den sie nicht einordnen konnte, stieg ihr in die Nase. Ob Mike das Zeug rauchte? Wahrscheinlich Gras oder wie das hieß. Manuela legte die Mühle zurück. Sie hatte gelegentlich darüber nachgedacht, das Zeug anzubauen, einer ihrer Mieter hatte sie auf die Idee gebracht, aber dann war ihr das doch zu heikel gewesen. Sie beschränkte sich lieber auf das, was im Wald und am Wegrand wuchs, und verarbeitete es, wie es schon ihre Mutter und Großmutter getan hatten. Die alten Rezepte waren immer noch die besten. Manuela schnalzte mit der Zunge und sah sich weiter um. Das Bett war auch nicht gemacht. Eigentlich merkwürdig, weil Mike das immer tat. Nicht dass sie schnüffelte, aber Manuela wusste eben gerne über solche Dinge Bescheid. Als Vermieterin konnte man sonst böse Überraschungen erleben, wenn die Saison vorbei war und die Mieter auszogen. Da half dann auch kein Glas warmes Wasser.

Neben dem Kissen lag Mikes Handy. Es hing am Ladekabel, was erklärte, warum er es nicht mitgenommen hatte. Manuela nahm es in die Hand. Es war flacher als ihr Handy, irgendwie schicker. Was kein Wunder war. Manuelas Handy war alt. Sie konnte damit telefonieren, und mehr tat sie auch nicht. Sie wollte den ganzen Quatsch nicht. Diese modernen Handys veränderten die Aura. Und außerdem – wie hieß es so schön: Wer in den Wald hineinruft, muss mit einem Echo rechnen. Man wusste nie, wer alles in diesen Dingern herumpfuschte und einem nachspionierte. Manuela wollte nicht, dass jemand ihr nachspionierte, sie wollte ihre Geheimnisse bewahren.

Nachdenklich drehte sie das Smartphone in ihrer Hand. Für so ein Teil musste sie bestimmt eine Menge Pilze trocknen und Salben anrühren. Ohne darüber nachzudenken, wischte sie mit dem Daumen über das Display. Ein Chatfenster erschien. Wie nachlässig! Mike hatte nicht einmal eine Sperre. Offensichtlich gehörte er nicht zu den Menschen, die Geheimnisse hatten oder bewahrten. Er war wie ein offenes Buch. Obwohl Manuela nur ein altes Nokia besaß, kannte sie so Sachen wie *WhatsApp*. Schließlich lebte sie im Spreewald und nicht hinterm Mond. Offensichtlich schrieb Mike sich mit einem oder einer Robbie. *Ich komm hier nicht weg*, stand da. Die Nachricht war bereits ein paar Tage alt und hatte einen weinenden Smiley ausgelöst. Sofort stieg Mitleid in Manuela auf. Sie sah auf das Datum. Mike war an dem Tag nach Hause gefahren und erst spät in der Nacht zurückgekehrt. Die letzte Nachricht war von heute. *Du glaubst es nicht*, las sie, *aber ich habe gerade einen Geist gesehen!!!!* Robbies Antwort war ein staunender Smiley, keine weiteren Erklärungen von Mike, trotz der Ausrufezeichen.

Unruhe stieg in Manuela auf. Hoffentlich gab das keinen Ärger. Mit beiden Händen umschloss sie das Handy, lenkte den Blick nach innen und versuchte, mit Mike Kontakt aufzunehmen. Aber er war zu weit weg und sein Kraftfeld voller grauer Schlieren: eine Seifenblase kurz vor dem Platzen. Unmöglich!

Das Handy entglitt ihren plötzlich kraftlosen Fingern. Manuelas Nackenhaare stellten sich auf. Die Frauen ihrer Familie hatten den siebten Sinn. Ihre Großmutter hatte er vor den anrückenden Russen gewarnt. Gerade noch rechtzeitig war sie mit dem Kahn und ihrer kleinen Tochter in den Hochwald geflohen. Als sie zurückkam, waren alle Hühner verschwunden und die Sau auch. Doch das war nichts im Vergleich zu dem, was den Nachbarinnen passiert war.

Manuelas siebter Sinn sagte ihr, dass Mike etwas passiert war. Sie lief aus dem Haus. Ihr Herz stolperte, es schmerzte wie ihre malträtierten Muskeln. Am Horizont, dort, wo die Landstraße verlief, kreiste Blaulicht über den nächtlichen Himmel.

3. KAPITEL

Der Kollege von der Leitstelle war ziemlich verdattert, als Klaudia ihn erneut anrief. Falls er einen Scherz parat hatte, blieb der ihm im Hals stecken, als Klaudia ihm abgehackt von der Leiche im Acker berichtete.

»Fassen Sie bitte nichts an!« Auf einmal siezte er sie. Wahrscheinlich nur, weil dieser Satz in seinen Genen verankert war, doch Klaudia fühlte sich ausgeschlossen. Das Herz wummerte in ihrer Kehle, und oberhalb ihres Magens flatterte die Angst. Sie hatte jemanden überfahren und getötet, nicht vorsätzlich, aber das änderte nichts daran, dass ein Mensch durch ihr Verschulden zu Tode gekommen war. Sie war lange genug Polizistin, um all die Rechtfertigungsgründe aufzählen zu können, die die Last ihrer Schuld minderten. Jemand hatte ihr die Vorfahrt genommen, regennasse Straße, Aquaplaning. Sie hatte keine Gewalt mehr über ihren Wagen gehabt. Wie ein Katapult war er in den Acker gerast. Und dann all die Gründe, die gegen sie sprachen. Sie war zu schnell gefahren, war abgelenkt gewesen: das Kabel. Die Waagschale, in der ihre Schuld wie ein Organ bei einer Obduktion lag, senkte sich.

»Geh zur Straße.« Die Stimme des Kollegen klang weich, fürsorglich. »Demel ist bestimmt gleich da und die anderen auch.«

Er musste Klaudia nicht sagen, wer die anderen waren, sie wusste es selbst. Alle würden anrücken.

»Mach ich«, krächzte sie.

»Soll ich in der Leitung bleiben?«

»Nein«, antwortete sie. »Geht schon. Aber danke.« Sie drückte das Gespräch weg und bückte sich nach ihrer Maglite. Ohne einen weiteren Blick auf die Leiche zu werfen, kraxelte sie die Böschung hoch und stapfte zur Landstraße. Dort stand sie weinend im Regen. Sie hatte einen Menschen getötet. Ein Augenblick der Unachtsamkeit hatte sie zur Mörderin werden lassen. Auch wenn Klaudia es besser wusste, kam sie nicht gegen diese selbstzerfleischenden Gedanken an.

Scheinwerferlicht blendete sie, und dann lag sie auf einmal in Demels Armen. Er drückte sie an sich und strich ihr über den Rücken. Klaudia schluchzte an seiner Brust, bis sein Hemd von ihren Tränen durchnässt war. Unterbrochen von Schluchzern, erzählte sie ihm fast alles, und sie hasste die kleine Stimme in ihr, die sie daran hinderte, ihm die ganze Wahrheit zu sagen.

»Alles wird gut«, murmelte Demel. »Es ist ja nicht deine Schuld.«

»Das Gesicht«, wimmerte Klaudia. »Du hast das Gesicht nicht gesehen.«

»Hör auf.« Demel packte sie an den Schultern und schob sie ein wenig fort von sich. Gerade so weit, dass sie ihm in die Augen sehen musste. »Es ist nicht deine Schuld! Und nun setz dich in meinen Wagen«, sagte er. »Du bist völlig durchnässt.«

»Nein.« Klaudia schüttelte den Kopf. »Ich kann nicht. Sorry.«

»Du bist völlig durch den Wind.«

»Natürlich bin ich das«, fauchte Klaudia und entschuldigte sich im nächsten Atemzug für ihre heftige Reaktion. »Tut mir leid.« Sie wischte sich mit dem Handrücken die Nase. »Ich weiß, dass du es gut meinst.«

»Du solltest dich wenigstens aufwärmen«, beharrte Demel. »Demeter-Anders ist auf dem Weg.«

»Wa...« Bevor Klaudia die Frage ausgesprochen hatte, wusste sie die Antwort. Natürlich hatte die Leitstelle die zuständige Staatsanwältin benachrichtigt. Dies hier war kein normaler Verkehrsunfall mit Todesfolge, der bestenfalls im

Polizeibericht auftauchen würde. Dies war ein Fall von öffentlichem Interesse. Und vor allem von öffentlichem Misstrauen.

»Kennst du einen Anwalt?«, fragte Demel, und auch wenn seine Stimme klang, als würde er übers Wetter reden, wirkte sein Gesichtsausdruck äußerst besorgt.

»Ich bin Bulle«, antwortete Klaudia. »Ich kenne eine Menge Anwälte. Aber ich habe noch nie einen gebraucht.«

»Irgendwann ist immer das erste Mal.«

Klaudia biss sich auf die Unterlippe. »Wahrscheinlich hast du recht.«

Blaulicht zuckte über den nächtlichen Himmel. Zwei Streifenwagen hielten am Straßenrand. Eine uniformierte Kollegin kam auf sie zu, in der einen Hand trug sie eine Stablampe, in der anderen Absperrband. Klaudia atmete tief ein und löste sich aus der tröstlichen Umarmung. »Da hinten.« Sie zeigte aufs Feld. »Etwa fünfzig Meter von hier. Die Frau liegt im Graben.«

»Okay.« Die Kollegin nickte. »Ein Krankenwagen ist unterwegs.«

»Ihr hättet besser den Bestatter bestellt«, entgegnete Klaudia.

»Der Arzt ist für dich«, entgegnete die Kollegin.

»Mir geht's gut«, erklärte Klaudia. Eine Lüge, der weitere folgen würden.

»Hallo!« Eine Frau tauchte auf einmal zwischen den Polizisten auf. Sie trug einen Regenmantel, der bis zu den Schäften ihrer Gummistiefel reichte.

»Wo kommen Sie denn her?«, fragte Demel und ging mit ausgebreiteten Armen auf die Frau zu. Kein Polizist liebte es, wenn plötzlich Bürger an einem Einsatzort auftauchten.

»Ich wohne da hinten.« Die Frau räusperte sich. »Und ich habe gedacht …« Ihre Augen weiteten sich, während sie sich umsah: Blaulicht, Absperrband, Polizisten, die über den Acker stapften.

»Gehen Sie bitte nach Hause«, bat Demel sie.

»Ich mache mir Sorgen.« Die Frau ignorierte ihn und sprach mit der uniformierten Kollegin. »Weil doch Licht war und das Dachfenster auf. Und da dachte ich …«

»Was dachten Sie?« Demels Tonfall war jetzt verbindlicher, geradezu freundlich. Er sah in der Frau nicht mehr einen Störfaktor, sondern eine potenzielle Zeugin. Klaudia ertappte sich dabei, dass sie die Luft anhielt. Immerhin bestand die Möglichkeit, dass sie etwas über die Identität der Toten erfuhren.

»Na ja, dass er einen Unfall hatte. Wegen dem Blaulicht und so.«

Er, dachte Klaudia, sie spricht nicht von der Frau, die ich überfahren habe.

»Ich denke, Sie müssen sich keine Sorgen machen. Das hier«, Demel zeigte zum Acker, »hat sicherlich nichts mit Ihrem Sohn zu tun.«

»Er ist nicht zu Hause, und das Licht brannte.« Die Frau schien ihm gar nicht zugehört zu haben. »Ihm ist etwas passiert. Sie müssen sich darum kümmern.« Der letzte Satz galt wieder der uniformierten Kollegin.

»Wie alt ist er denn?«, fragte die Kollegin. Meistens half es, wenn man Anteil nahm.

»Ich weiß nicht.« Die Frau runzelte die Stirn und dachte angestrengt nach. »Ist das wichtig?«

»Lassen Sie sich Zeit«, erklärte die uniformierte Kollegin. Die Frau musste ziemlich verwirrt sein, wenn sie nicht einmal mehr das Alter ihres Sohnes wusste. Andererseits hatte jeder von ihnen schon die merkwürdigsten Dinge erlebt. Je höher der Stresslevel war, umso geringer war oft die Fähigkeit, sich zu erinnern. Was eine logische Folge war. Stress bedeutete

Aktion. Fight or flight. Kämpfen oder fliehen. Es bedeutete nicht: Erinnere dich!

»So Mitte zwanzig«, sagte die Frau schließlich.

»Na dann.« Die uniformierte Kollegin lächelte nun verständnisvoll. »In dem Alter sind junge Männer ja schon mal unterwegs.«

»Aber ...«

»Gehen Sie nach Hause«, unterbrach die Kollegin die Frau und legte ihr eine Hand auf die Schulter. »Vielleicht ist er ja schon da.«

»Nein ...« Die Frau presste die Zeigefinger gegen die Schläfen. »Er ist in Gefahr.« Ihr Blick traf Klaudias. Die Frau trat einen Schritt vor, streckte die Hand nach ihr aus. »Sein Kraftfeld ist voller Schlieren«, flüsterte die Frau. »Es verblasst.« Ihre Stimme war nur noch ein Hauch.

»Auch das noch«, zischte Demel zwischen zusammengepressten Zähnen hervor.

»Was immer Sie gespürt haben ...« Klaudia fragte sich, von welchem Planeten diese Frau gerade funkte. Doch irgendwie normalisierte ihr merkwürdiges Verhalten die Situation für sie. Mit dieser verwirrten Frau umzugehen half ihr gegen die Panik, die nur darauf wartete, sie niederzuringen. Sie hatte einen Menschen überfahren. Ein Gedanke wie ein Messer in der Kehle. Weil sie für einen Moment abgelenkt gewesen war, war eine Frau tot.

»Ja?« Die Frau blickte ihr aufmerksam ins Gesicht.

»Ja, was?« Klaudia hatte den Faden verloren.

»Sein Kraftfeld. Ist er ...?« Die Frau zeigte in Richtung der Unfallstelle.

»Nein«, beruhigte Klaudia die verwirrte Frau. Zwar war das Gesicht der Toten zerstört, doch ein Mann lag dort mit Sicherheit nicht.

»Das Gesicht«, murmelte sie. »Wieso eigentlich das Gesicht?«

»Denk nicht dran! Und Sie ...«, Demel griff nach dem Arm der Frau, »... gehen jetzt bitte.«

»Aber was ist mit Mike?«

»Er wird schon wieder auftauchen. Junge Männer sind schon mal nachts nicht zu Hause.«

»Aber ich weiß, dass ihm etwas passiert ist«, beharrte die Frau. »Wegen seinem Kraftfeld.« Sie begann zu schluchzen.

Ihr Ausbruch war wie das Weinen eines Kindes. Heftig, laut und – ja, schamlos. Klaudia legte den Arm um die schluchzende Frau, ihre Hand strich über den nassen Regenmantel. Es fühlte sich an, als würde sie sich selbst trösten.

4. KAPITEL

Die Ärztin hatte ein ernsthaftes Gesicht mit müden Falten in den Mundwinkeln. Mit einer dünnen Stablampe leuchtete sie Klaudia erst ins linke, dann ins rechte Auge. »Ist Ihnen schwindelig?«, fragte sie.

Klaudia blinzelte die blutroten Schlieren weg, die vor ihren Pupillen kreisten. Die Frage traf sie unvermittelt. Blut rauschte in ihren Ohren. Wieso fragte die Ärztin ausgerechnet nach Schwindel? Die Seitentür des Rettungswagens flog auf, bevor sie antworten konnte. Ein Schwall kalter Nachtluft wehte mit Demeter-Anders in den Krankenwagen.

Klaudia richtete sich auf der Trage auf, dabei vermied sie es, die Ärztin anzusehen. Noch nie war sie so froh über die Anwesenheit der Staatsanwältin gewesen. Ihre Erleichterung war jedoch nur von kurzer Dauer. Aufgeschoben war nicht aufgehoben, und das Gespräch mit Demeter-Anders würde schließlich auch kein Vergnügen werden. Ein winziger Augenblick der Unachtsamkeit und ein Idiot ohne Licht hatten sie aus ihrem Leben katapultiert.

»Wie geht es Ihnen?« Demeter-Anders streifte die Kapuze ihrer Multifunktionsjacke ab und strich sich die blonden Haare zurück. Nicht, dass das nötig gewesen wäre. Klaudia dachte an die Haarsprayreklame ihrer Kindheit. Egal wie, egal wo: Die Frisur sitzt perfekt. Und nicht nur die Frisur. Obwohl es mitten in der Nacht war, hatte die Staatsanwältin sogar noch Zeit gefunden, Lippenstift und Puder aufzutragen. Ansonsten war sie der Witterung und dem Anlass entsprechend gekleidet und trug Designerjeans zu Gummistiefeln, die auch nicht gerade wie ein Schnäppchen aussahen. Dies alles nahm Klaudia wahr, weil ihr Gehirn trotz des Schocks in den Ermittlermodus geschaltet hatte.

»Ganz okay«, sagte sie schließlich, weil sie irgendetwas sagen musste. »Ein bisschen wackelig auf den Beinen.« Klaudia versuchte ein Grinsen, das jedoch misslang. Demeter-Anders sah nicht unfreundlich aus. Ihre Stimme klang sogar aufrichtig besorgt, trotzdem spürte Klaudia, wie ein Kloß in ihrer Kehle wuchs: ein stacheliger Ballon, der sich in ihrem Hals breitmachte. Unwucht! Das Wort traf es. Sie lauschte in ihren Kopf hinein. Der Tinnitus war da. Er war nicht laut, nicht leise, sondern vielleicht ein bisschen schriller als sonst. Ein alter Bekannter, mit dem sie sich arrangiert hatte. Es fühlte sich nicht an wie damals. Klaudia wusste, dass sie sich selbst belog. Sie hatte keine Ahnung, was damals passiert war und wie es sich angefühlt hatte. Sie war betrunken gewesen und in Uwes Armen gelandet. Er hatte angenommen, sie wäre gestolpert, und sie hatte ihn in diesem Glauben gelassen. Gestolpert klang so viel besser als Blackout. Seit damals hatte sie nie wieder zu viel getrunken und auch nie wieder ein Blackout gehabt. Bis heute? Klaudia strich sich die Haare hinter die Ohren und ärgerte sich gleichzeitig über diese Geste. Sie verriet ihre Unsicherheit. Sie musste sich zusammenreißen, die Zähne zusammenbeißen. Die Ärztin konnte tausend Gründe haben, warum sie ausgerechnet nach Schwindel fragte. Außerdem hatte Klaudia nicht das Gefühl, dass sie ein Blackout gehabt hatte. Bis zur Frage der Ärztin hatte sie nicht einmal an diese Möglichkeit gedacht. Ihren Menière geheim zu halten war ihr so in Fleisch und Blut übergegangen, dass sie ihn selbst fast vergessen hatte. Und er hatte es ihr leichtgemacht: seit Jahren kein Schwindel, kein Blackout. Und jetzt hatte die Frage der Ärztin eine Möglichkeit eröffnet, die das Potenzial hatte, Klaudias Leben zu schreddern.

»Würden Sie bitte noch einen Moment draußen warten«, bat die Notärztin und sah Demeter-Anders auffordernd an. »Ich bin noch nicht fertig mit meiner Untersuchung.«

»Mir geht's gut, wirklich.« Klaudia schob sich von der Liege und taumelte.

»Das entscheide ich.« Obwohl die Ärztin noch sehr jung war, lag so viel Autorität in ihrer Stimme, dass Demeter-Anders widerspruchslos – was durchaus bemerkenswert war – den Rettungswagen verließ und Klaudia sich wieder auf die Liege setzte.

»Mir geht es wirklich gut.« Sie klammerte sich an diese Behauptung wie an ein Rettungsseil.

»Sie haben einen leichten Nystagmus.« Die Ärztin sprach recht laut und betont, so als sei sie sich nicht sicher, dass Klaudia sie wirklich verstand.

»Sie meinen Pupillenzittern?« Klaudia widerstand der Versuchung, sich dumm zu stellen.

»Und Sie sind ein bisschen taumelig auf den Beinen.«

»Ja, ich weiß.« Klaudia schlug den sichersten Weg ein: zugeben, was sich nicht leugnen ließ, und nur am Bezugsrahmen drehen. »Mein Kreislauf ist mir wohl gerade abhandengekommen.« Diesmal gelang ihr ein Lächeln.

»Hatten Sie schon mal Probleme mit den Ohren?«

»Ich hatte einen Hörsturz, aber das ist eine Weile her.«

»Keine Ohrgeräusche, nichts?«

»Nein.« Klaudias Tinnitus sirrte unbeeindruckt von ihrer Lüge weiter in ihrem kranken Ohr. »Ich hatte Glück.«

»Okay.« Die Ärztin sah auf ihre Armbanduhr und schrieb etwas auf ihr Klemmbrett. »Möglicherweise haben Sie ein leichtes Schleudertrauma davongetragen. Sollten Sie also in den nächsten Tagen das Gefühl haben, Ihr Kopf würde Ihnen vom Hals purzeln, dürfte das der Grund sein. Sollten Sie jedoch Schwindel verspüren, müssen Sie einen Hals-Nasen-Ohren-Arzt aufsuchen. Ein Hörsturz kann sich wiederholen. Vor allem in belastenden Situationen.«

»Mach ich.«

»Brauchen Sie etwas zum Schlafen?«

»Danke, nein.«

»Also gut«, sagte die Notärztin. »Dann überlasse ich Sie jetzt Ihrer Kollegin.« Sie klopfte gegen die Plexiglasscheibe, welche die Fahrerkabine von der Versorgungseinheit trennte.

»Passen Sie auf sich auf.« Die Ärztin schob die Tür für Klaudia auf und starrte auf den Acker hinaus. Die Kollegen der Spurensicherung waren mittlerweile eingetroffen. Am Rande des Weges besprachen sie sich mit Demel. Eine der weißvermummten Gestalten musste Wibke sein, doch Klaudia hätte nicht sagen können, welche.

»Scheißsituation, was?«, sagte die Ärztin.

»Ja.« Klaudia atmete tief ein und stieg mit zitternden Knien aus. Die Luft war warm und regennass.

»Wir müssen los.« Ein Rettungssanitäter beugte sich aus dem Seitenfenster. »Brustschmerzen in Burg.«

»Vielen Dank.« Klaudia trat zurück und sah dem Krankenwagen hinterher, der langsam abfuhr. Demeter-Anders trat neben sie. In der einen Hand hielt sie einen Schirm, in der anderen einen Kaffeebecher, den sie Klaudia in die Hand drückte.

»Habe ich den Kollegen von der Spusi abgeschwatzt«, sagte sie. »Und noch Zucker reingetan.« Wie die meisten Kriminalisten hielt auch die Staatsanwältin Kaffee mit viel Zucker für das beste Mittel gegen Schock.

»Was passiert jetzt?« Klaudia nippte an ihrem Becher. Der Kaffee war lauwarm und so süß, dass er schon fast wieder bitter schmeckte.

»Das Übliche.« Die Stimme der Staatsanwältin verriet keine Ungeduld. »Wir werden Ihre Aussage aufnehmen, und dann sehen wir weiter. Eine ganz normale Todesfallermittlung.«

»Deshalb sind Sie hier, nicht wahr?«

»Es ist immer schwierig, wenn Kollegen beteiligt sind. Wir müssen dann besonders sorgfältig sein.«

»Ich habe die Frau nicht gesehen.« Klaudia schloss die Augen. »Ich hab's nicht einmal gemerkt. Ich meine: Es hat geruckelt, aber ...«

»Wie wär's, wenn wir ins Trockene gehen und Sie mir alles der Reihe nach erzählen«, unterbrach Demeter-Anders sie. Auch wenn sie es freundlich sagte, klang es beinahe wie eine Drohung.

5. KAPITEL

Klaudia wischte über die beschlagene Scheibe und starrte in die Nacht hinaus. Das Gespräch mit Demeter-Anders war kurz gewesen, trotzdem hatte es sich für sie angefühlt wie ein Marathon. Als die Staatsanwältin ging, hatte sie noch gesagt: Wir halten die Sache aus der Presse heraus. Versprochen.

Presse! Klaudia kaute auf der Unterlippe. Es war Sommer, wenig los. Da konnte es durchaus sein, dass so ein Unfall Aufsehen erregte. Das Geräusch des prasselnden Regens vermischte sich mit den Stimmen aus dem Funkgerät. Sie hatte keine Ahnung, wie lange sie bereits hier im Wagen saß. Klaudia lehnte die Stirn gegen die Seitenscheibe. Ihr Gesicht fühlte sich heiß an, während der Rest ihres Körpers aus Eis zu bestehen schien. Im Osten wurde der Regen bereits heller. Ein neuer Tag. Sie zog die Beine an, umschlang sie mit beiden Armen und wandte den Blick ab vom Horizont. Ihr Leben zersplitterte nicht weit im Osten, sondern direkt hier, an dieser Stelle. Auf einem von Scheinwerfern in grelles Licht getauchten Gurkenacker am Rande der Landstraße.

Um bei diesem Wetter überhaupt arbeiten zu können, hatten die Kollegen zwei Schutzzelte aufgebaut, wie man sie von Partys kennt. Unter dem einen stand ihr Peugeot. Er war produziert und gekauft worden, um sie von einem Ort zum anderen zu bringen. Und das hatte er zuverlässig getan. Bis heute. Heute war er zum Mordinstrument geworden, und Spusi-Kollegen mit Schlammspritzern auf den vor Nässe glänzenden Ganzkörperanzügen machten sich an ihm zu schaffen. Klaudia sah hinüber zu dem anderen Zelt. Die Bestatter bückten sich in seinem Schutz und hoben die Tote in den Leichensack. Klaudia beobachtete, wie sie ihn über die Böschung wuchteten.

Von Demel, der zwischendurch hereingekommen war, um einen Schluck Kaffee zu trinken, wusste Klaudia, dass die tote Frau weder Papiere noch ein Handy bei sich gehabt hatte. Merkwürdig, dachte sie. Wer geht heutzutage noch ohne Handy aus dem Haus. Demel hatte die Kollegen die Straße hinuntergeschickt. Vielleicht wohnte die Frau ja in einem der Häuser. Doch weder bei der verwirrten Frau noch in dem Haus am Ende der Sackgasse, in dem ein im Rollstuhl sitzender Maler wohnte, lebte eine Frau, auf welche die Beschreibung passte: ein Meter siebzig, mittelalt, schlank. Mehr wussten sie nicht, weil … Klaudia schloss die Augen. Sie wollte nicht daran denken, was sie der Frau angetan hatte. Sie beugte sich vor, nahm ein Taschentuch aus der Packung, die ihr ein freundlicher Kollege überlassen hatte, und putzte sich die Nase. Wäre sie doch nur einen Tag, eine Stunde, eine Minute früher oder später an dieser Stelle gewesen. Hätte sie sich doch nur nicht gerade in diesem Moment vorgebeugt, dann hätte sie das unbeleuchtete Fahrzeug rechtzeitig gesehen. So viele Konjunktive, und für jede Entscheidung gab es einen guten Grund. Für fast jede. Sie hätte nicht nach dem Kabel kramen dürfen. Ein Augenblick der Unachtsamkeit hatte ein Leben beendet und ihres für immer verändert. Ein Augenblick der Unachtsamkeit oder ein Blackout? Die Ärztin hatte von Nystagmus gesprochen. Das Augenzittern gehörte zum Menière, wie die Übelkeit. Drop Attack! Tumarkin-Anfall. Klaudia wusste alles darüber. Für den Bruchteil einer Sekunde verliert der Körper die Kontrolle. Sie wusste nur nicht, ob es so ein Anfall gewesen war. Aber je länger sie darüber nachdachte, umso unwahrscheinlicher erschien es ihr.

Die Tür wurde aufgeschoben, und ein Schwall feuchter Nachtluft half ihr über die Panikattacke hinweg.

»So eine Scheiße.« Es war Wibke, die fluchend in den Wagen stieg. Obwohl sie nicht groß war, musste sie den Kopf einziehen. Sie hockte sich vor Klaudia und legte ihr die Hände auf die Knie, die Kälte ihrer Handflächen kroch Klaudias Oberschenkel hinauf. »Soweit alles in Ordnung mit dir?«

Klaudia nickte, obwohl nichts in Ordnung war.

»Es tut mir so leid.« Wibke sah zu ihr auf. Sie gehörte zu den rothaarigen und damit hellhäutigen Menschen, denen man die Erschöpfung sofort ansah. Graue Ränder, Falten in den Mundwinkeln. Außerdem verfärbte sich der Haaransatz an ihren Schläfen grau.

Klaudia fragte sich, warum ihr das gerade jetzt auffiel. Sie und die Spusikollegin verbrachten viel Zeit miteinander. Sie paddelten, gingen gemeinsam zu Gigs von Wibkes Freund, der in einer Väter-Söhne-Band spielte. Wibke hatte sie unter ihre Fittiche genommen, und über die Jahre waren sie zu Freundinnen geworden: geeint durch gemeinsame Erfahrungen, nicht nur im Arbeitsleben. Auch Wibke wusste, wie es war, mit einem Alkoholiker zu leben. Klaudias Mutter war schon lange tot. Wibkes Vater lebte noch, auch wenn er Wibke nicht mehr erkannte. Also hatten sie jetzt noch mehr, was sie miteinander teilten. Klaudia dachte an ihren Vater, weil das auch jetzt noch nicht so schmerzte wie die Gedanken an ihre Mutter, die sie in einem See von Erbrochenem und Blut in der Küche gefunden hatte. Da war sie vierzehn gewesen. Mehr als dreißig Jahre war das jetzt her, und trotzdem stieg Klaudia immer noch diese Geruchsmischung aus Erbrochenem und Eisen in die Nase, wenn sie an ihre Mutter dachte. Sie schüttelte den Kopf. Das Gehirn flüchtet, wenn es die Realität nicht erträgt.

»Warum muss das ausgerechnet dir passieren?«

Klaudia blinzelte. Die Frage fühlte sich an, als hätte Wibke ihre Gedanken gelesen. Sie zwang sich zu einem Grinsen.

»Ich bring dich nach Hause.«

»Musst du nicht.« Klaudia widersprach reflexhaft. Nur keine Umstände machen. Nicht meinetwegen. »Du hast noch eine Menge zu tun.«

»Quatsch.« Seufzend richtete Wibke sich auf. »Wir sind hier so weit fertig.« Sie wandte sich ab und stieg aus dem Ganzkörperanzug der Spurensicherung, knüllte ihn wie ein nasses Handtuch zusammen und entsorgte ihn in den bereitliegenden Sack. »Den Postdienst kann die Praktikantin machen.«

Seit im Rahmen der Umstrukturierungen »Polizei Brandenburg 2020« immer mehr Arbeiten zentralisiert wurden, verbrachten Wibke und ihre Kollegen viel Zeit mit dem Verpacken und Versenden von Spurenträgern.

»Und?«, fragte Klaudia.

»Und was?« Wibke griff nach der Thermoskanne und schenkte sich Kaffee in einen der bereitstehenden Plastikbecher. »Lauwarm.« Sie schüttelte sich, leerte aber trotzdem den Becher.

»Tut mir leid.« Klaudia rieb sich den schmerzenden Nacken. »Ich hätte nicht nach den Ermittlungen fragen sollen.«

»Kein Thema.« Wibke lächelte schief. »Können wir?« Sie griff nach ihrer Schultertasche.

»Lass mal.« Klaudia stand ebenfalls auf, soweit das in dem Einsatzbulli überhaupt möglich war. »Ich kann mir ein Taxi rufen.«

»Red keinen Müll.« Wibke legte ihr die Hand auf die Schulter. »Ich lass dich doch jetzt nicht allein.

»Und was ist mit Horst?«

Seit Ostern lebte Wibke mit ihrem Freund zusammen.

»Was soll mit ihm sein?«, fragte Wibke. »Der ist im Zeugnisstress.«

»Er wird sich Sorgen machen.«

»Willst du alleine sein?« Wibke warf ihren Becher in den Abfallsack und blickte sich noch einmal im Einsatzbulli um.

»Nein, ich meine ...« Klaudia wusste nicht, was sie meinte. Sie konnte nicht klar denken. Es fiel ihr schon schwer, genügend Geisteskraft zu sammeln, um sich aufrecht zu halten. Ihr Körper wollte sich einfach nur zusammenrollen: ein Igel mit aufgestellten Stacheln.

»Hör auf zu stottern und komm.« Wibke drückte sie kurz an sich. Klaudias Knie drohten nachzugeben. Sie straffte die Schultern und löste sich aus der Umarmung. Sie musste vorsichtig sein. Auf keinen Fall durfte sie die ganze Wahrheit sagen. Jetzt war sie eine von denen. Eine Frau, die ein Geheimnis hatte. »Ich habe sie überhaupt nicht gesehen.« Klaudia starrte zu dem weißen Zelt, unter dem gerade noch die Tote gelegen hatte.

»Konntest du auch nicht«, sagte Wibke.

Klaudia fuhr herum. Die Kollegin sah aus, als würde sie sich am liebsten die Zunge abbeißen.

»Wie meinst du das?«

»Ich hätte das nicht sagen sollen«, murmelte Wibke. »Demel macht mich einen Kopf kürzer.«

»Das Gesicht«, murmelte Klaudia. »Natürlich! Sie muss gelegen haben, als ich sie überfuhr. Der andere Wagen ...«

»Wir wissen nicht, ob die Frau schon auf der Straße gelegen hat.« Wibke drückte ihren Arm. »Noch nicht. Aber wir werden es herausfinden.«

6. KAPITEL

Wibke hatte bleiben wollen, doch Klaudia schickte sie fort. Ich gehe schlafen, versprach sie ihr, und sie versuchte es auch. Doch immer wenn sie die Augen schloss, stand sie wieder im Regen auf dem Acker, folgte dieser Spur aus niedergemähten Gurkenpflanzen, sah das zerstörte Gesicht der Frau. Klaudias Blut transportierte das kalte Entsetzen über diesen Anblick in jede Zelle ihres Körpers, und nicht einmal die Wärmflasche, die sie sich gegen den Bauch drückte, schaffte es, diese Kälte in ihrem Inneren zu besiegen.

Seufzend schlug sie die Decke zurück und schwang die Beine aus dem Bett. Sie würde nicht schlafen können. Vielleicht würde sie nie wieder schlafen können. Vielleicht würden die Bilder sie bis ans Ende ihrer Tage verfolgen. Klaudia hoffte, dass das nicht der Fall sein würde. Es gab so viele Bilder, die das Potenzial hatten, sie am Schlafen zu hindern. Bisher war es ihr immer gelungen, schreckliche Erinnerungen so fortzupacken, dass sie gut verschlossen waren. Sie stemmte sich in die Höhe, warf sich die Bettdecke über die Schultern und hockte sich auf die Stufen vor ihrem Haus. Voller Sehnsucht sah sie zum Schuppen hinüber, der als dunkler Schatten am Rande ihres Grundstücks stand. Dort hauste Dickie, wenn sie nicht zu Hause war. Der gestromte und ziemlich kräftige schielende Kater hatte sich vor zwei Jahren in ihr Leben geschnurrt. Während ihrer Abwesenheit hatte Schiebschick ihn gefüttert, zumindest hoffte Klaudia das. Der alte Mann wurde vergesslich, und zu allem Überfluss sang er neuerdings im Kirchenchor. Nicht besonders tonsicher, aber Männerstimmen waren Mangelware. Das war auch der Grund, warum er in den Chor eingetreten war, hatte er Klaudia bei Babbenbier und Gurkenschnaps verraten. Schiebschick wandelte auf Freiersfüßen, und so viele Witwen wie in einem Chor gab es sonst nur in der Frauenhilfe, doch da konnte der alte Fährmann ja schlecht eintreten. Vielleicht hat er hier Tonleitern geübt, dachte Klaudia, und Dickie war deshalb verschwunden. Er hatte mehr als eine Futterstelle, die er regelmäßig heimsuchte.

Die Nacht wurde zum Tag, Vögel zwitscherten, und die am wolkenlosen Himmel aufsteigende Sonne ließ die Wiese zu Klaudias Füßen glitzern, als hingen Edelsteine und nicht Wassertropfen an den Grashalmen. Die perfekte Idylle.

Ein Maunzen ließ sie aufblicken. Dickies runder Kopf tauchte aus dem Unterholz auf, das ihr Grundstück umgab. Es war ein natürlicher Schutzzaun, den sie nur mit viel Mühe und einer Motorsäge in Schach hielt. Schnurrend schmiegte sich Dickie an ihre Beine, dann sah er mit dem vorwurfsvollen Schielen zu ihr auf, in das sie sich auf Anhieb verliebt hatte.

Ich dachte, du hättest mich verlassen, sagte dieser Blick.

»Im Leben nicht«, murmelte Klaudia.

Dickie maunzte, sprang auf ihren Schoß und rieb seinen Kopf an ihrem Brustbein.

Klaudia schloss ihn in die Arme. So saß sie noch eine ganze Weile mit dem Kater in der Sonne, dann ging sie ins Haus und zog Sportkleidung an. Sie musste sich bewegen, laufen, sich die Kälte und das Adrenalin aus den Knochen rennen. Dickie rieb seinen Kopf an ihren Laufschuhen. Sie nahm ihn auf und trug ihn aus dem Haus. So sehr sie ihn vermisst hatte, Dickie allein im Haus ging gar nicht.

Die ersten Kilometer wehrten sich ihre verspannten Muskeln gegen die Beanspruchung. Seitenstechen quälte sie, und ihre Lunge brannte, doch sie ignorierte die Hilfeschreie ihres Körpers und fand ihren Rhythmus. Ihre Schuhsohlen klatschten auf den Asphalt. Sie lief an der Spree entlang, bis zum kleinen Hafen, dann durch die noch verschlafene Lübbenauer Altstadt zum großen Hafen und von dort aus weiter die Dammstraße entlang, über die Bahngleise hinweg. Erst als sie in die ruhige Wohnstraße einbog, die zum Friedhof führte, wusste sie, dass sie die ganze Zeit ein Ziel gehabt hatte. Sie war seit Jahren nicht mehr auf dem Friedhof gewesen, trotzdem lief sie, ohne innezuhalten, über den Vorplatz an der Trauerhalle. Gießkannen hingen in einem Gestell. Noch waren kaum Besucher unterwegs. Es war zu früh.

Klaudia lief die Rampe hinauf und bog ein in das Gewirr der Wege. Sie glaubte schon, sich verlaufen zu haben, doch dann sah sie ihn. Den Baum mit dem hellen Stamm, in dessen Schatten Silke ruhte.

Sie lief an steinernen Herzen vorbei, und mit jedem Schritt steigerte sich das Gefühl, am richtigen Ort zu sein. Und dann sah sie Uwe. Mit Tim auf dem Schoß hockte er auf der Marmorbank vor dem Grab seiner Frau.

Klaudia stoppte so abrupt, dass Kieselsteine aufspritzten. Sie wollte ihm nicht begegnen. Nicht jetzt. Aber natürlich war er hier. Es war der Todestag seiner Frau und der Geburtstag seines Sohnes. Klaudia wollte sich gerade umdrehen und zurücklaufen, als Uwe die Hand hob und ihr winkte. Ihre Waden brannten, als sie sich wieder in Bewegung setzte und die letzten Meter zu ihm lief.

»Hi«, sagte sie und ließ sich neben ihm auf die Bank fallen.

Tim stand zwischen Uwes Beinen und musterte Klaudia durch seine dicken Brillengläser hindurch. Er war stark kurzsichtig, aber das war das einzige Handicap, das er von seiner viel zu frühen Geburt zurückbehalten hatte. Heute vor drei Jahren war das gewesen. Klaudia lächelte ihm zu, und er erwiderte ihr Lächeln, dann wandte er seine Aufmerksamkeit wieder dem Auto zu, das er über den Oberschenkel seines Vaters rollte. Er schien glücklich zu sein und nichts zu vermissen. Er wusste nicht, dass seine Mutter nach seiner Geburt gestorben war, und eigentlich stimmte das auch nicht. Gestorben war sie Wochen vorher. Ein Krampfanfall hatte ihr Gehirn zerstört und gleichzeitig das Leben ihres Mannes und auch Klaudias gerettet. Der Gedanke katapultierte Klaudia zurück ins Haus am Fließ.

Sie sah sich selbst, nackt und hilflos mit Uwe im Bett liegen, sah ihre SIG Sauer in Joes Hand, mit der er Silkes Arm streichelte. Hörte sein Flüstern: »Du wirst sie erschießen.« Sah Silkes Panik, hörte ihren Schrei, der in einem unmenschlichen Grollen endete. Silkes Körper bog sich wie eine zu straff gespannte Saite, ihr Kopf prallte gegen Joes Nase, ihre zuckenden Arme schlugen ihm die Pistole aus der Hand. Und Klaudia sah sich selbst. Sah, wie sie sich freikämpfte, die Waffe an sich brachte, hörte den Schuss, und Joes Blut strömte über Silkes zuckenden Körper.

Es ist vorbei. Klaudia schüttelte sich die Erinnerung aus den Hirnwindungen und war wieder auf dem Friedhof, Spatzen tschilpten, und der Wind trocknete ihren schweißnassen Nacken. »Konntest du auch nicht schlafen?« Uwe griff in das Netz am Buggy und reichte ihr eine Flasche Wasser.

»Irgendwie ist heute nicht mein Tag.« Klaudia streckte die schmerzenden Beine von sich und trank gierig. »Danke.« Sie unterdrückte ein Rülpsen.

»Wie auch.« Uwe starrte auf das Grab.

»Ja«, sagte Klaudia. »Wie auch.«

»Du hattest einen Unfall, oder?«

»Du weißt davon?« Klaudia schüttelte den Kopf. »Du bist nicht einmal im Dienst.« Uwe hatte eine Woche Urlaub genommen, wie er es immer um den Todestag seiner Frau herum tat.

»Tanja hat es mir erzählt, als ich Brötchen geholt habe.«

»Tanja? O Gott!« Klaudia verdrehte die Augen. Tanja Brumme arbeitete in der Bäckerei Bubner, der Klatschzentrale im Zentrum Lübbenaus. Sie hörte geradezu, wie die Kollegen der Nachtschicht beim Brötchenkaufen tratschten. »So viel zum Thema, wir halten das raus aus den Medien.«

»Wer hat das denn gesagt?«

»Demeter-Anders.«

»Na ja.« Uwe räusperte sich. »Das *Café Bubner* ist nicht die *Lausitzer Rundschau*.«

»Das tröstet mich jetzt ungemein.« Klaudia lehnte sich zurück und schloss die brennenden Augen. Über ihr raschelte der Wind in den Blättern, Tauben gurrten, und die Räder von Tims Spielzeugauto quietschten über Uwes Oberschenkel. Klaudias Kopf fühlte sich leicht an, wie mit Helium gefüllt.

»Kommst du heute Nachmittag?« Uwes Stimme brachte sie mit einem Ruck in die Wirklichkeit zurück. »Immerhin bist du seine Patentante.«

»Schon, aber ...« Klaudia rieb sich die Augen. Natürlich war sie sich ihrer Verantwortung bewusst. Schließlich hatte sie auch ein Geschenk gekauft.

»Wir grillen, und Kuchen gibt's auch. Tanja hat gebacken.«

»Ich bin total fertig, wirklich.« Entschuldigend lächelte Klaudia den kleinen Tim an. »Ich komme die Tage vorbei, versprochen.«

»Den Kopf einziehen bringt's auch nicht.« Uwe kratzte sich den Nacken.

»Ich weiß«, erwiderte Klaudia. Jedem anderen hätte sie diesen guten Rat übelgenommen, aber nicht Uwe. Dazu hatten sie einfach zu viel miteinander durchgemacht. Er wusste, wovon er sprach. »Aber ich schaffe das nicht.« Die Kälte, die sie aus dem Haus getrieben hatte, breitete sich wieder unterhalb ihres Zwerchfells aus. »Ich ...«, stammelte sie. »... ich habe einen Menschen überfahren. Ich kann heute einfach nicht in die Hände klatschen und Kinderlieder singen. Nicht einmal für dich.« Sie beugte sich vor und küsste Tim aufs dünne Haar. Er duftete nach Schlaf und frischem Kinderschweiß. »Nicht böse sein«, bat sie.

»Im Leben nicht.« Uwe legte Klaudia den Arm um die Schultern, und für eine ganze Weile saßen sie einfach nur da und starrten gemeinsam auf das Grab. Es fühlte sich gut an, und zum ersten Mal seit dem Unfall hatte Klaudia das Gefühl, dass sie es schaffen konnte, doch dann biss Tim seinen Vater unvermittelt ins Bein. Uwe schrie auf, und der Augenblick war vorbei.

»Ich muss los.« Klaudia stemmte sich in die Höhe. Ihre Oberschenkel fühlten sich an, als wären sie mit Blei gefüllt.

»Wir sehen uns.« Uwe erhob sich ebenfalls und setzte Tim in den Buggy. Als Klaudia in den Hauptweg einbog, rief er sie zurück.

»Ohne dich hätte ich das alles nicht geschafft«, sagte er. »Ich glaube, ich habe mich nie richtig bei dir bedankt.«

»Musst du nicht.« Klaudias Brust schmerzte.

7. KAPITEL

Nach dem Wochenende, das sie nach der Begegnung mit Uwe im Wesentlichen in ihrem Kanu auf dem Wasser verbracht hatte, graute es Klaudia davor, den Kollegen gegenüberzutreten. Möglicherweise war das der Grund, warum sie am Montagmorgen nicht wie gewöhnlich in dem Zeitloch zwischen

Wasserkocher und Dusche versackte. Als Wibke in ihren Hof fuhr und hupte, musste sie nur noch ihren Rucksack schultern, den schielenden Kater zur Tür hinausscheuchen und abschließen.

»Ich setz dich nur eben in Lübben ab«, sagte Wibke. »Ich bin auf dem Sprung.«

»Hast du was von meinem Auto gehört?« Klaudia fragte ohne große Hoffnung. Sie wusste, dass ihr Wagen nach Potsdam gebracht worden war. Dort würden die Spuren ausgewertet werden. Und das konnte dauern.

»Ich habe mit Horst gesprochen«, sagte Wibke, ohne den Blick von der Fahrbahn zu nehmen.

»Du hast mit Horst über den Unfall gesprochen?«

»Natürlich nicht, Herzchen.« Wibke warf Klaudia einen Seitenblick zu.

»Achte auf die Straße«, fauchte Klaudia und erschrak selbst über die Heftigkeit ihrer Reaktion. Hatte sie sich erschreckt, oder wollte sie Wibke beweisen, dass sie sich nie ablenken lassen würde? Beides fühlte sich beschissen und irgendwie fremd an. »Entschuldige«, fügte sie demütig hinzu.

»Geht schon klar.« Wibke blinkte und lenkte den Wagen auf die Autobahn. »Diese Strecke ist heute schneller.«

»Also?«, fragte Klaudia, als sie sich so weit unter Kontrolle hatte, um Wibke nicht gleich wieder anzufahren. »Worüber hast du mit Horst gesprochen?«

»Über Autos. Er ist sowieso zu dick.«

»Horst?« Klaudia hatte nicht den Eindruck, dass Wibkes Lebensgefährte auch nur annähernd dick war. Aber vielleicht legte sie auch nur den falschen Maßstab an. Ihr Ex war im Laufe der Jahre, die sie zusammen verbracht hatten, recht rundlich geworden, und wenn sie ehrlich war, hatte sie sich gerne an seinen weichen Bauch geschmiegt. Gerade an diesem Wochenende hätte sie gerne jemanden gehabt, an den sie sich schmiegen konnte. Aber Arno hatte nun eine junge Frau, und – Klaudia rechnete in Gedanken nach – sein Kind musste so alt wie Tim sein.

»Also kann er radeln«, sagte Wibke. »Ich meine, wenn Thang jeden Tag zum Revier radelt …« Wibke beendete den Satz nicht, und das musste sie auch nicht. Der Kollege Thang war bekannt für seine Sportlichkeit. Jeden Tag radelte er die fünfundzwanzig Kilometer von seiner Wohnung nach Lübben. Hin und zurück. Außerdem lief er Marathon und schwamm. Und seit ihrer Magenverkleinerung und einer Knieoperation begleitete ihn bei den meisten dieser Unternehmungen seine Frau.

»Willst du mir gerade sagen, dass Horst mir seinen Wagen leiht?«

»Nein«, widersprach Wibke fröhlich. »Ich leihe dir meinen. Er stellt sich ein bisschen an.«

»Weil ich im Graben gelandet bin?«

»So sind Männer.«

»Es war nicht meine Schuld.« Klaudia rutschte wieder in die Rechtfertigungsschleife. »Da war dieser unbeleuchtete Wagen.«

»Ja, ich weiß«, sagte Wibke. Sie klang genauso professionell wie Demeter-Anders.

»Ihr glaubt mir nicht?«

»Ach, Klaudia.« Wibke seufzte. »Natürlich glaube ich dir. Aber darum geht es nicht.« Wibke löste eine Hand vom Lenkrad und strich Klaudia über die Wange. »Konntest du schlafen?«

»Ja.« Klaudia nickte. Es war nicht die Wahrheit, aber im Gegensatz zu dem, was sie sonst noch so verheimlichte, war es eine lässliche Lüge.

Das Lübbener Polizeirevier lag direkt an den Bahngleisen neben einer neurologischen Klinik. Es war ein idyllischer Backsteinbau mit schusssicherer Folie vor den Fenstern, die sich rollte wie vernachlässigte Fliegengitter. Wibke ließ Klaudia aussteigen und wendete dann, um zurück zur Autobahn zu fahren. Am Abend würde sie ihr den Wagen bringen, dann war Klaudia wieder mobil.

Klaudia stieg die Stufen zum Eingang hinauf, und der Türsummer ertönte. Wie immer, wenn sie das Revier betrat, überfiel sie der Geruchsmix aus eingekochtem Kaffee und feuchtem Keller.

»Du sollst dich bei Petra melden«, sagte die diensthabende Kollegin, ohne von ihrem Computerbildschirm aufzublicken.

»Dir auch einen wunderschönen guten Morgen«, antwortete Klaudia voller Spott und dachte gleichzeitig: Reiß dich zusammen!

Die Augenbrauen der Kollegin wanderten in die Höhe. »War ein Scheißwochenende, was?«

»Kannst du laut sagen.« Klaudia wandte sich zum Treppenhaus. Ihr Büro lag im Dachgeschoss. Mit einem Seufzer machte sie sich auf den Weg. In der ersten Etage wurde sie bereits erwartet. Mit einem Kaffeebecher in der Hand stand Petra, die gute Seele des Reviers, im Flur vor ihrem Büro. »Der ist für dich«, sagte sie und streckte ihr den Becher entgegen.

»Danke.« Klaudia nahm den Becher und nippte daran. »Ist es so schlimm?«

»Wie geht es dir?«

Petra gehörte zu den Menschen, die immer voll eifriger Empathie waren und sich stundenlang die Probleme anderer anhören konnten. Und weil sie das wusste, antwortete Klaudia ausweichend: »Es ging mir schon besser.« Sie blickte über Petra hinweg in den Besprechungsraum. PH saß mit der üblichen Schäfchentasse in der Hand auf seinem Platz vor dem Flipchart, und auch Thang und Demel saßen bereits am Tisch. Irgendwie hatte Klaudia das Gefühl, dass die drei die Köpfe einzogen.

Petra bemerkte Klaudias Blick und schloss die Tür zu ihrem Büro. »PH …« Wie alle Kollegen sprach sie die Initialen des Chefs englisch aus. Nur hatte bei ihr das *Pi Äitsch* einen etwas sächsischen Einschlag. »… möchte, dass du in deinem Büro auf ihn wartest.«

»Es ist Dienstbesprechung. Oh …« Klaudias Unterkiefer klappte herunter. Natürlich, dachte sie. Sie war nicht mehr Teil des Teams. Gegen sie wurde ermittelt.

»Er sagt, es sei besser. Nur bis die Sache geklärt ist.«

»Und was, sagt er, soll ich machen?« Klaudia drückte Petra die Tasse in die Hand. Sie hatte nicht davon getrunken, und auch wenn es absurd war, dröhnte das Wort *Schierlingsbecher* in ihren Schläfen und vereinigte sich mit ihrem Tinnitus zu einem grellen Zirpen.

»Klaudia, bitte.« Unglücklich starrte Petra auf die Tasse in ihrer Hand. »Wir sind alle auf deiner Seite.«

»Fühlt sich gerade nicht so an«, zischte Klaudia und schob sich an Petra vorbei. »Aber danke für den Kaffee.«

Klaudia fuhr ComVor hoch, als PH an den Türrahmen klopfte. Thang hatte sich noch nicht blicken lassen, also nahm Klaudia an, dass PH zunächst allein mit ihr sprechen wollte.

»Alles klar bei dir?« Ihr Chef musterte sie kritisch.

Klaudia nickte und versuchte ein Lächeln. »Bei mir schon«, sagte sie. »Aber wie es aussieht, bin ich verbannt.«

»Sorry.« PH schob sich in den Raum. Er musste den Kopf unter der Schräge ein wenig einziehen und zog sich einen Stuhl an Klaudias Schreibtisch heran.

Okay, dachte sie und straffte die Schultern. Also ein ernstes Gespräch.

»Das ist jetzt schwierig für uns.« PH räusperte sich. Die Stille wurde vom Bimmeln der Schranken unterbrochen, das einen Zug ankündigte.

»Für mich ist es auch nicht gerade einfach.«

»Das kann ich mir vorstellen.«

»Wisst ihr schon mehr über den Wagen, der mir die Vorfahrt genommen hat?«

»Bist du sicher, dass du das kannst?«, fragte PH, und jetzt war Klaudia klar, warum er so auf dem Sprung war. Er hatte Angst, dass diese Nacht ihr Trauma reaktiviert hatte. Ihre Nackenhaare kräuselten sich. Nicht schon wieder, dachte sie. Es ist Jahre her.

»Mir geht's gut.« Es gelang ihr, das Lächeln festzuhalten. »Es fühlt sich scheiße an, ja.« Sie schaute PH fest in die Augen und nutzte die klassische Taktik aller Profis: Sie gab zu, was man ihr nachweisen konnte. »Aber es geht mir gut.«

»Wir müssen dich trotzdem von den Ermittlungen fernhalten. Das verstehst du, oder?«

»Willst du mich freistellen?«

»Nein, ich habe gedacht, du könntest vielleicht für die Dauer der Ermittlungen in Königs Wusterhausen …«

»Das ist jetzt nicht dein Ernst, oder?«, fuhr Klaudia auf. »Ich konnte nichts dafür. Es war nicht meine Schuld. Dieser andere Wagen …«

»Jeder Kollege da draußen sucht ihn.«

»Ich kann nicht nach Königs Wusterhausen«, beharrte Klaudia. »Ich habe kein Auto.«

»Ich dachte …« PH stockte. Immerhin hatte er den Anstand, den Blick zu senken.

»War das abgesprochen? Hat Wibke mir deshalb ihren Wagen angeboten?« Klaudia sprang auf und trat ans Fenster.

»Nein«, widersprach PH hastig, »aber sie hat es erwähnt, und ich dachte …«

»Ich verstehe, dass ich nicht an den Ermittlungen beteiligt sein kann, aber ich kann andere Sachen machen: Einbrüche, Drogen, was so anfällt.«

»Okay.« PH nickte und erhob sich. »Dann ist ja alles klar. Die Obduktion ist übrigens heute. Danach wissen wir mehr.«

Klaudia schnaubte, nachdem ihr Chef das Büro verlassen hatte, dann zog sie die Schublade mit den Süßigkeiten auf. Ihr Gehirn verlangte nach Weingummi, musste sich allerdings mit einer vertrockneten Lakritzschnecke begnügen. Missmutig kauend loggte sie sich in ComVor ein. Sie blickte auf, als Thang sich hinter seinen Schreibtisch fallen ließ. Ausnahmsweise schleppte er nicht seine Fahrradtasche mit sich herum, sondern eine Art Rucksack, wie Klaudia ihn aus ihrer Schulzeit kannte.

»Du bleibst also?«, fragte er, während er den Rucksack unter seinen Schreibtisch schob. Er klang, als hätte ihm PH einen Monat Kriminalbereitschaft verpasst.

»Ist dein Fahrrad kaputt?« Klaudia schluckte das aufgeweichte Lakritz herunter. Sie griff instinktiv in den Giftschrank der Vernehmungstaktik und änderte das Gesprächsthema.

»Wie kommst du darauf?« Ihre Strategie ging auf. Irritiert zog Thang die Tastatur zu sich heran.

»Du hast deine Fahrradtasche nicht dabei, also schließe ich daraus, dass du mit dem Auto gekommen bist.«

»Gut beobachtet, Superbulle. Wenn du es genau wissen willst: Ich habe nachher noch einen Termin.«

Thang wich Klaudias Blick aus. Daher schloss sie, dass es sich um einen privaten Termin handelte. Er und seine Frau hatten immer eine Menge Termine. Über die meisten schwieg Thang sich aus, aber dank Petra war Klaudia recht gut im Bilde.

»Ist es so schlimm?« Der nächste Wechsel traf Thang wieder unvorbereitet.

»Was?«

»Dass ich nicht für die Dauer der Ermittlungen versetzt werde. Du wirkst so, als fändest du das nicht so toll.« Mit den Zeigefingern malte Klaudia Anführungsstriche in die Luft.

»Quatsch.« Thangs Stimme klang ehrlich empört, trotzdem wich er wieder ihrem Blick aus.

Klaudias Magen krampfte sich zusammen. Was hatten die Kollegen besprochen? Sie dachte an PHs Bemerkung. Und nun Thangs Reaktion. »Spuck's aus.« Klaudia rollte sich mit ihrem Bürostuhl vor Thangs Schreibtisch. Auch ein Trick aus der Giftküche der Vernehmungstaktik. »Was ist los?«

»Nichts«, antwortete Thang wenig überzeugend. »PH hat nur gesagt, dass du jetzt die Routinen übernimmst.«

»Und das ist ein Problem?« Klaudia musterte den Kollegen. In den letzten Jahren war er mehr und mehr in die Rolle des Bürohengstes hineingewachsen. Im Gegensatz zu ihr oder Demel schätzte er es, pünktlich Feierabend zu machen. Was Klaudia gut verstand. Immerhin erwartete ihn zuhause nicht nur ein verfressener Kater.

»Ich muss gleich nach Potsdam.«

»Bist du deshalb so angefressen?« Klaudia runzelte die Stirn. Kein Kollege liebte diese Termine am Sektionstisch. Aber dass Thang sauer war, weil er zum brandenburgischen

Landesinstitut für Rechtsmedizin musste, fand sie dann doch ziemlich daneben. »Ist die Obduktion so spät oder was?«

»Nein! Es ist nur ...« Thang stockte. »Ach! Vergiss es.«

»Einen Teufel werde ich.« Klaudia beugte sich vor. »Du sagst mir jetzt sofort, was das Problem ist, oder ...«

Thangs Handy spielte die Melodie von »Auferstanden aus Ruinen«, den Klingelton, der Anrufe seiner Frau ankündigte.

»Sorry.« Hastig sprang er auf und verließ, das Handy bereits am Ohr, ihr gemeinsames Büro.

»Ich kann nicht«, hörte Klaudia ihn noch sagen, dann war sie allein mit den Akten und ihrer Unruhe. Sie nahm ihr Handy und gab den Namen des vermissten Mannes in die Suchmaschine des Browsers ein. Er hatte ein Facebookprofil und einen Instagram-Account. Auf letzterem waren viele Landschaftsfotos, die aussahen, als seien sie bei hohem Tempo aufgenommen. Sein Profilbild wirkte ebenfalls wie ein schneller Schnappschuss aus der Hüfte. Es schien in der U-Bahn aufgenommen zu sein. Mike Kaprolat trug eine Wollmütze, sein Gesicht war schmal, Nase und Kinn kräftig. Er sah ein wenig wie eine freundliche Eule aus. Also nicht unbedingt wie jemand, der in einem unbeleuchteten Wagen durch die Gegend raste. Aber das hieß nichts. Man sah einem Menschen in den seltensten Fällen an, wozu er in der Lage war.

Ein vorbeifahrender Zug ließ die Scheiben klirren. Klaudia griff nach ihrem Rucksack und verließ das Büro. Sie würde noch einmal mit der Frau sprechen, die am Unfallort aufgetaucht war. Sie musste wissen, ob dieser junge Mann wieder aufgetaucht war. Wenn der Flügelschlag eines Schmetterlings einen Sturm auslösen konnte, dann konnten ein Unfall und das Verschwinden eines Menschen zusammengehören.

8. KAPITEL

Sie solle sich keine Sorgen machen, hatte der Beamte in der Bürgersprechstunde gesagt. Das komme häufiger vor, dass junge Männer ein Wochenende versackten. Da litten auch schon mal Kraftfelder.

Manuela hatte das unterdrückte Lachen in seiner Stimme gehört. Trotzdem stand diese Frau jetzt vor ihr. Sie sah aus, als würde sie zu wenig schlafen und nicht genug essen, und sie hielt ihr einen Dienstausweis unter die Nase. Manuela legte den Kissenbezug mit den getrockneten Dillbüscheln auf die Bank. Auch wenn ihre Muskeln immer noch von ihrem Ausflug in die Welt der Fitness schmerzten, hatte es gutgetan, die Dillbüschel gegen die Hauswand zu schlagen. Sie hatte dabei an den Polizisten gedacht und auch an diesen unmöglichen Zink. Sie war zur Apotheke gegangen und hatte ihm gesagt, dass Mike verschwunden sei. Warum sie ihm das nicht schon am Samstag gesagt habe, wollte er wissen. So richtig von oben herab. Nicht das geringste Verständnis für ihre Situation. Trotzdem hatte sie versucht, ihm von ihrer Sorge und Mikes Kraftfeld zu erzählen. Aber er hatte einfach nur abgewinkt und sie stehen lassen. Rena hatte sie dann hinausbegleitet. Sie machte sich auch Sorgen und fragte sich, ob man nicht die Eltern informieren solle. Daran hatte Manuela überhaupt nicht gedacht, und weil ihr das peinlich war, behauptete sie, das bereits getan zu haben. Dabei wusste sie nichts von Mikes Eltern. Aber jetzt konnte sie den Satz nicht mehr zurücknehmen. Sie sprachen noch über den Unfall, und Manuela erfuhr, dass eine Polizistin die junge Frau überfahren hatte. Sie dachte an die Polizistin, die sie in den Arm genommen hatte. Manuela war eingetaucht in ein Meer aus Blitzen. Es hatte sich angefühlt, als habe sich das Gewitter, das über dem Spreewald tobte, in der Polizistin manifestiert.

Und genau diese Polizistin stand nun vor ihr. Hastig wischte Manuela sich die Hände an der Kittelschürze ab und griff nach dem Ausweis, dabei stießen ihre Fingerspitzen gegeneinander. Erschrocken hielt sie die Luft an. Das Kraftfeld der Frau zitterte und blitzte.

Kriminalhauptmeisterin Klaudia Wagner, las Manuela. Wortlos reichte sie der Frau den Ausweis zurück. Die Leute sagten immer, sie würde zu viel reden. Das stimmte überwiegend, und auch in diesem Moment lagen ihr tausend Worte auf der Zunge. Aber wenn man einem Menschen mit einem derart aufgeladenen Kraftfeld gegenüberstand, hielt man besser den Mund.

»Wir sind uns Freitagnacht bereits begegnet.« Die Polizistin kam direkt zur Sache. »Erinnern Sie sich?« Trotz ihres aufgeladenen Kraftfeldes wirkte sie ruhig.

Manuela nickte vorsichtig. Ihre Nackenhaare sträubten sich geradezu, so gut erinnerte sie sich.

»Sie haben Ihren Sohn vermisst gemeldet.«

Die Stimme der Frau klang freundlich beherrscht. Sorgenfalten hatten sich in ihre Stirn gegraben. Wenn sie einfach so vorbeigekommen wäre, hätte Manuela sie eingeladen, sich in die Sonne vor ihrem Haus zu setzen, und ihr einen Becher warmes Wasser angeboten oder ihr besser noch einen Tee aus den Blättern der Jiaogulanranke aufgebrüht. Doch weil die Frau Polizistin war und ihr Kraftfeld so ganz anders als ihr Benehmen, war Manuela vorsichtig.

»Ist er wieder aufgetaucht?«

»Mike ist nicht mein Sohn.«

»Nicht?« Für einen Augenblick wirkte die Frau verwirrt, dann fasste sie sich wieder.

»Er ist mein Mieter«, erklärte Manuela. »Mike Kaprolat. Ich heiße Strahl. Und das wüssten Sie auch, wenn Sie oder Ihre Kollegen mir zugehört hätten. Er wohnt übrigens im Kahnschuppen.« Manuela zeigte über den Hof. »Der Schuppen ist zur Ferienwohnung ausgebaut.«

»Und?«, fragte die Polizistin. »Ist er wieder aufgetaucht?«

»Ich habe heute Morgen versucht, ihn vermisst zu melden.«

»Darf ich mich dort umsehen?«

»Ich weiß nicht.«

»Vielleicht finde ich einen Hinweis, wo Ihr Mieter sein könnte.«

»Ich war schon drüben.« Manuela verschränkte die Arme. Zwar blockierte das die Energieströme, doch andererseits wirkte es wie ein Zaun. Es grenzte ab. »Da ist nichts.«

»Das glaube ich Ihnen gern«, sagte die Polizistin. Ihre Lippen wurden schmal. Sie wirkte nicht wie ein Mensch, der sich durch einen Zaun abhalten ließ. »Aber vielleicht sehe ich mehr. Als Polizistin weiß ich, wonach ich suchen muss.«

»Möglich.« Manuela spürte die Hitze der Mittagssonne auf dem Scheitel, atmete den Duft des geschlagenen Dills ein, und Trauer stieg in ihr auf. »Aber es ist zu spät«, fügte sie hinzu. »Sein Kraftfeld ist erloschen. Das habe ich auch Ihrem Kollegen gesagt.« Wut gesellte sich zu ihrer Trauer. Sie berichtete der Polizistin von dem Gespräch mit dem Revierpolizisten. »Er hat mir nicht geglaubt und gesagt, es sei zu früh für eine Vermisstenanzeige.«

»Damit hat er nicht ganz unrecht«, verteidigte die Polizistin ihren Kollegen. »Erfahrungsgemäß erledigen sich etwa die Hälfte aller Vermisstenfälle innerhalb der ersten Woche.«

»Und trotzdem sind Sie hier.« Manuela hielt den Satz in der Schwebe: keine Frage, keine Feststellung.

»Ja«, sagte die Polizistin schlicht. Dabei zitterte ein Schmunzeln in ihren Mundwinkeln.

»Und wieso sind Sie gekommen?« Sie reckte das Kinn. Angst durfte man sich niemals anmerken lassen. »Wenn ich fragen darf?«

Die Polizistin räusperte sich. Sie sah aus, als würde sie sagen wollen: Es geht dich nichts an. Trotzdem antwortete sie. »Es ist wegen des zeitlichen Zusammentreffens … Der Unfall«, fuhr sie fort, als Manuela schwieg. »Hat Ihr Mieter ein Auto?«

»Nein«, antwortete Manuela. »Er fährt mit dem Rad. Er ist ja noch Student, da kann er sich kein Auto leisten. Und außerdem wohnt er in Berlin, und da braucht er keins. Außerdem blockiert Autofahren die Energieflüsse im Körper.«

»Ist das Fahrrad da?«, unterbrach sie die Polizistin. Sie musterte sie wie der Apotheker, wenn sie versuchte, ihn von der Heilwirkung ihrer Kerzen zu überzeugen.

»Ich denke schon.« Manuela zeigte in die Richtung des kleinen Schuppens.

»Können wir bitte nachsehen?«, bat die Polizistin.

»Wenn Sie meinen.« Manuela ging voraus. Die Polizistin lief an ihrer Seite. Sie hatte einen weit ausholenden Schritt, so dass Manuela Mühe hatte, an ihrer Seite zu bleiben. »Wissen Sie schon, wer die Tote ist?«, fragte sie etwas außer Atem.

»Nein«, antwortete die Polizistin. »Leider wird niemand vermisst, auf den …« Sie stockte, dann fuhr sie fort: »… die Beschreibung passen würde.«

»Das wundert mich nicht.« Sie standen jetzt vor der Schuppentür, und Manuela schob den rostigen Riegel zurück. Den muss er auch erneuern, dachte sie, bevor ihr einfiel, dass Mikes Kraftfeld erloschen war.

»Was?« Die Augen der Polizistin wurden zu schmalen Schlitzen.

Schießscharten, dachte Manuela. Unwillkürlich wich sie einen Schritt zurück. Würde sie jetzt die Frau berühren, würde sie in ihrem Kraftfeld verglühen.

»Na ja«, sagte sie. »Es kümmert sich ja keiner.«

»Ich bin hier«, antwortete die Polizistin. Sie schob die Tür auf. »Welches ist sein Rad?«

Manuela trat in den Schuppen, nur durch die geöffnete Tür fiel Licht herein. Vier Räder standen hier, eins älter als das andere. Mikes Trekkingrad fehlte. Sie schüttelte den Kopf.

»Wie sieht das Rad denn aus?« Die Polizistin zog ihr Handy aus der Hosentasche und fuhr mit dem Zeigefinger über den Bildschirm. Manuela beschrieb es ihr, so gut sie konnte. Die Polizistin hielt ihr das Handy wie ein Mikrofon vor den Mund.

»Haben Sie seine Adresse?«, fragte sie schließlich.

»Nein.« Manuela spürte, wie sie errötete. Papierkram lag ihr nicht so.

»Wieso nicht?«, erkundigte sich die Polizistin.

Manuela fragte sich, ob sie ihr deshalb Ärger machen würde.

»Na ja, er ist ja kein Tourist, außerdem hat der Kurt nachgefragt. Das ist ja dann nur so Nachbarschaftshilfe. Ich versorge Kurt mit Kräutern. Er ist einer meiner besten Kunden.« Manuela wollte noch mehr von Kurt erzählen, doch die Polizistin unterbrach sie mit einer Frage.

»Wo wohnt dieser Kurt?«

»Am Ende der Sackgasse, aber ich weiß nicht, ob er Mikes Adresse kennt. Er hat ja nur wegen seiner Tochter angerufen, der Rena. Ihr gehört die Apotheke. Also nicht ihr, sondern ihrem Mann, dem Zink, Doktor Zink«, korrigierte sich Manuela. »Da legt er Wert drauf.« Es gelang ihr nicht, die Verachtung, die sie für diesen Wessi empfand, aus ihrer Stimme zu halten. »Auf jeden Fall hat die Rena«, fuhr sie deshalb hastig fort, »also Kurts Tochter … ein Zimmer für ihren Praktikanten gesucht, und ich hatte Platz.«

»Welche Apotheke?« Die Stimme der Polizistin klang auf einmal sehr erschöpft. Die Leute wurden oft müde, wenn Manuela mit ihnen sprach. Lag wahrscheinlich an ihrem Kraftfeld.

Manuela nannte ihr die Adresse.

»Haben Sie seine Handynummer?«

»Die vom Apotheker?«

»Nein.« Wenn die Polizistin sie für die letzte Idiotin hielt, ließ sie es sich zumindest nicht anmerken. »Die Nummer Ihres Mieters.«

»Da muss ich nachschauen.«

»Tun Sie das.« Der Polizistin gelang ein Lächeln.

»Mein Handy ist im Haus.«

»Ich warte hier.«

»Also gut.« Manuela ließ die Polizistin nur ungern auf ihrem Hof zurück. Traue nie einem vom Finanzamt oder der Polizei, hatte ihr Großvater immer gesagt. Also beobachtete Manuela die Frau, während sie ihr Handy aus der Handtasche nahm. Die Frau hatte sich abgewandt und telefonierte. Als Manuela wieder herauskam, steckte sie ihr Handy weg.

»Das ist die Nummer.«

»Haben Sie versucht, ihn anzurufen?«

»Nein.« Manuela dachte an die Mitteilung, die sie gelesen hatte. Sie konnte der Polizistin unmöglich sagen, dass sie in seinen Sachen geschnüffelt hatte. »Da habe ich überhaupt nicht dran gedacht. Wie dumm von mir!«

»Okay.« Die Polizistin wählte die Nummer. Manuela meinte, ein schwaches Klingeln zu hören, war sich jedoch nicht sicher. Vielleicht bildete sie es sich auch nur ein. Schweiß versickerte in ihrem BH.

»Guten Tag«, sagte die Polizistin auf einmal.

Vor Schreck stockte Manuelas Herzschlag. Unwillkürlich sah sie zum Kahnschuppen hinüber.

»Mein Name ist Kriminalhauptmeisterin Klaudia Wagner, Kripo Lübben. Würden Sie sich bitte umgehend bei der nächsten Polizeidienststelle melden? Ihre Vermieterin hat sie als vermisst gemeldet. Danke.« Die Polizistin steckte das Handy fort. »Mailbox«, erklärte sie. »Darf ich jetzt bitte sein Zimmer sehen?«

»Apartment«, korrigierte Manuela sie. »Es ist ein Apartment.« Noch immer unschlüssig sah sie von der Polizistin zum Kahnschuppen, dann gab sie sich einen Ruck.

Im Apartment roch es nach ungewaschenen Socken und klammer Bettwäsche, die dringend gelüftet werden müsste.

»Ich habe alles dichtgemacht.« Manuela hatte das dringende Gefühl, sich rechtfertigen zu müssen. »Wegen dem Unwetter«, fügte sie hinzu. »Weil es doch ein Dachfenster ist.« Sie zeigte zur Decke.

»Ich verstehe.« Die Polizistin sah sich aufmerksam um. Ob sie diese Krümel auf dem Tisch bemerkte?

»Normalerweise ist er ordentlich.« Manuela wollte etwas Nettes über Mike sagen, außerdem zwang das Schweigen der Frau ihr geradezu Worte in den Mund. Sie trat an Mikes Bett, um die Decke aufzuschütteln. Dabei stieß ihr Fuß gegen das Handy. Über dem Display leuchtete ein grünes Licht. Manuelas Gedanken rasten. Ihre Fingerabdrücke waren auf Mikes Handy. Sie erinnerte sich an den Augenblick der Dunkelheit, als sie es in den Händen gehalten hatte. Ganz langsam schob sie das Handy mit der Schuhspitze unters Bett. Dabei ließ sie die Polizistin nicht aus den Augen. Sie griff nach der Kräutermühle und roch daran.

»Ich wusste gar nicht, dass er so einer ist«, sagte Manuela. »Ich meine, immerhin studiert er.«

»Viele junge Leute rauchen Gras.« Die Stimme der Polizistin klang gleichgültig. Irgendwie störte Manuela das. Immerhin vertrat sie ja das Gesetz, und Drogen waren verboten.

»Und Sie haben wirklich nur seine Handynummer?« Die Polizistin bückte sich und öffnete die Nachttischschublade. Was, wenn sie unter das Bett sah. Doch die Polizistin richtete sich wieder auf; ihr fragender Blick traf Manuela.

»Ja.« Schweiß versickerte in ihrem BH. »Aber bestimmt hat der Apotheker die Adresse.«

Die Frau nickte und schob sich an ihr vorbei ins Freie. Erleichtert aufatmend folgte Manuela ihr.

»Sollte er auftauchen, hier ist meine Nummer.« Die Polizistin reichte ihr eine Visitenkarte, auf der der Bundesadler prangte.

»Er wird nicht kommen«, sagte Manuela. »Sein Kraftfeld ist erloschen.«

»Sollte sich sein Kraftfeld wider Erwarten regenerieren«, sagte die Polizistin, »dann wissen Sie, wo Sie mich finden.«

Sie nickte ihr noch einmal zu und stieg dann in ihren Wagen.

Manuela klopfte gegen die Seitenscheibe, bevor die Polizistin abfahren konnte. Sirrend senkte sich das Fensterglas. »Was mache ich mit den Sachen?«, fragte sie.

»Mit welchen Sachen?« Die Polizistin schien wirklich schwer von Begriff zu sein.

»Na, Mikes. Die sind doch alle noch da.«

»Packen Sie alles einfach zusammen«, antwortete die Polizistin.

»Ich weiß doch nicht, wohin damit.«

»Wenn sich niemand meldet, lasse ich die Sachen abholen.« Die Polizistin fuhr die Scheibe wieder hoch, und Manuela trat zurück. Sie blickte ihr nach, als der Wagen vom Hof rollte, dann griff sie nach dem Kopfkissenbezug und schmetterte ihn gegen die Hausecke. Warum hatte sie nicht einfach die Wahrheit gesagt?

9. KAPITEL

Ziemlich verpeilt die Frau. Klaudia sah noch einmal in den Rückspiegel, bevor sie in den Feldweg einbog, der zur Landstraße führte. Was immer in dem Kopfkissenbezug war, bekam ordentlich was ab. Für einen Moment spielte Klaudia mit dem Gedanken, diesem Kurt einen Besuch abzustatten. Sie entschied sich dagegen. Wenn er Frau Strahls bester Kunde war, war er bestimmt ebenso neben der Spur. Ein Apotheker versprach da mehr Sachlichkeit. Klaudia bremste ab, als sie an dem Acker vorbeikam, wo ihr Peugeot eine Schneise der Verwüstung durch die Gurkenpflanzen gepflügt hatte. Ein roh zusammengezimmertes Holzkreuz stand neben dem niedergemähten Busch, der bis auf den Stock heruntergeschnitten war. Wahrscheinlich hatte der Bauer es aufgestellt.

Klaudia parkte am Wegrand und stieg aus. Eine Lerche trällerte über dem Acker. Die Flügel ausgebreitet, badeten Spatzen im Staub am Wegrand, und am anderen Ende des Ackers tuckerte der Gurkenflieger durch die Furchen. Für Klaudia unsichtbare Hände pflückten Gurken, die vom Fließband auf den Beiwagen geschleudert wurden. Sie bückte sich und hob ein Stück Flatterband auf, das sich in einer Distel verfangen hatte. Sie würde wiederkommen, mit Blumen. Sie schloss die Augen und versuchte, an die tote Frau zu denken. Doch das war schwieriger, als gedacht, weil die Tote weder ein Gesicht noch einen Namen hatte. Aber sie würden ihn herausfinden.

Hier im Grenzgebiet zu Polen gab es viele Frauen, deren Angehörige in Ländern lebten, die weit im Osten lagen. Falsche Versprechungen hatten sie nach Deutschland gelockt. Wenn eine solche Frau starb, konnte es sein, dass sie namenlos blieb. In Amerika hieße die Unbekannte dann Jane Doe, in Deutschland war sie nur eine »UWT«, eine unbekannte weibliche Tote. Klaudia wünschte sich sehr, dass diese Frau nicht zu den unglücklichen Opfern gehörte, die in namenlosen Gräbern endeten.

Sie stieg wieder in den Dienstwagen und schaltete die Zündung ein. Ein Nachrichtensprecher verkündete, dass der Kreistag Oberspreewald-Lausitz die Nachtragshaushaltssatzung mit einem Fehlbetrag von 6.4 Millionen Euro beschlossen hatte. Viel mehr als der Fehlbetrag wunderte es Klaudia, dass der Sprecher dieses Mammutwort »Nachtragshaushaltssatzung« fehlerfrei aussprechen konnte. Sie hätte gerne Musik gehört, hütete sich aber, an den Knöpfen zu drehen, und konzentrierte sich auf die Straße.

Die Türglocke bimmelte, als die automatische Schiebetür vor Klaudia aufglitt. Der Verkaufsraum war angenehm kühl und duftete nach Seife und Lufterfrischer. Eine ältere Frau, die auf ihrem Rollator wie auf einem Campinghocker saß, wurde gerade vom Apotheker bedient. Klaudia stellte sich neben den Wasserspender.

»Wenn das mal nicht meine holça ist«, sagte eine zittrige Altmännerstimme.

Klaudia sah um den Wasserspender herum. Als hätte er sein Rudel verschluckt, saß Schiebschick auf einer schlichten Holzbank, die knotigen Hände auf dem Griff seines Stockes. Wehmut streifte Klaudias Herz. Der Fährmann schrumpfte mit jedem Jahr, das sie hier verbrachte. Wie immer trug er zur blauen Fährmannsweste die Schiffermütze und eine schwarze Hose mit akkuraten Bügelfalten. Seine Füße steckten allerdings in roten Crocs, was ziemlich merkwürdig aussah. Normalerweise trug er hochglanzpolierte Slipper, selbst wenn er Touristen nach Burg stakte.

Seit es Klaudia in den Spreewald verschlagen hatte, war er ihr Freund und Mentor. Sie wusste nicht genau, wie alt er war. Stakte er mit seinem Kahn über die Spree, hielt man ihn für einen rüstigen Siebzigjährigen. Hörte man seinen Geschichten zu und blickte in sein von der Sonne gegerbtes Gesicht, hielt man ihn für deutlich älter. Aber egal, wie alt er war, Klaudia hoffte, dass er noch lange seinen Kahn über die Spree staken würde.

»Nicht, dass du dich vordrängeln tust, wa?«

»Keine Sorge.« Klaudia setzte sich zu ihm auf die Bank. »Ich habe Zeit.« Sie musterte den Kahnführer von der Seite: seine altersfleckigen Hände, das herabhängende Kinn. Ihr wurde bewusst, dass er wahrscheinlich sehr viel älter war als ihr Vater. Älter und sehr viel fitter. Klaudia fragte sich, wie ihr Alter aussehen würde. Würde sie zu den Menschen gehören, deren Gehirn sich vor der Zeit verabschiedete, oder wäre sie eher wie Schiebschick: pfiffig und eine Geißel der Menschheit?

»Geht's dir gut?«, flüsterte Schiebschick in ihre Gedanken hinein. Seine wasserblauen Altmänneraugen musterten sie besorgt.

Da der Alte zwar einiges konnte, Gedankenlesen aber nicht zu seinen Fähigkeiten gehörte, ahnte Klaudia den Grund für die Frage. »Du hast also auch von dem Unfall gehört.«

»So was spricht sich rum, wa?«

»Leider.« Klaudia unterdrückte einen Seufzer.

»Du kannst da nix zu.« Schiebschick legte ihr die Hand auf

den Unterarm. Die Venen zeichneten sich wie mäandernde Fließe unter der altersfleckigen Haut ab.

»Was sagen die Leute denn so?«

»Nicht viel«, antwortete Schiebschick ausweichend. »Sie reden eben, weil sie ein Maul haben. Und man kann nicht allen ein Rudel über den Schädel ziehen, wa?«

»So schlimm?«

»Bist du deshalb hier?«

»Wegen dem Unfall?«, fragte Klaudia nach.

»Kannste nicht schlafen?«

»Doch.« Klaudia wollte nicht, dass der Alte sich um sie sorgte. »Alles gut«, log sie deshalb. »Ich suche nach einem jungen Mann, der hier ein Praktikum macht.« Sie sah keine Veranlassung, ihre Ermittlungen geheim zu halten. Vor allem nicht vor Schiebschick, der sowieso immer alles erfuhr.

»Hat er was damit zu tun?«

»Das wissen wir nicht«, antwortete Klaudia. »Seine Vermieterin hat ihn vermisst gemeldet.«

»Die Manuela?«

»Stimmt, aber wie kommst du auf sie?«

»Ich bin so alt, dass ich öfter in der Apotheke als im *Heuschober* bin.«

Der *Heuschober* war die letzte verbliebene Raucherkneipe in Hafennähe, die auch Klaudia gerne besuchte, obwohl sie schon einige Jahre nicht mehr rauchte.

»Der Mike ist also weg?«

»Sieht so aus.«

»Und was sagt die Manuela?«

»Ziemlich wirres Zeug«. Klaudia seufzte. »Kennst du sie gut?«

»Seit sie so war.« Schiebschick hielt seine Hand in Kniehöhe über den Boden. »Ihr Vater hat Kähne gebaut, und ihre Mutter war eine Hexe.«

»Diese Manuela scheint da eher in die Fußstapfen ihrer Mutter zu treten.« Klaudia blies die Wangen auf.

»Das denkt man so«, bestätigte Schiebschick. »Aber Manuela sieht oft Dinge, die andere nicht sehen.« Nachdenklich zog Schiebschick eine Packung Papiertaschentücher aus der Hosentasche und putzte sich die Nase.

»Auf mich wirkte sie auf jeden Fall ziemlich gaga.«

»Vielleicht wirste gaga, wenn de das zweite Gesicht hast. Siehste alles doppelt, wa?«

»Ihre Medikamente, Herr Schiebschick.« Eine junge Frau unterbrach ihr Gespräch.

»Danke, Kindchen.« Schiebschick rappelte sich auf und griff nach der Tüte.

Klaudia fragte sich unwillkürlich, was die Papiertüte mit dem Apothekenlogo verbarg.

»Grüß mir die Chefin«, sagte der alte Mann zu dem Mädchen. »Ich hab sie ewig nicht mehr gesehen.«

»Mach ich.« Die Kleine streckte die Hand aus, um ihm zu helfen.

»Pass auf dich auf.« Klaudia erhob sich ebenfalls von der Bank. »Wieso trägst du eigentlich so Gummidinger?«

»Willste gar nicht wissen, wa?«, brummte Schiebschick und schob ab.

»Kann ich Ihnen helfen?«, fragte die junge Frau, deren Schild sie als *Frau Grube* und *Auszubildende* auswies.

»Ich würde gerne den Apotheker sprechen.«

Der Blick der Auszubildenden taxierte Klaudia und wanderte suchend an ihr entlang. Wahrscheinlich hielt die junge Frau sie für eine Vertreterin und suchte den Musterkoffer.

»Haben Sie eine Karte?«

»Nein.« Klaudia wollte kein Aufsehen erregen.

»Ich sage Doktor Zink Bescheid.« Frau Grube lächelte zögernd. »Allerdings ist er gerade in einem Kundengespräch.«

»Kein Problem. Ich warte.« Klaudia setzte sich wieder auf die Bank und beobachtete, wie die Auszubildende ihren Chef informierte. Stirnrunzelnd blickte er auf. Sein Haarwuchs war eher schütter, und mit seiner Nickelbrille sah er aus wie eine freundliche Eule. Unter dem Apothekermantel trug er Hemd und Krawatte, was nicht ganz zum Typ »freundliche Eule« passte, sondern eher zum Typus Korinthenkacker. Klaudia schätzte ihn auf Anfang fünfzig. Sie hatte reichlich Zeit, sich einen Eindruck von dem Mann zu machen. Er dehnte das Kundengespräch, um sie warten zu lassen. Kein netter Zug, passte aber zur Krawatte. Die ältere Dame hatte sich bereits einmal von ihrem Rollator erhoben, als eine Bemerkung Doktor Zinks sie dazu brachte, sich wieder zu setzen.

Klaudia amüsierte dieses Machtspielchen. Wenn Zink wüsste, dass sie Polizistin war, würde er gar nicht schnell genug versuchen, seine Kundin loszuwerden. Aber da er sie für eine Pharmavertreterin hielt, ließ er die Muskeln spielen. Wieder klingelte die Türglocke, eine junge Frau schob einen Buggy in den Verkaufsraum. Bevor Klaudia sich fragen konnte, ob er auch diese Kundin bedienen würde, tauchte die Auszubildende aus dem Hintergrund auf, und die alte Dame wackelte an ihrem Rollator aus der Apotheke.

»Wie kann ich Ihnen helfen, Frau …?« Am letzten Wort baumelte ein Fragezeichen.

»Wagner.« Klaudia trat an den Verkaufstresen und legte ihren Dienstausweis auf die Theke. »Kripo Lübben.«

»Kripo?«

»Es handelt sich um Herrn Kaprolat. Er jobbt hier, nicht wahr?«

»Bis heute«, antwortete der Apotheker. »Einfach nicht erschienen. Also zu meiner Zeit hätte es das nicht gegeben. Wirklich sehr unangenehm. Wir kommen kaum zurecht. Meine Frau muss sogar die Mittagsauslieferungen machen. Die Auszubildende hat keinen Führerschein, und ich kann ja nicht weg. Dabei ist so viel zu erledigen. Ich weiß schon gar nicht mehr, wo mir der Kopf steht.«

»Und Sie haben keine Ahnung, wo Herr Kaprolat sein könnte?«

»Das hat mich Frau Strahl bereits gefragt.« Zink runzelte unwillig die Stirn. »Sie war sehr aufgeregt, aber das ist sie eigentlich immer«, fügte er missbilligend hinzu. »Wirklich sehr unangenehm, das Ganze.«

»Haben Sie seine Adresse?«

»Ja.« Zink massierte sich mit Daumen und Zeigefinger das Kinn. »Ich denke, aber um so etwas kümmert sich meine Frau.«

»Vielleicht kann sie mal nachschauen.«

»Sie macht wie gesagt gerade die Mittagsauslieferungen. Eigentlich müsste sie schon längst zurück sein. Wenn ich ehrlich bin, mache ich mir viel mehr Sorgen um meine Frau als um diesen Praktikanten.«

»Aber der ist vermisst gemeldet, und ich hätte gerne seine Adresse.«

»Können Sie die nicht so rauskriegen?«

Klaudia schüttelte den Kopf. »Haben Sie eine Vorstellung, wie viele Kaprolats es in Deutschland gibt?«

»Warum hat denn Frau Strahl die Adresse nicht?«, fragte der Apotheker. »Die müsste sie doch haben. Schließlich ist er ihr Mieter.«

»Frau Strahl hat sie nicht, und deshalb bin ich hier.«

»Meine Frau wird Sie anrufen, sobald sie zurück ist. Ich

kann jetzt wirklich nicht im Büro nachschauen. Sie sehen doch, was hier los ist.«

Ja, dachte Klaudia und sah sich demonstrativ um. Die junge Mutter hatte den Verkaufsraum verlassen, und die Auszubildende beschäftigte sich damit, Rezepte zu sortieren. Wahrscheinlich lauschte sie. »Der junge Mann ist verschwunden«, erinnerte Klaudia den Apotheker. »Seit Samstag hat ihn niemand mehr gesehen.«

»Glauben Sie, dass ihm etwas passiert ist?«

»Auszuschließen wäre es nicht.«

»Haben Sie schon in den Krankenhäusern nachgefragt?«

»Alle erforderlichen Schritte sind eingeleitet.« Klaudia blieb bewusst vage. Auf keinen Fall würde sie sich von diesem Typen in die Defensive drängen lassen.

»Vielleicht ist er das Opfer vom Wochenende? Haben Sie ...«

Ein Keuchen unterbrach ihn. Mit schreckensweiten Augen starrte die Auszubildende ihren Chef an. »Sie meinen, die Polizistin hat Mike überfahren?«

»Das hat sie sicherlich nicht«, schnappte Klaudia. »Wenn Sie mir jetzt bitte die Adresse geben würden?«

»Aber ich weiß wirklich nicht, wo meine Frau die Sachen hat. Ich mische mich da nicht ein. Und das mag sie auch gar nicht.« Der Apotheker war wohl tatsächlich weniger starrköpfig als unfähig. Klaudia hatte angenommen, dass diese Sorte Mann, die ohne ihre Frauen hilflos war, in den sechziger Jahren des vorigen Jahrhunderts ausgestorben war, doch nun stand so ein Beziehungsdinosaurier vor ihr.

»Der Wagen ist gerade in den Hof gefahren«, sagte Frau Grube.

Zink wirkte geradezu erleichtert.

»Kommen Sie.« Der Apotheker winkte Klaudia hinter den Verkaufstresen. Sie durchquerten einen Raum, der eine Art

Lager zu sein schien. Überall standen blaue Kisten und Medikamentenschachteln herum.

»Das hier ist unsere Warenannahme und das Backoffice«, erklärte Zink. »Da geht's in unser Labor.«

»Sehr interessant«, murmelte Klaudia. Ihr Blick blieb an einem anachronistisch anmutenden gusseisernen Heizkörper mit zwei Klappen hängen.

»Dieser Heizkörper ist noch von meinem Vorgänger.« Dem Apotheker war ihr interessierter Blick nicht entgangen. Er trat an den Heizkörper und öffnete die eisernen Klappen. Es war nicht ganz einfach, aber als es ihm gelungen war, blickte Klaudia auf ein schmales gusseisernes Regal.

»Früher hatte man ja ständig Notdienst, und im Winter konnte man sich hier ein Süppchen warmhalten.«

»Wie praktisch.« Erst jetzt bemerkte Klaudia den Bildschirm, der in einer Ecke des Raumes hing und den Verkaufsraum zeigte. Die Auszubildende bediente gerade eine ältere Dame in Spreewaldtracht. Wahrscheinlich die Stadtführerin, zumindest war sie die einzige Frau, die Klaudia kannte, die regelmäßig die Tracht der Lübbenauerinnen trug.

Zink öffnete eine weitere Tür. Eine Neonlampe flammte auf und leuchtete einen schmalen Flur aus, von dem weitere Türen abgingen. »Das ist der Personalraum.« Der Apotheker zeigte nach links. »Und auf der anderen Seite befindet sich unser Büro.« Er öffnete die Tür, die vor ihm lag und auf den Hof hinausführte.

Eine dunkelblonde, etwas korpulente Frau lud Plastikkisten aus dem Heck eines in die Jahre gekommenen Honda HR. Sie wirkte deutlich jünger als der Apotheker und trug eine randlose Brille.

»Tut mir leid«, sagte sie zu ihrem Mann. »Ich war noch bei Vater.«

»Du weißt doch, was hier los ist ...«

Der Rest des Satzes rauschte weiß durch Klaudias Kopf. Sie starrte auf den eingedellten linken Kotflügel. »Hatten Sie einen Unfall?«, fragte sie.

»Wie bitte?« Rena Zink schlug die Heckklappe zu und blickte erstaunt erst zu Klaudia und dann zu ihrem Mann.

»Das ist Frau ...« Offensichtlich war dem Apotheker Klaudias Name entfallen. »... von der Kripo«, rettete er sich schließlich. »Sie suchen Kaprolat. Deshalb ist sie hier. Sie braucht seine Adresse.«

»Meinen Sie, Mike ist etwas passiert?« Rena Zinks Stimme zitterte besorgt. Sie war Klaudia sehr viel sympathischer als ihr Mann.

»Davon gehen wir nicht aus.« Klaudia zügelte ihre Ungeduld.

»Die Strahl hat ihn vermisst gemeldet«, mischte sich Herr Zink ein. »Die kann man nicht ernst nehmen. Aber das weiß die Polizei ja schließlich nicht«, fügte er gönnerhaft hinzu.

»Hatten Sie einen Unfall?«, wiederholte Klaudia ihre Frage.

»Nein.« Rena Zink runzelte die Stirn. »Wieso fragen Sie?«

»Deshalb.« Klaudia streckte die Hand aus und deutete auf den verbeulten Kotflügel.

»Hast du wieder beim Einparken nicht aufgepasst?« Doktor Zink kam um den Wagen herum und besah sich den Schaden.

»Nicht«, entfuhr es Klaudia. »Das sollten sich Fachleute ansehen.«

»Das ist doch keine große Sache. Außerdem ist der Wagen fast zwanzig Jahre alt.«

»Davon rede ich nicht. Aber Freitagnacht hat ...« Klaudia räusperte sich, »... wurde der Unfallverursacherin von einem unbeleuchteten Wagen die Vorfahrt genommen. Das führte dann zu dem Unfall.«

»Und Sie meinen, das war unser Wagen?« Frau Zink schaltete schneller als ihr Mann.

»Möglicherweise«, sagte Klaudia. »Die Beule sieht noch ziemlich frisch aus, und wenn Sie nicht ...«

Frau Zink schüttelte den Kopf, bevor Klaudia den Satz beenden konnte. »Ich habe keinen Unfall gehabt.«

»Und war die Beule schon da, als Sie losgefahren sind?«

»Ich weiß nicht. Ich habe nicht darauf geachtet. Vielleicht hat Mike ja, oh ...« Frau Zink schlug die Hand vor den Mund.

»Meinen Sie, er ist deshalb verschwunden?« Die Augen weit aufgerissen, starrte sie Klaudia an.

»Ich weiß nicht.« Klaudia ging neben dem Kotflügel in die Knie. »Möglicherweise«, murmelte sie und musterte die Spritzer am Radkasten, die aussahen wie getrocknetes Blut.

10. KAPITEL

Klaudia informierte die Leitstelle, dann kehrte sie mit dem Ehepaar in die Apotheke zurück.

Herr Zink führte sie in das fensterlose Büro. Zu dritt drängten sie sich in einen Raum, in den gerade einmal ein Schreibtisch mit zwei Computerarbeitsplätzen und ein mit Ordnern vollgestopftes Regal passten. Hilfesuchend sah Zink zu seiner Frau. Auch die war blass und verwirrt, schaffte es aber schließlich, Klaudia einen Sitzplatz anzubieten und sich selbst hinter den Schreibtisch zu quetschen. Ihr Mann blieb stehen.

»Was passiert denn jetzt mit dem Wagen?«, fragte Herr Zink.

»Die Kollegen der Spurensicherung werden übernehmen.« Klaudia erklärte es ihm, ohne zu erwähnen, dass auch ihr Wagen von den Spezialisten in Potsdam untersucht wurde.

»Aber wie sollen wir denn Medikamente ausliefern?« Der Apotheker nahm seine Nickelbrille ab und wischte sich die Stirn mit einem Taschentuch, das aussah, als sei es ebenso gestärkt wie sein Kittel.

»Wir haben noch den Mercedes«, erinnerte ihn seine Frau.

»Du bist noch nie mit dem Mercedes gefahren.«

»Dann werde ich es eben jetzt tun.«

»Ich weiß nicht …«

»Wann hatte Mike den Wagen?«, unterbrach Klaudia den Apotheker rüde.

»Am Freitag«, antwortete Frau Zink. »Sein Fahrrad stand noch im Hof, als ich von der Chorprobe zurückgekommen bin. Das war so gegen zehn. Wir waren noch im *Flaggschiff*.«

Klaudia hatte das Gefühl, dass der letzte Satz eher dem Apotheker galt.

»Stimmt«, murmelte der Apotheker. »Wir hatten noch eine späte BTM-Tour. Ein Palliativpatient, der aus dem …«

»Ich habe gedacht«, unterbrach ihn seine Frau, »Mike ist mit dem Wagen nach Hause gefahren. Das kann er machen, wenn es zu spät wird«, fügte sie erklärend hinzu.

»Wir legen Wert auf die Einhaltung der Arbeitszeiten«, ergänzte ihr Mann.

»Und seit wann stand der Wagen wieder da?«

»Samstagmorgen«, antwortete Frau Zink. »Ich habe mich noch gewundert, weil Mike ja krank war.«

»Er hat sich krankgemeldet?«

»Nicht Herr Kaprolat«, entgegnete der Apotheker barsch, »sondern diese Spreewaldhexe. Ich hatte versucht, ihn anzurufen. Eigentlich hätte er aufschließen sollen. Doch es hat sich immer nur die Mailbox gemeldet, und deshalb habe ich seine Vermieterin gebeten, nach dem Rechten zu sehen. Schließlich macht man sich ja Gedanken, wenn ein Mitarbeiter nicht zum Dienst erscheint. Und da hat die Strahl behauptet, Kaprolat sei krank. Ich habe ihm noch gute Besserung gewünscht.«

Klaudia sortierte die Information, dass Manuela Strahl den Arbeitgeber ihres Mieters angelogen hatte, in eine Schublade ihres Gehirns, die sie mit »Könnte wichtig sein« beschriftete.

»Was ist mit dem Fahrrad?«, fragte sie. »Ist es noch da?«

»Ich …« Verwirrt strich der Apotheker sich über das schüttere Haar.

»Nein«, kam ihm seine Frau zu Hilfe. »Das hätte ich bemerkt.«

»Und die Autoschlüssel?«

»Die steckten«, antwortete Frau Zink. »Was eigentlich merkwürdig ist«, sagte sie nachdenklich. »Schließlich haben wir den Schlüsselsafe.«

»Es besteht die Dienstanweisung, die Schlüssel immer in den Safe zu hängen«, warf der Apotheker ein.

»Meinen Sie …?« Frau Zink biss sich auf die Unterlippe. »… Mike hatte einen Unfall und ist deshalb verschwunden?«

»Würden Sie ihm das zutrauen?«

»Ich weiß nicht.« Hilfesuchend blickte Rena Zink zu ihrem Mann. »Man kann den Leuten ja nur vor den Kopf sehen, aber eigentlich nicht.«

»Er ist auf Empfehlung eines befreundeten Rotariers hier«, ergänzte der Apotheker. »Außerdem hat doch eine Polizistin diese Frau überfahren.«

»Es könnte ein Wildunfall gewesen sein«, mutmaßte seine Frau.

»Geben Sie mir nun bitte Kaprolats Adresse?« Klaudia wollte nicht mit dem Ehepaar darüber spekulieren, was alles passiert sein konnte. Sie war sich ziemlich sicher, dass sie den

Unfallwagen vor sich hatte. Und außerdem hatte sie jetzt eine Erklärung dafür, warum sie die Frau nicht gesehen hatte. Sie musste bereits am Boden gelegen haben.

»Ja, natürlich«, sagte Frau Zink.

Klaudia kehrte in das nach altem Papier und staubigen Medikamenten riechende Büro hinter der Apotheke zurück.

»Ich drucke Ihnen die Adresse aus.« Frau Zink schien froh zu sein, etwas tun zu können. »Er lebt in Berlin am Spandauer Damm, in einem Studentenwohnheim«, fuhr sie erklärend fort, während ihre Finger über die Tastatur flogen. »Vielleicht ist er ja da.«

»Ja, vielleicht«, sagte Klaudia, ohne es zu glauben.

»Seine Telefonnummer steht auch dabei.«

»Danke.« Hinter Klaudia surrte ein Drucker, und gleichzeitig vibrierte ihr Handy. Sie zog es aus der Hosentasche. Eine Kurzmitteilung von PH. Wo, verdammt, sie sei und sie solle sich umgehend bei Demeter-Anders melden. Klaudias Nacken kribbelte, als stünde die Staatsanwältin dicht hinter ihr.

»Was ist mit seinen Eltern?«, fragte die Apothekerin.

»Wir kümmern uns darum«, entgegnete Klaudia. Sie nahm den Zettel mit der Adresse, verabschiedete sich und verließ die Apotheke. Vor der Tür atmete sie noch einmal tief durch, bevor sie loslief.

»Warten Sie bitte!« Die Stimme der Auszubildenden ließ sie herumfahren.

»Ja, bitte?«

Die Augen der jungen Frau waren gerötet, als hätte sie geweint.

»Sie suchen Mike, nicht wahr?« Die junge Frau blickte sich noch einmal um, dann trat sie vor den Laden. Die Türglocke bimmelte leise, als die automatische Tür hinter ihr zuglitt.

»Ja.« Klaudia nickte ermutigend. Dieses Mädchen wollte

ihr zwar etwas sagen, doch Klaudia hatte das sichere Gefühl, dass ein falsches Wort die Kleine dazu bringen würde, es sich anders zu überlegen.

»Wir haben uns ein bisschen angefreundet«, sagte das Mädchen. »Also nur so«, fügte sie hinzu.

»Ja?« Diesmal legte Klaudia eine angedeutete Frage in die eine Silbe. Als Polizistin kannte sie viele Möglichkeiten, das Wort »Ja« zu betonen.

»Mal bei *WhatsApp* geschrieben.«

»Ja.«

»Oder Instagram.«

Klaudia unterdrückte einen Seufzer. Es gab so Zeugen, die immer nur einen Gedanken pro Satz aussprechen konnten. Da half nur Geduld, die sie jedoch im Moment nur schwer aufbringen konnte.

»Wir wollten am Samstag nach Cottbus.«

»Ja?« Klaudia legte mehr Nachdruck in die Frage.

»Aber er hat sich nicht gemeldet.«

Es kostete Klaudia Mühe, sich ihre Enttäuschung nicht anmerken zu lassen.

»Und das ist so gar nicht seine Art. Mike ist sehr verantwortungsbewusst. Er meldet sich eigentlich auch immer.«

»Nur am Samstag nicht«, sagte Klaudia.

»Eigentlich schon seit Freitag nicht mehr. Und da habe ich gedacht, es hätte was hiermit zu tun.« Sie trat einen weiteren Schritt vor und hielt Klaudia ihr Handy unter die Nase. Klaudia las den *WhatsApp*-Dialog. *Du glaubst es nicht*, stand da, *aber ich habe gerade einen Geist gesehen!!!!* Die Antwort war ein staunender Smiley. »Was für einen Geist?«, fragte Klaudia.

»Ich weiß nicht.«

»Haben Sie eine Ahnung, wo er diesen Geist gesehen haben könnte?«

»Vielleicht auf der Tour?«

»Wissen Sie, an welche Adresse er die Medikamente geliefert hat?«

»Ich dachte mir, dass Sie das fragen würden.« Das Mädchen nannte ihr eine Adresse, die Klaudia nicht kannte. Sie diktierte sie in ihr Handy, dann aktivierte sie die Kamera.

»Darf ich?«, fragte Klaudia und richtete ihre Handykamera auf den Chatverlauf.

»Ja, klar.«

»Ich danke Ihnen.«

»Meinen Sie, Mike ist etwas zugestoßen?«

»Die meisten Vermissten tauchen innerhalb der ersten Woche wieder auf«, antwortete Klaudia. Außer sie wollen nicht gefunden werden, fügte sie in Gedanken hinzu. Ein Geist? Sie schüttelte den Kopf. Spreewaldhexen, Geister, ein verschwundener Student und eine tote Unbekannte.

Das alles klang wie das Drehbuch zu einem dieser Spreewald-Krimis.

11. KAPITEL

Klaudia parkte den Dienstwagen bei Uwe in der Einfahrt. Das Handy am Ohr lief sie über den Marktplatz. Zunächst wollte sie Thangs Nummer wählen, erinnerte sich jedoch noch rechtzeitig daran, dass ihr Kollege bei der Leichenschau war. Also bat sie Demel, die Berliner Kollegen zu dem Wohnheim zu schicken, in dem Mike Kaprolat gemeldet war, und über die Univerwaltung die Adresse der Eltern herauszufinden.

»Kannst du bitte Thang anrufen?« Demels Stimme klang gedämpft. »Ich bin gerade bei der Leichenschau, und wenn ich das Handy nicht ganz schnell wegstecke, wirft mir Stemmler die Knochensäge an den Schädel.«

Demel drückte das Gespräch weg, und Klaudia wählte noch einmal, diesmal Thangs Nummer.

»Wo steckst du?«, fragte Thang statt einer Begrüßung. »War nicht abgesprochen, dass du dich um die Routinesachen kümmerst?«

»Wieso bist du nicht bei der Leichenschau?«, konterte Klaudia mit einer Gegenfrage.

»Es hat sich anders ergeben«, antwortete Thang ausweichend. »PH sucht dich. Also: Wo steckst du?«

»Lübbenau. Vermisstenfall«, antwortete Klaudia und spulte ihre Bitten noch einmal ab. »Könntest du bitte auch noch eine Handyortung in die Wege leiten?«

»Das genehmigt PH nie«, sagte Thang.

»Ich denke doch«, entgegnete Klaudia und erzählte ihm von dem Wagen mit den Unfallspuren.

»Und das sagst du mir erst jetzt?« Thangs Stimme klang gepresst.

»Ich habe bereits alles in die Wege geleitet.«

»Entschuldige«, erwiderte Thang. »Aber was genau verstehst du an dem Satz ›Halte dich aus den Ermittlungen raus‹ nicht?«

»Ich habe nach einem Vermissten gesucht«, rechtfertigte sich Klaudia. »Es ist nicht meine Schuld, dass ich den Wagen gefunden habe. Was machst du da?« Sie vernahm das Klackern einer Tastatur.

»Ich suche die Vermisstenanzeige.«

»Sie ist noch nicht im System.«

»Woher weißt du dann davon?«

»Ich …«, stotterte Klaudia.

»Erklär das PH«, unterbrach Thang sie und legte ohne ein weiteres Wort auf.

Klaudia blies die Luft aus den Lungen. Das lief nicht gut. Sie musste sich einen Ruck geben, um die Nummer der Staatsanwältin zu wählen. Schlimmer geht immer, dachte sie.

Demeter-Anders nahm das Gespräch sofort an. Wann sie in Cottbus sein könne, fragte die Staatsanwältin. Klaudias Frage, worum es denn gehe, beantwortete sie mit einem sibyllinischem »Das besprechen wir, wenn Sie hier sind.«

Sofort füllte Klaudias krankes Ohr sich mit Tönen.

Sie fuhr über die Landstraße nach Cottbus. Während sie sich den Kopf darüber zerbrach, was Demeter-Anders von ihr wollte, glitt sie wie auf Autopilot durch die gemütlichen Orte mit ihren zweisprachigen Ortsschildern und den Feuerwehrtürmen. Ohne überhaupt darüber nachzudenken, bremste sie sogar rechtzeitig vor dem Starenkasten in Göritz ab. Beide Hände am Lenkrad starrte sie auf die Straße, schaltete, bremste, und dabei saß ihr die Angst im Nacken.

Es war Nachmittag, als Klaudia die Handbremse anzog und ausstieg. Die Sonne spiegelte sich in den zahllosen Fenstern des ziemlich hässlichen Plattenbaus, in dem die Staatsanwaltschaft Cottbus residierte. Das Büro der Staatsanwältin lag in der obersten Etage. Am Eingang wies Klaudia sich aus und schaltete ihr Smartphone auf lautlos, während sie die Sicherheitsschleuse passierte. Sie ging an den Aufzügen vorbei zum Treppenhaus. Sie wollte das Adrenalin abbauen, das sich während der Fahrt in ihr aufgestaut hatte. Auf halber Strecke bereute sie ihre Entscheidung jedoch und stieg in den Aufzug. Auf keinen Fall wollte sie mit hochrotem Kopf und völlig außer Atem im Büro der Staatsanwältin erscheinen. Sie fühlte sich auch so schon im Nachteil.

Obwohl Demeter-Anders sie erwartete, war die Staatsanwältin nicht allein. Klaudia nickte Mark Meinert zögernd zu, der sich bei ihrem Eintreten erhob. Er war ein Kollege vom Landeskriminalamt, mit dem sie sehr unliebsame Erinnerungen verband. Er streckte ihr die Hand entgegen.

»Wie geht es dir?« Die Augen besorgt zusammengekniffen, musterte er sie, und Klaudia dämmerte, dass Mark tatsächlich der erste Kollege war, den es interessierte, wie es ihr nach dem Unfall vom Freitag ging.

»Nicht so toll«, antwortete sie.

»Setzen wir uns doch.« Demeter-Anders hatte sich ebenfalls zur Begrüßung erhoben und führte ihre Gäste nun zu drei schwarzen Schwingsesseln, die um einen runden Rauchglastisch gruppiert waren. Auf dem Tisch stand ein Tablett mit Wasser und Gläsern.

»Ist es so schlimm?« Klaudia nahm ihren Rucksack ab und setzte sich so, dass sie nicht die Wand im Rücken hatte. Sie fühlte sich so schon in die Ecke gedrängt.

»Kaffee? Wasser?«

»Gerne Wasser.« Klaudia räusperte sich.

»Mir bitte auch«, sagte Meinert.

Nachdem die Staatsanwältin ihnen eingeschenkt hatte, setzte sie sich ebenfalls und zog ein wenig die Ärmel des grauen Sommerblazers hoch. Mit Designerjeans und cremeweißem T-Shirt zum Blazer war sie geradezu leger gekleidet. Wahrscheinlich hatte sie keinen Gerichtstermin. Klaudia nippte an ihrem Wasser, dann lehnte sie sich zurück und harrte der Dinge, die da kommen würden.

»Das ist wirklich eine schlimme Sache«, eröffnete Demeter-Anders das Gespräch. Die Staatsanwältin verbreitete eine Aura von Wohlwollen und Coco Mademoiselle. »Ich hätte nicht gedacht, dass Sie heute bereits wieder im Dienst sind.«

»Zu Hause würde ich nur grübeln«, entgegnete Klaudia. »Da ist es besser zu arbeiten.«

»Ich habe gehört, Sie haben die vorübergehende Versetzung nach Königs Wusterhausen abgelehnt.«

»Was soll das?«, fragte Klaudia. »Sind wir deshalb hier? Haben Sie mich den ganzen Weg bis nach Cottbus kommen lassen, um mit mir über mein Befinden zu plaudern. Und er?« Sie nickte in Meinerts Richtung. »Warum ist er hier? Was hat das LKA mit diesem Fall zu tun?«

Meinert sah zu Demeter-Anders, die gleichfalls nickte. Sie stand auf und kam mit einem DIN-A4-Zettel zurück. Meinerts Gesichtsausdruck war so mitleidig und ernst, dass alles in Klaudia sich sträubte, das Papier zu nehmen. Doch schließlich hob sie die Hand. Sie starrte darauf, und zunächst weigerte sich ihr Gehirn, das Foto und die Worte zur Kenntnis zu nehmen, dann schoss ihr Magensäure in die Speiseröhre. Sie ließ das Flugblatt fallen, und es glitt unter den Rauchglastisch.

Demeter-Anders bückte sich und hob es auf. »Es tut mir leid«, sagte sie. »Das muss jetzt sehr schlimm für Sie sein.«

»Wie kommen die an das Bild von mir?«

»Es ist aus einem alten Artikel aus der Lausitzer Rundschau«, beantwortete Meinert ihre Frage. »Das haben wir bereits herausgefunden.«

»Man kann eben nicht allen ein Rudel über den Schädel ziehen?«, murmelte Klaudia und griff wieder nach dem Flugblatt, auf dem ihr Gesicht zu sehen war.

»Wie bitte?«

»Hat ein Freund von mir gesagt. Heute Morgen«, fügte sie hinzu. »Dieser Unfall ist das Thema in Lübbenau. Aber ich wusste nicht, dass dieser Scheiß hier der Grund dafür ist.« Sie legte das Flugblatt auf den Tisch. Unbewusst wischte sie sich die Hände an den Hosenbeinen ab, während sie weiterhin auf das Flugblatt starrte. Unter ihrem Bild und der Überschrift »Vertuscht die Polizei einen Mord?« stand, dass eine Polizistin in der Nacht von Freitag auf Samstag eine Fußgängerin überfahren hatte und die Polizei versuchte, diesen Umstand unter Verschluss zu halten. Unterschrieben war das Pamphlet mit »Besorgte Brandenburger Bürger«.

»Woher wissen die das eigentlich?«

»Irgendwer, der am Unfallort war, wird geplaudert haben.« Demeter-Anders hob die Schultern. »So etwas passiert.«

Ja, dachte Klaudia. Es waren einfach immer zu viele Menschen an so einem Unfallort. Und nicht jeder fühlte sich an die Schweigepflicht gebunden. »Und wer sind diese – besorgten Bürger?« Sie richtete ihre Frage an Meinert.

»Das wissen wir noch nicht«, antwortete der LKA-Kollege. »Aber wir werden es herausfinden.«

»Früher war es leichter, oder?« Klaudia spielte auf Meinerts Vergangenheit als verdeckter Ermittler an.

»Auch früher habe ich nicht alles herausbekommen«, entgegnete Meinert mit einer Anspielung auf Klaudias Unfall. Bei Ermittlungen in einem Mordfall an einem Saisonarbeiter war sie den Rechten in die Quere gekommen, und das hatte einen Autounfall zur Folge gehabt. Jemand hatte die Radmuttern an einem Vorderrad gelockert. Der Täter war nie ermittelt worden, beziehungsweise man hatte ihm die Tat nie nachweisen können.

»Und wie kann ich dem LKA jetzt weiterhelfen? Oder weshalb bin ich hier? Kriege ich Personenschutz?« Sie lachte, obwohl ihr nicht danach zumute war.

»Wir dachten … Ich meine, Sie haben ein traumatisches Ereignis hinter sich.« Demeter-Anders tastete sich vor wie durch ein Minenfeld. »Ich bin sicher …« Sie räusperte sich.

Jetzt kommt's, dachte Klaudia. Das Sirren in ihrem Ohr wurde lauter.

»Ihr Polizeiarzt wird Sie gerne für – sagen wir eine Woche? – krankschreiben? Wenn nicht«, fuhr sie hastig fort, als Klaudia den Mund zu einer Entgegnung öffnete, »findet Herr ...«

»Ich soll von der Bildfläche verschwinden?«, fiel Klaudia ihr ins Wort. Sie tippte mit dem Zeigefinger auf das Flugblatt. »Weil diese Arschlöcher mich auf dem Kieker haben?«

»Ich verstehe Ihren Zorn. Ich bin da ganz bei Ihnen«, sagte Demeter-Anders in diesem antrainierten Betroffenheitstonfall, den sie alle beherrschten.

»Das ist absurd«, fauchte Klaudia. »Ich habe heute den Wagen gefunden, der mir die Vorfahrt genommen hat, und wissen Sie was? Er hatte eine Beule am Kotflügel. Vielleicht habe ich die Frau überhaupt nicht überfahren, sondern dieser Geisterfahrer?« Sie blickte von Demeter-Anders zu Meinert.

»Hast du den Fahrer auch gefunden?«, fragte der LKA-Mann.

»Nein«, antwortete Klaudia wahrheitsgemäß. »Dieser Junge ist verschwunden. Aber ich weiß, dass er den Wagen in der Unfallnacht hatte.« Sie legte mehr Zuversicht in ihre Worte, als sie empfand.

Meinert wollte etwas entgegnen, doch Demeter-Anders war schneller.

»Das ist gut möglich.« Sie beugte sich vor und legte Klaudia die Hand auf den Unterarm. »Und ich hoffe wirklich, dass das der Fall ist. Aber sehen Sie nicht, in was für eine schwierige Lage uns das bringt?«

»Nein!« Klaudia biss sich auf die Unterlippe. Natürlich wusste sie, worin das Problem lag. Sie war diejenige, gegen die sich die Ermittlungen richteten. »Es war Zufall«, rechtfertigte sie sich. »Ich bin einer Vermisstenmeldung nachgegangen.« Das war nicht die ganze Wahrheit. Immerhin war sie davon ausgegangen, dass der Vermisste und der Unfall zusammenhingen.

»Das wissen wir, und das weißt du«, sagte Meinert. »Aber hast du eine Ahnung, was die ...« Er tippte mit dem Zeigefinger auf das Flugblatt, »... daraus machen?«

Demeter-Anders öffnete den Mund, um noch etwas hinzuzufügen, doch ihr Handy unterbrach sie. Sie hörte kurz zu, dann flüsterte sie zu Klaudia gewandt: »Herr Demel ist dran. Wir haben einen möglichen Treffer in INPOL.«

Klaudia beugte sich vor, ihre Hände waren auf einmal schweißnass. Wer?, formten ihre Lippen lautlos. Am liebsten hätte sie Demeter-Anders das Smartphone entrissen.

Demeter-Anders runzelte erst die Stirn, dann floss alles Blut aus ihrem Gesicht, als hätte jemand einen Stöpsel gezogen. »Das ist unmöglich«, krächzte sie. »Sie ist doch tot.«

»Wer?«, fragte Klaudia, aber Demeter-Anders antwortete nicht. Sie starrte auf die Wand hinter Klaudia, als hätte sie einen Geist gesehen.

12. KAPITEL

Manuela hängte den Kopfkissenbezug, in dem sie den Dill geschlagen hatte, zum Trocknen auf die Wäscheleine. Dann ließ sie die Hände sinken und stand unschlüssig im Hof. Sie wusste nichts mit sich anzufangen, und dieses Gefühl war so fremd, dass es sie lähmte. Eigentlich hatte sie genug zu tun. Sie musste Bestellungen bearbeiten, die über ihren Onlineshop eingegangen waren, Kräuter trocknen, Kerzen gießen. Etwas essen musste sie auch, ihr Magen knurrte. Doch sie tat nichts von alledem. Stattdessen ging sie ins Apartment. Bereits als sie die Tür öffnete, atmete sie den Duft von Mikes Duschgel ein. Einerseits tröstlich, andererseits machte es sie traurig. Sie wusste, dass dem Jungen etwas Schreckliches passiert war.

Nur glaubte ihr kein Mensch. Manuela dachte an das ausdruckslose Gesicht der Polizistin. Sie war enttäuscht gewesen, dass Mike kein Auto besaß. Um das zu sehen, brauchte man nicht einmal mehr Sinne als der Rest der Menschheit. Manchmal wünschte Manuela sich, genauso blind zu sein wie die anderen Menschen. Wahrscheinlich wäre sie dann bereits glücklich geschieden und hätte drei Kinder oder vier. Sie hatte sich immer viele Kinder gewünscht. Alles Jungens, kein Mädchen. Die Fähigkeit vererbte sich nur in der weiblichen Linie. Manchmal übersprang sie auch eine Generation. Ihre Mutter hatte sich zwar mit Kräutern ausgekannt, hatte aber nicht das Gesicht. Es war nicht weiter aufgefallen. Wenn man den Leuten erzählte, was sie hören wollten, glaubten sie einem alles. Nur wenn man die Wahrheit sagte, so wie sie sich einem zeigte, verwirrte man sie, und dann reagierten sie mit Abwehr und erklärten einen für verrückt. Manuela wischte sich eine Träne von der Wange. Mit Mike hatte sie reden können. Er hatte sie verstanden.

Ohne darüber nachzudenken, wischte sie sich die Krümel vom Tisch in die Handfläche. Sie hob die Hand und atmete den harzigen Geruch ein. Vielleicht hatte er sie auch nur wegen diesem Zeug hier verstanden. Manuela schlug sich die Krümel von den Händen und fuhr das Dachfenster hoch. Frische Luft strömte in den Raum. Ja, dachte Manuela, das ist es. Alles in diesem Raum erinnerte sie an Mike. Das war nicht richtig. Die Toten sollte man gehen lassen. Sie öffnete auch die anderen Fenster, zog das Bett ab und rollte Mikes Wäsche zusammen. Ordentlich packte sie alles in den Trekkingrucksack, mit dem er bei ihr angekommen war. Sie hatte das Gefühl, es ihm schuldig zu sein. Die Erinnerung daran ließ sie lächeln: Sie war gerade damit beschäftigt gewesen, Honig zu schleudern, als er hochbepackt über das Lenkrad gebeugt in ihren Hof gefahren kam. Schweißnass war er gewesen, aber voller Tatendrang. Um ihn abzukühlen, hatte sie ihm ein Glas kalten Salbeitee gegeben. Seit sie in den Wechseljahren war, stand immer welcher im Kühlschrank. Mike hatte sich sehr nett bedankt und gleich an seinem ersten Abend die Schuppentür repariert. Er sei zwischen Sägespänen und Holzlack großgeworden, hatte er ihr erzählt. Er war in einem Ort aufgewachsen, wo viele Behinderte lebten, und hatte eine Menge Zeit in der Schreinerei verbracht, die es auf dem Gelände gab.

Warum dann Pharmazie?, hatte sie gefragt, und er hatte geantwortet, dass er in die Forschung wolle. Und dann hatte er ihr von Afrika erzählt und dass die Menschen dort an Krankheiten starben, gegen die es noch keine Medikamente gab. Er wollte diesen Menschen helfen. Sein Kraftfeld leuchtete in den Farben des Regenbogens. Das gefiel Manuela. Außerdem interessierte er sich für Kräuter und Pilze und hörte sehr aufmerksam zu, wenn sie ihm erzählte, was sie alles daraus machte. Was eigentlich kein Wunder war, schließlich studierte er das ja. Aber das hatte dieser Doktor Zink mit seinem grummelnden R ja auch, und trotzdem interessierte der sich einen Dreck für etwas anderes als Faltschachteln und Chargennummern.

Manuela wuchtete den Rucksack ins Bad und packte Mikes Toilettenartikel in die diversen Seitentaschen. Schließlich stellte sie ihn an die Eingangstür und richtete sich mit schmerzendem Rücken auf. Es war nur eine Frage der Zeit, bis jemand kommen würde, um Mikes Sachen abzuholen. Sie fragte sich, ob es die Polizei sein würde oder ob seine Eltern hierherkommen würden. Manuela fuhr das Fenster herunter und kehrte zum Bett zurück. Sie ging auf die Knie und tastete nach dem Handy. Fast hatte sie erwartet, dass die Berührung ihr einen Schock versetzen würde, doch was immer das Telefon mit seinem Besitzer verbunden hatte, war mit ihm verschwunden. Sie stemmte sich in die Höhe und setzte sich mit dem Handy in der Hand auf die Bettkante: zehn Anrufe in Abwesenheit, diverse Kurzmitteilungen. Die Welt begann, Mike zu vermissen, und sie konnte nichts tun. In dem *Whats-App*-Fenster poppte ein weinender Smiley auf, gefolgt von einer Sprachnachricht. Es fiel Manuela schwer, sie nicht abzuhören, doch sie wusste genug über Smartphones, um es zu lassen. Keine falschen Hoffnungen wecken.

Unschlüssig, was sie jetzt tun sollte, starrte sie vor sich hin. Sie sah genügend Krimis, um zu wissen, dass die Polizei das Handy orten konnte. Vielleicht tat sie es gerade in diesem Moment. Dann würden sie es hier finden. Und das würde Fragen aufwerfen.

Manuela seufzte. Warum hatte sie nur diesem verrückten Impuls nachgegeben und das Handy unters Bett geschoben? Welcher Ochse des Teufels hatte sie nur geritten? Schließlich: Was war so schlimm daran, dass sie es in der Hand gehabt hatte? Sie konnte es aufgehoben haben. Genau. Manuela nickte entschlossen. So würde sie es machen. Sie würde diese Polizistin anrufen und ihr sagen, dass sie Mikes Handy beim Aufräumen gefunden hatte. Und das mit dem Geist war nicht ihr Problem. Nicht mehr.

Entschlossen stemmte sich Manuela von der Bettkante hoch. Den Schmerz in ihren Oberschenkeln ignorierend verließ sie das Apartment. Jetzt musste sie nur noch die Visitenkarte finden.

Als sie in ihren Hof trat, radelte Rena gerade vorbei. Manuela winkte ihr und ging Richtung Tor.

Rena bremste ab und stieg vom Rad. »Irgendetwas von Mike gehört?«, fragte sie.

»Ich habe das Handy gefunden.« Manuela probierte die neue Wahrheit gleich aus.

»Sein Handy?« Renas Augenbrauen wanderten in die Höhe.

Glaubte sie ihr etwa nicht? »Es lag unter dem Bett.« Manuela strich über das Handy in ihrer Hand. »Muss heruntergefallen sein.« Sie bremste sich; nie zu viel sagen, das flog einem sonst um die Ohren.

»Soll ich es mitnehmen und für dich bei der Polizei abgeben?«, bot Rena an.

Typisch Rena, dachte Manuela. Immer hilfsbereit. Und so selten wird es ihr gedankt. »Nicht nötig«, sagte sie. »Ich muss eh noch nach Lübben.« Das war zwar gelogen, doch sie wollte unbedingt noch einmal mit der Polizistin reden. Diese Frau schien ihre Sorge noch am ehesten zu teilen.

»Merkwürdige Sache mit Mike«, murmelte Rena, als hätte sie Manuelas Gedanken gelesen. »Wo er wohl steckt?«

»Er ist tot.« Tränen stiegen Manuela in die Augen.

»Das kannst du nicht wissen.« Renas Stimme zitterte. »Vielleicht gibt es für alles eine Erklärung.« Ihre Augen füllten sich mit Tränen. So war sie als Kind schon gewesen, immer nah am Wasser gebaut.

»Nein«, beharrte Manuela. »Sein Kraftfeld ist erloschen. Ich hab's gespürt in der Nacht. Es war wie ...«

»Hör auf!« Rena sah aus, als wollte sie sich die Ohren zuhalten. »Es wird eine Erklärung geben. Schließlich«, sie atmete tief ein, »verschwinden Menschen nicht einfach so.«

»Ich weiß, was ich gespürt habe.« Manuela ärgerte sich über Renas Reaktion. Aber so waren die Menschen. Was sie nicht verstanden, existierte nicht für sie. »Und ich weiß auch, warum er fort ist.« Manuela dachte an die *WhatsApp*-Nachricht.

»Und warum?« Rena beugte sich vor.

»Wegen dem Geist«, flüsterte Manuela. »Er hat einen Geist gesehen.«

»Hat er dir das auch erzählt?«

»Du weißt davon?« Sie konnte sich nicht vorstellen, dass Rena Bescheid wusste.

»Unsere Auszubildende hat es mir erzählt.«

»Ah.« Der Gedanke, dass Rena ihr Wissen auch nur aus zweiter Hand hatte, tröstete Manuela. »Ich hab's in seiner Aura gelesen«, sagte sie würdevoll. Das klang sehr viel besser, als: Ich habe geschnüffelt.

»Ah ja.« Rena schob ihre Brille den Nasenrücken hoch. Das hatte sie schon als Kind getan. »Ich muss los.« Ihr Daumen spielte mit dem Schlägel ihrer Fahrradklingel. Ein helles Klingeln begleitete ihre nächsten Worte. »Bei Vater nach dem Rechten sehen.«

»Geht es ihm denn schlechter? Brauchst du was?« Sofort war Manuela wieder ganz die hilfsbereite Nachbarin.

Für einen Moment sah es so aus, als wollte Rena den Kopf schütteln, doch dann nickte sie. »Er will es nur nicht wahrhaben. Aber die MS wird immer schlimmer.«

»Das ist übel«, sagte Manuela. Kurt litt schon seit vielen Jahren unter Multipler Sklerose, deshalb gehörte er auch zu ihren besten Kunden. Er vertraute weder Ärzten noch seinem Apothekerschwiegersohn. »Willst du ihn zu dir nehmen?«

»Er will nicht.« Rena strich mit dem Daumen über die Fahrradklingel. »Er und Heribert ...«

Sie beendete den Satz nicht, und das musste sie auch nicht. Manuela nickte wissend. Dass Kurt seinen Schwiegersohn nicht leiden konnte, war ein offenes Geheimnis. Eigentlich war es nicht einmal ein Geheimnis. Kurt gehörte nicht zu den Menschen, die aus ihrem Herzen eine Mördergrube machten. Er mochte wahrscheinlich nicht einmal seine Tochter. Ihre Mutter hatte er jedenfalls nicht geheiratet, obwohl die gerne Wirtin in seinem »Spreewaldkrug« geworden wäre. Zunächst wollte er auch nichts von Rena wissen. Aber da war seine Mutter vor. Die alte Gunkler war ganz verrückt gewesen mit ihr. Schließlich war sie ihr einziges Enkelkind. Sie hatte sich mehr um sie gekümmert als die eigene Mutter. Die hatte dann im Sommer 89 in den Westen rübergemacht und die kleine Rena bei ihrer Oma gelassen. Vor zehn Jahren war die alte Gunkler gestorben. Bis zum Schluss hatte sich die Rena um sie gekümmert, danach hatte sie noch ein Jahr hier in dem Haus am Fließ gelebt und hatte ihrem Vater neben ihrem Job in der Apotheke noch in der Ausflugskneipe geholfen, die mittlerweile mehr schlecht als recht lief. Die Gäste aus dem Westen wollten nicht einfach nur trinken und eine Schrippe, sie wollten sich willkommen fühlen. Die alte Gunkler hatte das gekonnt, Kurt jedoch war ein missmutiger Eigenbrötler, der selbst sein bester Kunde war. Also hatte er den Laden dichtgemacht, und Rena war ausgezogen. Das hatte er ihr lange übelgenommen. Nicht einmal zu ihrer Hochzeit war er erschienen. Kurt konnte schon recht stur sein. Niemand wusste so genau, wie er sein Geld verdiente. Bestimmt nicht mit diesen schrecklichen Dingern, die er Totems nannte. Aber wahrscheinlich hatte er eine kleine Invalidenrente von der NVA.

»Wenn du willst, kann ich zwischendurch bei ihm vorbeischauen«, bot Manuela an. Sie kam immer gut mit ihm klar. Er kaufte ihre Tees, und hin und wieder sprachen sie über das Wetter. Also eigentlich redete Manuela, und Kurt hörte zu. Wobei das in den letzten Jahren auch nachgelassen hatte. Er hatte sich immer mehr in seinem Haus eingeigelt. Aber er hatte nie viel gesprochen. »Ich mach's gerne.«

»Das wäre schön.« Rena schien sich wirklich zu freuen. »Vielleicht heute Abend? Ich habe Chorprobe, und Heribert hat Notdienst. Außerdem ...« Sie lächelte entschuldigend.

Das würde der Herr Doktor sich auch verbieten, dachte Manuela, behielt den Gedanken jedoch für sich.

Rena lachte nervös. »Du weißt ja, wie Vater ist.«

»Ja.« Manuela nickte. »Ein Kraftfeld wie eine Purpurrüstung.« Kaum ausgesprochen, wusste sie, dass sie Rena gerade wieder verloren hatte.

Nach einer Pause fing sich Rena wieder und versuchte es mit einem Scherz. »Klingt nach einem Krönungsmantel«, sagte sie, doch ihr Lächeln zitterte. Wahrscheinlich kreuzte Rena gerade innerlich die Finger gegen den bösen Blick. Und ebenso wahrscheinlich war es ihr nicht einmal bewusst. Die gekreuzten Finger waren ein urzeitlicher Reflex. Dabei war Manuela eine weiße Hexe. Sie konnte nicht zaubern, sie wusste nur mehr über die Natur der Dinge und auch über die Natur der Menschen.

»Herrschsüchtig genug ist er ja«, ging Manuela deshalb auf Renas Scherz ein. Auch wenn die Farbe Purpur für Wut stand. Manuela hatte nie herausgefunden, woher Kurts Wut gekommen war. Dabei kannte sie ihn seit ihrer Kindheit, auch wenn er zehn Jahre älter war. Als Junge hatte er ihrem Vater beim Bauen der Kähne geholfen. Und manchmal hatte er sie in seinem Kanu mitgenommen. Sie sei sein Schleusenwart, hatte er gesagt. An jeder Schleuse kletterte sie aus dem Kanu, legte die Hebel um oder drehte das Rad, das die Schleusenkammer öffnete. An vielen Stellen im Hochwald waren sie ganz allein mit dem Zwitschern der Vögel gewesen, den träge dahingleitenden Enten und den Wasserläufern, die vor der Bugwelle flohen. Manchmal hatten sie sogar eine Ringelnatter gesehen. Kurt wusste eine Menge über die Vögel und die anderen Tiere des Spreewaldes, und Manuela kannte die Pflanzen, die am sumpfigen Ufer wuchsen. Stundenlang unterhielten sie sich. Kurt behauptete, es gebe auch ein Krokodil im Spreewald. Er hatte es so ernsthaft gesagt, dass Manuela ihm geglaubt hatte. Dann war er zur NVA gegangen, und danach war sein so lichtes Kraftfeld purpurrot gewesen.

»Sieh zu, dass er weiß, was du für ihn tust«, sagte Manuela.

»Er ist mein Vater«, sagte Rena schlicht.

»Ja«, seufzte Manuela. Renas Kraftfeld flirrte im Allgemeinen wie Sonnenlicht durch Birkenblätter. Das klang besser, als es war, bedeutete es doch, dass sie sich nach Anerkennung sehnte. Deshalb hatte sie den langweiligen Apotheker geheiratet, deshalb sang sie im Chor und war im Gemeinderat. Alles, weil sie ihr Leben lang vergeblich versucht hatte, die Liebe ihres Vaters zu gewinnen. Nun ja, dachte Manuela. Vielleicht bringt sein Siechtum sie zusammen. Sie bezweifelte es zwar, doch starb die Hoffnung bekanntlich zuletzt.

Sie blickte Rena nach. Wenn sie wenigstens ein Kind hätte, dann hätte sie jemanden, um den zu kümmern sich lohnte. Aber selbst das kriegte der Apotheker nicht fertig.

13. KAPITEL

»Und das ist der einzige Treffer?« Demeter-Anders' Kiefer mahlte, als sie die Frage ausstieß. »Es. Ist. Unmöglich.« Jedes Wort ein Satz. »Also gut«, sagte sie schließlich, nachdem sie eine Weile schweigend Demel zugehört hatte. Ihre Stimme klang erschöpft. Gekämpft und verloren. Sie schloss die Augen. »Ich werde einen DNA-Abgleich veranlassen. Aber ich sage Ihnen. Sie. Ist. Es. Nicht.«

Typisch Demeter-Anders, dachte Klaudia. Selbst wenn sie am Boden liegt, ist sie immer noch für einen Tritt in die Eier gut.

Die Staatsanwältin legte ihr Smartphone auf den Rauchglastisch und starrte darauf, als ticke in seinem Inneren eine Zeitbombe. Niemand sprach. Stimmen auf dem Flur, schlagende Türen, Schweigen im Raum.

Schließlich räusperte sich Klaudia. »Was ist los?« Sich vorbeugend wiederholte sie ihre Frage, als Demeter-Anders nicht reagierte. Doch die Staatsanwältin schien sie immer noch nicht wahrzunehmen. Die Stirn gerunzelt und mit Falten in den Mundwinkeln, die aussahen, als seien sie mit einem Zirkel gezogen, wirkte sie um Jahre gealtert.

»Trinken Sie.« Meinert drückte der Staatsanwältin ein Glas Wasser in die Hand.

Nachdem Demeter-Anders ein paar Schlucke getrunken hatte, kehrte das Blut in ihre Wangen zurück. »Dieser INPOL-Treffer.« Sie räusperte sich. »Das muss ein Irrtum sein.«

»Was macht Sie da so sicher?«, fragte Klaudia.

»Weil Jennifer Böseke tot ist.«

»Sie kennen die Vermisste?«, fragte Meinert.

»Und ob«, presste Demeter-Anders hervor. »Schließlich habe ich ihren Mörder hinter Gitter gebracht.«

»Aber wieso sind dann die Daten noch in unserem Informationssystem?«, fragte Klaudia.

»Die Leiche wurde nie gefunden«, murmelte Demeter-Anders.

»Oh«, entfuhr es Klaudia.

»Es war ein Indizienprozess«, erklärte die Staatsanwältin. »Außerdem hatten wir sein Geständnis. Nur eben keine Leiche.«

»War es ein harter Match?«, fragte Meinert.

»Eher nein.« Demeter-Anders straffte die Schultern. »Nur Haarfarbe und allgemeine Körperdaten. Das Gesicht …« Sie stockte.

Doch gerade dieses Stocken katapultierte Klaudia zurück in den Albtraum von Freitagnacht. Wie durch einen Tunnel aus Licht sah sie wieder das von Autoreifen zerquetschte Gesicht vor sich. »Nun«, sagte sie und bemerkte zu ihrem eigenen Erstaunen, dass sie Demeter-Anders trösten wollte. »Dann ist es wahrscheinlich ein falscher Match.«

»Vor zwei Jahren ist sie verschwunden.« Demeter-Anders stand auf und trat ans Fenster.

»Ich erinnere mich gar nicht.«

»Sie waren auch nicht zuständig.« Im Gegenlicht wirkte die Gestalt der Staatsanwältin wie ein Schattenriss. »Eine Beziehungstat. Sie kennen das ja. Alkohol und Speed.«

»Und der Täter hat gestanden?« Klaudia und Meinert tauschten einen Blick.

»Ich habe wohl nicht nur den Richter überzeugt«, sagte Demeter-Anders schlicht. »Und die Spurenlage war sehr überzeugend. Nur die Leiche fehlte.«

»Bis heute«, murmelte Klaudia.

»Das ist absurd.« Demeter-Anders kehrte zur Sitzgruppe zurück und setzte sich wieder. »Ich denke, wir sollten zu dem Thema zurückkommen, welches der Grund für dieses Treffen ist.«

»Und ich denke, wir haben das Thema nicht gewechselt. Dieser Mike hat von einem Geist gesprochen«, erklärte Klaudia.

»Woher wissen Sie das?«, fragte Demeter-Anders. »Von seiner Vermieterin etwa?«

»Nein.« Klaudia holte ihr Smartphone hervor und öffnete die Galerie. »Dies hier«, sie reichte es Demeter-Anders, »ist sein letztes Lebenszeichen.«

»Woher haben Sie das?«

»Von seiner Freundin. Beachten Sie bitte das Datum. Er hat

den Geist am Abend gesehen und ist anschließend verschwunden, und gleichzeitig haben wir eine unbekannte weibliche Leiche, die sehr viel frischer ist, als der INPOL-Match vermuten lässt.«

»Jetzt werden Sie melodramatisch.« Der Mund der Staatsanwältin wurde schmal. Es kostete sie sichtlich Mühe, ruhig zu bleiben. »Sie konstruieren Zusammenhänge, die es nicht gibt.«

»Finden Sie?« So schnell gab Klaudia nicht auf. »Mike Kaprolat sieht einen Geist, und ich überfahre eine Tote.«

»Woher wissen Sie das?«, fuhr Demeter-Anders auf. »Etwa von Demel?«

»Was?« Klaudia starrte die Staatsanwältin an, dann begriff sie. »Die Frau war schon tot?« Sie fühlte sich, als würde ihr gerade jemand mitten im Sprung das Trampolin wegziehen. »Ich habe sie nicht getötet?« Durch Klaudias rechtes Ohr sirrte ein Hornissenschwarm. »Warum sagt mir das keiner?« Unwillkürlich sprach sie lauter, um das Lärmen in ihrem Schädel zu übertönen. »Wissen Sie eigentlich, wie es mir geht?«

»Ich habe es gerade erst erfahren«, rechtfertigte sich Demeter-Anders.

»Und da wollten Sie es solange unter Verschluss halten, bis Sie mich weich gekocht haben?«, fauchte Klaudia. »Und nur wegen diesem Scheiß?« Sie griff nach dem Flugblatt und hielt es der Staatsanwältin unter die Nase. »Knicken wir hier jetzt vor den Rechten ein oder was?«

»Vielleicht sollten wir alle erst einmal runterkommen«, mischte sich Meinert mit so ruhiger Stimme ein, dass Klaudia große Lust hatte, ihm das Flugblatt wie einen Knebel in den Hals zu schieben.

»Ich nehme an, wenn du wir sagst«, ätzte sie, »meinst du mich?«

»Wir knicken hier nicht vor den Rechten ein«, sagte Meinert. »Es geht um dich. Wir wollen dich aus der Schusslinie nehmen. Als Dienstgeber hat das Land Brandenburg eine Verantwortung dir gegenüber.«

»Es tut mir leid.«

Die Entschuldigung der Staatsanwältin erwischte Klaudia auf dem falschen Fuß.

»Sie haben recht«, fuhr Demeter-Anders fort. »Ich hätte es Ihnen sofort sagen sollen. Trotzdem denke ich wirklich ...«

»Ich werde mich nicht ...«, versuchte Klaudia sie zu unterbrechen, doch die Staatsanwältin hob die Hand und fuhr fort. »So oder so war dieser Unfall ein traumatisches Erlebnis, und wenn man bedenkt, dass Ihr Vater ...«

»Was bitte hat mein Vater mit dem Unfall zu tun?«

»Nun ja.« Die Staatsanwältin wirkte für einen Moment verunsichert. »Sie hatten doch Urlaub, weil Sie sich um Ihren kranken Vater kümmern mussten, oder?«

»Mein Vater ist krank, nicht ich.«

»Auf jeden Fall schienen Sie ziemlich angeschlagen zu sein«, sagte Demeter-Anders. »Diesen Eindruck hatte ja auch die Notärztin.«

»Die Notärztin?« Klaudias Verstand raste. Hatte Demeter-Anders mit der Ärztin gesprochen? Nein, dachte sie. Das war unmöglich. Zumindest nicht in der Nacht. Die Staatsanwältin war in den Rettungswagen gestiegen, und die Ärztin hatte sie umgehend hinauskomplimentiert. Ob sie gelauscht hatte? Sie traute Demeter-Anders durchaus zu, an Türen zu lauschen. Aber vermutlich hatte sie gar nicht lauschen müssen. Diese Blechkisten waren nicht besonders schallisoliert.

»Ich hatte gerade einen Menschen überfahren.« Klaudia bemühte sich um Schadensbegrenzung. »Natürlich ging es mir beschissen. Wie wäre es Ihnen gegangen?«

»Sicherlich auch nicht gut.« Demeter-Anders nickte verständnisvoll, trotzdem hatte Klaudia das Gefühl, dass sie mehr im Ärmel hatte. Wusste sie von dem Hörsturz?

»Aber die Ärztin sprach von Nystagmus. Ich habe mich da ein wenig eingelesen …«

»Ich weiß, was ein Nystagmus ist.« Klaudia fühlte sich in der Falle. Wie viel hatte Demeter-Anders gehört?

»Sie könnten ein Schleudertrauma haben.«

»Könnte ich.« Klaudia zwang sich zur Ruhe. Emotional reagieren hieß verlieren. »Habe ich aber nicht.« Sie ließ den Kopf kreisen. »Ich weiß, wie sich das anfühlt. Es wäre nicht mein erstes.«

»Ich bin davon überzeugt, dass es Ihnen subjektiv gut geht. Das sagt auch Medizinalrat Doktor Berger.«

»Wer bitte ist Doktor Berger?«

»Ein Bekannter«, entgegnete Demeter-Anders. »Wir spielen zusammen Tennis.«

Ich hätte auf Golf getippt, dachte Klaudia. Sie konnte sich Demeter-Anders nur schwerlich im kurzen Röckchen vorstellen.

»Er ist leitender Arzt des polizeiärztlichen Dienstes.«

»Und mit ihm haben Sie über mich gesprochen?« Mit Klaudias Selbstbeherrschung war es endgültig vorbei. »Halten Sie sich aus meinem Leben raus.«

»Nur ganz allgemein.« Beschwichtigend hob Demeter-Anders die Hände. »Schließlich liegen Sie mir am Herzen. Wenn ich daran denke, was Sie alles schon durchgemacht haben?« Demeter-Anders ließ den Satz wirken. Schließlich sagte sie: »Sie sollten wirklich zum Arzt gehen, das sage ich Ihnen als Freundin.«

Klaudia hätte kotzen können.

14. KAPITEL

Die Nachmittagssonne versteckte sich hinter einer grauen Wolkendecke. Feiner Nieselregen lag wie ein Film auf der Windschutzscheibe. Klaudia stieg in den Dienstwagen und wischte sich die Feuchtigkeit von den Wangen. Sie war zu aufgewühlt, um direkt loszufahren. Demeter-Anders und Meinert verheimlichten ihr etwas. Dieses Gefühl war so präsent wie das klamme Gefühl ihrer nebelfeuchten Jeans an den Oberschenkeln. Klaudia schaltete die Zündung ein und ging, während die Scheibenwischer den Wasserfilm von der Frontscheibe wischten, noch einmal in Gedanken das Gespräch durch. Die beiden wollten sie also aus der Ermittlung heraushalten. Da befanden sie sich in guter Gesellschaft. Aber nur wegen dieser Flugblätter? Das war lächerlich. Und warum hatte Meinert überhaupt an diesem Gespräch teilgenommen? Wegen der Rechten? Was war das überhaupt für eine Gruppe? Klaudia hatte noch nie von den Besorgten Brandenburger Bürgern gehört. Die Rechten konnten sie kreuzweise. Sie hatten sie nicht mit manipulierten Radmuttern ausschalten können, sie würden es auch nicht mit einem Flugblatt erreichen.

Klaudia kramte ihr Smartphone aus dem Rucksack und stöpselte es ans Ladekabel. Sie wischte über das Display, um die Alarmtöne wieder zu aktivieren. Ihre Mailbox zeigte einen Anruf an. Klaudia wählte die Nummer und hörte die etwas atemlose Stimme von Manuela Strahl: Sie habe Mikes Sachen zusammengepackt und dabei sein Smartphone gefunden. Klaudia könne gerne die Sachen abholen, aber sie müsse bei ihrem Nachbarn nach dem Rechten sehen und … Klaudia hörte einen tiefen Atemzug, der von dem Piepton abgeschnitten wurde, der die Aufnahme beendete. Klaudia wählte Thangs

Büronummer, um die Ortung abzublasen, doch es meldete sich Demel.

»Irgendwie ist es heute ein ziemliches Durcheinander mit euch beiden«, murrte Klaudia. »Rufe ich dich an, geht Thang dran. Rufe ich ihn an, bist du in der Leitung.«

»Er hat sein Telefon zu mir umgeschaltet«, antwortete Demel. »Wegen einem Termin mit seiner Frau.«

»Ach ja.« Klaudia unterdrückte einen Stoßseufzer. Seit Janines Selbstmordversuch hatten Thang und seine Frau ständig Termine. Aber immerhin schien es zu helfen.

Demels Gedanken wanderten wohl in die gleiche Richtung. Er sagte: »Vielleicht hätten wir uns auch mehr Zeit für unsere Partner nehmen sollen, dann wären wir jetzt keine Singles.«

»Ich bin nicht alleinstehend«, widersprach Klaudia. »Ich habe einen Kater.«

»Wenn's hilft«, antwortete Demel. »Thang hat mir übrigens eine Liste für dich gegeben.«

»Okay«, sagte Klaudia, »lass hören.«

»Du sollst eine Fallakte anlegen.«

»Ach nein.« Nur mit Mühe bezwang Klaudia ihre Ungeduld. Wann war Thang zum Super-PH mutiert? »Was noch?«

»Wohnheim – kein Hinweis auf Verbleib«, las Demel. »Was wohl übersetzt heißt: Sollten seine Mitbewohner wissen, wo der Vermisste sich zum gegenwärtigen Zeitpunkt aufhält, teilen sie dieses Wissen nicht mit der Polizei.«

»Ist das alles?«

»Wenn ich Liste sage«, Demel räusperte sich wichtigtuerisch, »dann meine ich Liste.«

»Also weiter.«

»Eine Adresse mit Telefonnummer.«

»Wahrscheinlich die der Eltern«, mutmaßte Klaudia. »Was noch?«

»Handyortung abgelehnt.«

»War ja klar«, sagte Klaudia. »Hat sich sowieso erledigt.«

»Wieso?«, fragte Demel. »Hattest du etwa dein Handy verloren?«

»Haha«, sagte Klaudia. »Was steht noch auf der Liste?«

»Nur noch, dass der Wagen auf dem Weg nach Potsdam ist.«

»Danke.« Klaudia fuhr sich mit der Hand über die Augen. »Immerhin hat er alles abgearbeitet.«

»Ach und noch was.«

»Ja?«

»Die Frau war bereits tot, als du sie überrollt hast. Aber ich nehme an, das weißt du bereits.«

»Ja«, antwortete sie. »Demeter-Anders hat es mir gesagt. Aber wie kann Stemmler so sicher sein?«

»Jemand hat die Kleine voll erwischt. Ihre Wirbelsäule ist durchgebrochen wie ein Zahnstocher, sagt Stemmler.«

Klaudia zuckte zusammen. Der leitende Rechtsmediziner neigte zu drastischen Formulierungen.

»Die Frau hat übrigens schon mal einen Unfall gehabt«, sagte Demel.

»Ach ja?«

»Als sie das Gesicht …«, Demel stockte. »Du weißt schon. Auf jeden Fall gibt es Hinweise auf eine alte Schädelverletzung, die auf eine ausgeheilte frontobasale Fraktur hinweist.«

»Und das bedeutet?«

»Sie hatte einen Schädelbasisbruch, und zwar einen Felsenbeinlängsbruch.«

»Okay.« Klaudia dachte über diese neue Information nach. »Aber bringt uns das irgendwie weiter, dass sie irgendwann mal einen über die Rübe gekriegt hat?«

»Nicht irgendwann«, erwiderte Demel, »sondern vor ungefähr zwei Jahren.«

»Wie kann er das denn sagen?«

»Wird im Bericht stehen, und ich werde kein Wort davon verstehen.«

»Also hat Jennifer Böseke diese Verletzungen möglicherweise zu dem Zeitpunkt erlitten, an dem sie verschwunden ist?«

»Das wird Demeterchen nicht gefallen.«

»Nein«, bestätigte Klaudia. »Das wird es wohl nicht. Bis dann.«

»Warte«, sagte Demel hastig. »Dieser Wagen, den du gefunden hast ...«

»Ja?« Unwillkürlich beugte Klaudia sich vor. »Wisst ihr schon etwas?«

»So schnell schießen die Preußen nicht«, antwortete Demel. »Aber ein Freund von mir arbeitet da, und dem hab ich schon mal die Blutgruppe des Opfers gefaxt.«

»Danke«, sagte Klaudia schlicht. So stellte sie sich Zusammenarbeit vor. Selbstständig handeln, mitdenken und nicht einfach nur Listen abhaken. Was, verdammt, war mit Thang los? Warum arbeitete er wie ein Sachbearbeiter beim Finanzamt und nicht wie ein Bulle, der für seinen Job brannte? Was war mit dem Thang passiert, den sie kannte? »Ich verstehe das alles nicht«, murmelte sie. »Ich habe die Frau nicht getötet, und trotzdem will Demeter-Anders mich unbedingt aus dem Verkehr ziehen. Ist es wegen der Flugblätter?«

»Mach dir doch darum keinen Kopf«, sagte Demel in einem Tonfall, der bei Klaudia alle Alarmsirenen aktivierte. Der Kollege wusste etwas und wollte es ihr nicht sagen. »Demeterchen macht sich bestimmt nur Sorgen«, fuhr er fort. Und als würde er merken, dass der Name der Staatsanwältin und »sich sorgen« nur schwer in einen Satz passten, fügte er hinzu: »Immerhin war sie in der Nacht da, und du warst schon ziemlich daneben.«

Klaudia schnaubte. »Das wäre jeder gewesen. Das ist kein Grund, mir mit dem polizeiärztlichen Dienst zu drohen.«

»Ist nicht dein Ernst.«

»Und ob«, widersprach Klaudia. »Sie spielt Tennis mit dem leitenden Medizinaldirektor.«

Demel stieß einen leisen Pfiff aus. »Die Frau weiß eben, wo's langgeht.«

»Ich will mich nicht krankschreiben lassen, weil ein paar Idioten Scheiße über mich verzapfen.«

»Du würdest auch echt fehlen«, sagte Demel. »Ermittlungen mit dem Kollegen Thang sind im Moment nicht gerade vergnügungssteuerpflichtig. Andauernd hat er irgendwelche Termine. Und PH ist auch nicht so die große Hilfe. Irgendwie zieht er sich nur noch raus. Aber immerhin: Du hattest den richtigen Riecher. Dieser Junge scheint einen guten Grund gehabt zu haben zu verschwinden.« Demels Fingernägel schabten über seine Bartstoppeln.

Das Geräusch klang vertraut. Peter kratzte sich immer das Kinn, wenn er intensiv nachdachte, während Thang mit einem Stift gegen seine Zähne schlug, monoton wie ein Metronom.

»Hör mal«, sagte Demel unvermittelt. »Ich muss noch einiges erledigen. Kommst du heute noch rein?«

»Heute nicht mehr«, antwortete Klaudia. »Ich muss mich ja schonen.«

»Hast du Lust auf ein Bier heute Abend? Wir könnten uns im *Heuschober* treffen?«

»Am Montag?«, fragte Klaudia. Der Heuschober war die Raucherkneipe am Kirchplatz in Lübbenau. Man konnte dort wie früher an der Theke sitzen, rauchen und sogar die Musik von früher hören. Nur leider war sie immer nur am Wochenende geöffnet.

»Ich könnte auch mit Döner und Bier bei dir vorbeikom-
men«, schlug Demel vor.

»Klingt verlockend«, antwortete Klaudia. »Aber ich habe
eine bessere Idee. Ich muss eh den Dienstwagen zurückbringen. Bis ich in Lübben bin, bist du wahrscheinlich fertig. Also
könnten wir uns im Kebab-Haus einen Döner holen, und du
fährst mich nach Hause.«

»Klingt auch gut«, stimmte Demel zu.

»Bis gleich dann.« Klaudia drückte das Gespräch weg und
legte den Rückwärtsgang ein. Sie würde dem Kollegen schon
auf den Zahn fühlen.

Bei Manuela Strahl vorbeizufahren war nur ein kleiner Umweg. Vielleicht hatte sie ja Glück und die Spreewaldhexe war
noch zu Hause. Klaudia bog also in die Sackgasse ein. Jemand
hatte ein Grablicht ans Holzkreuz gestellt. Ein stiller Abschied.
Kälte rieselte Klaudias Wirbelsäule herab. Unwillkürlich trat sie
das Gaspedal durch. Manuela Strahls Gehöft lag an einem Fließ.
Klaudia hatte schon bei ihrem Besuch am Morgen gedacht, dass
dieser Hof aussah wie ein Postkartenmotiv. Der Fischkasten
war mit Geranien bepflanzt, und auf dem Steg standen Garten-
möbel aus verwittertem Holz, die vor Nässe glänzten.

Klaudia ließ den Wagen im Leerlauf in den Hof rollen. Ein
Kopfkissenbezug flatterte im Wind, und die Abendsonne spiegelte sich in den Fensterscheiben. Über den Kräuterbeeten
brummten Hummeln. Unwillkürlich seufzte Klaudia. Sie
liebte diese stille Stunde des Tages, wenn es nicht mehr so
richtig Tag und noch nicht so richtig Abend war. Sie stieg aus
und schlug die Wagentür zu, ihre Schritte knirschten auf dem
Kies. Bis auf den Wind und das Summen der Hummeln war es
still. Nur hin und wieder hämmerte ein Specht in den Bäumen hinter dem Haus. Ein Eichhörnchen flitzte mit vollen
Backen die Stange zu einem Vogelhaus herunter.

An der Eingangstür hob Klaudia den schimmernden Messingklopfer in Form einer Hand an, der die Klingel ersetzte, und ließ ihn fallen. Knarrend schwang die Tür auf. Nun war es nicht ungewöhnlich, dass die Türen hier draußen zumindest tagsüber offenstanden, trotzdem trat sie einen Schritt zur Seite. Ein Reflex, antrainiert in mehr als zwanzig Dienstjahren. Niemals frontal vor einer Tür stehen. Lektion eins des Überlebenstrainings für Streifenpolizisten.

»Frau Strahl?«, rief Klaudia. Lektion zwei: Sich bemerkbar machen. Immer noch keine Reaktion. Auch das war nicht ungewöhnlich. Die Frau war möglicherweise bei ihrem Nachbarn. Obwohl es dann merkwürdig war, dass die Tür nicht nur unverschlossen, sondern noch nicht einmal zugezogen war. Klaudias Nackenhaare richteten sich auf. Mit der Fußspitze drückte sie die Tür weiter auf.

»Klaudia Wagner hier«, rief sie. »Kripo Lübben.« Lektion drei: Ankündigen, was man vorhat. »Hallo? Sie hatten mich angerufen, wegen dem Handy und den Sachen von Herrn Kaprolat.« Sie redete gegen die Stille des Hauses an, die aus sämtlichen Ritzen kroch.

Klaudia betrat den mit dunklem Holz verkleideten Flur. Wie in einem Sarg, schoss es ihr durch den Kopf. Bevor sie darüber nachdenken konnte, wanderte ihre Schusshand zu ihrer Hüfte, doch da war kein Holster. Ihre SIG Sauer lag ordentlich verschlossen in der Waffenkammer im Revier. Der Gedanke trug nicht gerade zu ihrem Wohlbefinden bei. Klaudia scannte die Umgebung: ein Garderobenständer, an dem eine Allwetterjacke und ein Umhang hingen, ein bis zum Boden reichender Spiegel, der eine bis in die Zehenspitzen aufmerksame Polizistin zeigte, eine Treppe, zwei Türen. Eine Tür stand offen. Klaudia sah einen Couchtisch. Sie trat einen

Schritt vor, scannte den Raum. Hier war niemand. Die Tür zu ihrer Rechten war verschlossen,

»Frau Strahl?«, rief Klaudia wieder. Keine Antwort. Geh einfach, dachte sie. Zieh die Haustür hinter dir zu, steig in den Wagen und fahr zum Nachbarn. Spiel hier nicht Superbulle im Einsatz.

Alles gute und richtige Gedanken, trotzdem stieß Klaudia die verschlossene Tür auf. Sie sah eine Spüle, einen Herd, einen Tisch, darauf einen Zettel, der im Luftzug flatterte, und darunter Füße, die in Gesundheitslatschen steckten. Und sie hörte ein Zischen, das ihr den Atem nahm. Klaudia stolperte über einen Küchenstuhl, riss das Fenster auf, drehte das Gas ab und zerrte Manuela Strahl, die mit dem Oberkörper im Gasofen lag, aus dem Haus.

15. KAPITEL

Mit einem Knall schloss sich die schwere Eisentür hinter Thorsten. Schritte, dann die nächste Tür, der nächste Knall, das nächste Schlüsselrasseln. Wieder Schritte, Türenknallen – schon leiser, das Schlüsselrasseln kaum noch zu hören, die Schritte nur noch eine Erinnerung. Vor Thorsten die Wand mit dem Gitterfenster, hinter ihm die eiserne Tür mit der Klappe. Bis morgen würde sie geschlossen bleiben. Umschluss. Nicht an morgen denken, nicht an gestern. Immer nur im Jetzt leben. Keine Zukunft, keine Vergangenheit, nur die Gegenwart. Stimmen schallten über den Hof. Wasser gurgelte durch die alten Leitungen. Umgeben von Geräuschen, allein. Schatten wanderten durch die Zelle: die Schatten von Wolken. Auf einmal brauste wieder das Geräusch von Wind, der durch Blätter rauscht, in Thorstens Ohren.

Stroboskopblitze zuckten durch sein Hirn: teichgrüne Augen, angstvoll aufgerissen, brennendes Haar, Blut. Jedes einzelne Bild in seine Netzhaut eingebrannt. Und dann vibrierte wieder der Schrei in seinen Schädelknochen. Er kam aus den Zellenwänden, der verriegelten Tür, dem Gitterfenster, bedrängte ihn, zwang ihn in die Knie. Thorsten tat das, was ihm immer half, was ihm über die Sucht hinweggeholfen hatte und über die Verzweiflung. Bäuchlings legte er sich auf den Boden, Beine hüftbreit auseinander. Hände neben den Schultern. Er spannte die Muskeln an und stemmte sich gegen das Kreischen: eins, zwei … fünfundzwanzig, vierundzwanzig. Das Gleiche noch einmal, einhändig diesmal. Schweiß tropfte auf den Zellenboden, vielleicht waren es auch Tränen. Beides salzig. Nur nicht nachdenken. Die andere Hand: eins, zwei … fünfundzwanzig, vierundzwanzig. Thorstens Armmuskeln brannten. Auf den Rücken, Unterschenkel aufs Bett, Crunches: eins, zwei … vierzehn, fünfzehn – zusammenziehen wie eine Raupe – vierzehn, dreizehn … eins, zwei. Einatmen – runter, ausatmen – hoch. Und noch einmal, bis der gerade Bauchmuskel brannte. Aufspringen, auf der Stelle laufen, die Knie höher, Fersen in der Luft halten, die Hände zu Fäusten geballt: linke Gerade, rechte Gerade, grüne Augen, brennendes Haar.

Thorstens Arme fielen herab. Keuchend ging er in die Knie. Wie zum Gebet kniete er auf dem kalten Zellenboden. Schweiß und Tränen rannen über sein Gesicht. Übelkeit stieg in ihm auf. Thorsten schaffte es gerade noch bis zum Abort. Nach dem Kotzen fühlte er sich leer und besser. Er zog Klopapier von der Rolle und wischte sich den Mund damit ab. Keuchend wartete er ab, bis die Übelkeit nachließ, erst dann stemmte er sich in die Höhe und wusch sich das Gesicht mit kaltem Wasser. Das Handtuch, nicht größer als ein Putzlappen, war noch klamm vom letzten Händewaschen. Wenn es gewechselt wurde, würde es nach seinem Schweiß riechen wie alles hier in der Zelle. Ein richtiges Handtuch bekam er nur zum Duschen. Hier in der Zelle musste er sich mit diesem fadenscheinigen Stück Stoff behelfen. Er sei suizidal gefährdet, stand in seiner Akte, und dass er ein Mörder sei.

Thorsten warf sich aufs Bett. Als könnte er sich nicht genauso gut mit seiner Hose erhängen. Aber er wollte sich nicht umbringen. Nicht mehr. Ein Leben hatte er schon genommen, ein zweites zu nehmen schaffte er nicht. Nicht einmal das eigene. Thorsten verschränkte die Hände hinter dem Kopf. Gleichmäßig atmete er durch die Nase ein, durch den Mund aus. Die Luft schmeckte nach seinem Schweiß und seinem Erbrochenen. Manchmal wusste er nicht, wo er selbst aufhörte und die Zelle begann, manchmal waren sie eins. Er und die Zelle. Thorsten wusste, warum die Erinnerung ihn gerade heute überfiel. Er hatte wieder mit der Seelsorgerin gesprochen. Seelsorgerin! Der Begriff gefiel ihm besser als Pfarrerin, weil er ausdrückte, was sie tat. Sie kümmerte sich um Seelen. Und sie war die Einzige, mit der er sprechen konnte. Mit ihrer Hilfe hatte er es geschafft, Jennis Mutter zu schreiben und sich zu entschuldigen, auch wenn er ihr nicht sagen konnte, wo Jennis Leiche war. Er hätte es getan, wenn er sich erinnern würde. Er hatte sich mit seiner Schuld abgefunden. Vielleicht würde er sich in einem Jahr erinnern oder in zwei. Hier drin hatte er viel Zeit nachzudenken. Vielleicht hatte er sie fortgeschafft? Er wusste es nicht. In Regennächten malte er sich aus, wie sie blutüberströmt durch den Wald irrte, zusammenbrach und vielleicht in einer Pfütze ertrank. Es hatte fürchterlich geschüttet in jener Nacht, deshalb hatten die Leichenhunde auch nichts gefunden. Wenn es möglich gewesen wäre, hätte die Staatsanwältin ihm auch noch den Regen angelastet.

Thorsten hatte sie gehasst, vor allem deshalb, weil sie alles aussprach – mit dieser kalten, näselnden Stimme. Alles, was er vor sich selbst verborgen gehalten hatte. Er hatte Angst vor dem Gedanken, dass er Jenni nicht nur getötet, sondern auch ihren toten Körper fortgeschafft hatte. Diese Angst, dass er der Mensch war, der Jenni einfach fortgeworfen hatte – wie eine Kippe, achtlos, ohne sich zu erinnern –, war schlimmer als der Entzug. Vor allem weil er sie nicht aus den Knochen trainieren konnte. So viele Gewichte konnte er überhaupt nicht stemmen, um diese Angst auszuhalten. Vielleicht wenn er sie teilen könnte. Aber Thorsten hatte im Knast nicht zu Gott gefunden, auch wenn er im Chor sang und half, die Gottesdienste vorzubereiten. Gott war ihm immer noch so fremd wie zu seiner Konfirmation. Damals wie heute nahm er nur die Vorteile mit. Damals die Geschenke, heute die Gespräche. Die Seelsorgerin half ihm, seine Erinnerungen zu sortieren. Ganz vorsichtig wühlten sie sich durch diesen ungeordneten Haufen an Bildern und Tönen. In den Jahren, die er hier war, hatten sie es immerhin schon geschafft, die Randsteine auszusortieren. Das Nichts hatte jetzt einen Rahmen.

Wenn es nach seiner Mutter ginge, die ihn alle zwei Wochen besuchte und ihm Grüße vom Vater ausrichtete, hatte das Nichts sogar einen Namen. Die Drogen seien schuld, sagte sie, und dass das alles nicht passiert wäre, wenn sie ihn länger gestillt, sein Vater nicht so auf Leistung gepocht hätte oder er nicht nach Berlin gegangen wäre. Die Gründe für seine Sucht variierten, doch meistens lief es darauf hinaus, dass sie die Schuld bei sich suchte. Bis er in den Knast gekommen war, hätte er sich selbst nie als süchtig bezeichnet. Zumindest war er nicht süchtiger als die anderen, die am Wochenende koksten oder Pillen einwarfen, um durchzumachen, und sich dann am Sonntagabend runterkifften, um am Montag wieder in den Job zu schlappen. Aber darüber konnte er mit seiner Mutter nicht reden. Und weil er auch nicht mit ihr über Jenni sprechen konnte, die Frau, die er getötet hatte, redeten sie über seine Schwester Judith, die gerade ihre Bachelorarbeit über so ein merkwürdiges Thema wie die Frage schrieb, ob die AfD die verfehlte Schulpolitik nutzte, um ihre neoliberale Politik voranzutreiben. Oder sie sprachen über die Tante, die ein neues Knie hatte, oder über die Herzprobleme des Vaters, die verhinderten, dass er seinen Sohn im Knast besuchte. Noch so eine Schuld, die Thorsten auf sich geladen hatte: Er hatte seinem Vater das Herz gebrochen und seiner Mutter das Rückgrat. Sie schämte sich, weil ihr Sohn ein Mörder war, gleichzeitig schämte sie sich für ihre Scham, und deshalb füllte sie den Abgrund zwischen ihnen mit Worten. Thorsten hatte nicht die Eier in der Hose, eigene Worte in diesen Abgrund zu werfen. Worte des Bedauerns, der Trauer, also hörte er zu und nickte und bedankte sich für das Buch, die Süßigkeiten und den Tabak, die sie ihm zu jedem Besuch mitbrachte. Das Buch las er, Süßigkeiten und Tabak tauschte er gegen Eiweißkonzentrate. Er hatte Körper und Gehirn lange genug mit Giften überschwemmt.

Thorsten wusste genau, was er sich angetan hatte. Er könnte die Strukturformel von Methamphetamin immer noch blind an die Zellenwand malen. Er kannte die Namen der Droge, den chemischen: N-methyl-alpha-Methylphenethylamin und die anderen wie Speed, Crystal Meth, Ice oder auch die alten wie Pervitin oder Panzerschokolade. Ohne Speed wären die deutschen Panzer nicht in zehn Tagen durch die Ardennen gepresst. Ohne Speed hätte er Jenni nicht getötet. Ohne Speed wüsste er, was er mit ihrer Leiche gemacht hatte. Mit Speed setzte seine Erinnerung erst zu dem Zeitpunkt wieder ein, als er frierend im Schlamm lag. Ab diesem Zeitpunkt waren die Bilder zwar gestochen scharf, aber trotzdem irgendwie verwackelt. Er sah sich selbst wie in einem Super-Acht-Film, der über die Risse im Putz der Zellendecke flimmerte.

Das Erste, was er sieht, ist seine blutverkrustete Hand im Schlamm, dann spürt er den Regen, der auf ihn niederprasselt. Und mit diesem Gefühl kommen die Schmerzen: Sein Kopf fühlt sich an, als würde jemand von innen mit einem Vorschlaghammer dagegen schlagen. Stöhnend richtet Thorsten sich auf, hält das Gesicht in den Regen. »Scheiße«, murmelt er und streift die nasse Hose von den Beinen. Nackt kriecht er ins Zelt, Jennis Schlafsack liegt zerwühlt neben seinem. Thorsten ist zu müde und zu verfroren, um sich darüber Gedanken zu machen. Er kriecht in seinen Schlafsack, und als er das nächste Mal erwacht, ist es heiß und stickig im Zelt. Seine Zunge fühlt sich an wie mit Sandpapier geschmirgelt, und eine Fliege krabbelt ihm übers Gesicht. Er wischt sie fort. Vorwurfsvoll brummend stößt sie gegen die Zeltplane. Und da ist er wieder, der Schmerz. Thorstens Finger ertasten getrocknetes Blut. Noch erinnert er sich nicht an den Streit, nur daran, dass sie Wein getrunken und die eine oder andere Line gezogen haben. Er dreht sich zur Seite. Jennis Schlafsack ist immer noch leer oder schon wieder. Er denkt, dass sie schon aufgestanden ist. Vielleicht sitzt sie vor dem Zelt, vielleicht hat sie was zu essen besorgt. Obwohl Thorsten keinen Hunger hat, befreit er sich aus seinem Schlafsack und kriecht aus dem Zelt. Die Sonne hat den Sand lediglich auf der Oberfläche getrocknet, darunter fühlt er die kühle Nässe. Er blinzelt, keine Jenni. Stimmen lassen ihn aufschrecken. Ein Kahn nähert sich der Schleuse. Eigentlich müsste Thorsten jetzt das Schleusenrad drehen, es war Jennis Idee, auf diese Art und Weise ein paar Euro für ihre Urlaubskasse zu verdienen. Sie hat das schon mal gemacht, mit einem Freund.

Nackt und zerschlagen wie Thorsten ist, kriecht er zurück ins Zelt. Thorsten hört Stimmen, die dunkle des Kahnführers und eine helle Frauenstimme, erst klingt sie ganz fröhlich, aber dann stößt sie einen Schrei aus.

16. KAPITEL

»Wie geht's dir.« Thang setzte sich neben Klaudia auf die Bank vor dem Haus und streckte die Beine aus. Sie konnten nichts anderes tun, als darauf zu warten, dass die Gaskonzentration im Haus fiel. Dann würden sie hineingehen, um es zu durchsuchen. Die Sonne stand schon tief im Nordwesten, und am Bienenstock summte es gewaltig. Er war kurz nach den uniformierten Kollegen und dem Krankenwagen eingetroffen, der allerdings schon wieder fort war, gerufen zu einem Menschen, dem zu helfen war. Die uniformierten Kollegen hatten die Leiche abgedeckt und den Hof mit Flatterband abgesperrt. Nun saßen sie in ihrem Wagen an der Hofeinfahrt und schrieben an ihren Berichten.

»Was glaubst du?« Klaudia schloss für einen Moment die Augen. Sie hatte die Frau aus dem Haus gezerrt, einen Notruf abgesetzt, ihre Luft in die Lungen der Frau geblasen und mit aller Kraft ihren Thorax komprimiert. Das hatte sie so lange fortgesetzt, bis die Rettungskräfte übernahmen. Torkelnd war sie zurückgewichen. Bis zum Anleger war sie gekommen, und dort hatte sie ins Fließ gekotzt. Noch immer hatte sie den bitteren Geschmack im Mund.

Thang legte ihr den Arm um die Schulter und drückte sie kurz an sich. »Du hast alles richtig gemacht«, murmelte er.

»Trotzdem ist sie tot.« Klaudia sah hinüber zu dem mit einem Leichentuch abgedeckten Körper. »Vielleicht wenn ich ...«

»Hör auf damit«, fuhr Thang ihr ungewohnt grob über den Mund. »Das hat keinen Sinn. Warum warst du überhaupt hier?«, fuhr er sanfter fort.

Klaudia erzählte es ihm. »Und warum bist du hier?«, fragte sie. »Ich dachte, du hast einen Termin mit deiner Frau.«

»Kriminalbereitschaft«, antwortete Thang. »«Wann hat Manuela Strahl dich angerufen?«

»Ich hab's erst später mitgekriegt.« Klaudia verspürte den Drang, sich zu rechtfertigen. »Wegen dem Gespräch mit Demeter-Anders.«

»Da bin ich ganz bei dir«, zitierte Thang einen der Lieblingssprüche der Staatsanwältin. »Ist ja auch egal.« Er schlug nach einer Biene, die vor seinem Gesicht flog. »Wahrscheinlich wärst du ohnehin zu spät gewesen.«

»Ja«, entgegnete Klaudia, doch eine unnachgiebige Stimme in ihr flüsterte trotzdem: Wenn ... wenn ... wenn ... In Gedanken ging sie die wenigen Begegnungen mit Manuela Strahl durch. »Sie wirkte nicht wie jemand, der sich umbringt. Sie war merkwürdig, ja, das schon, irgendwie auch verwirrt. Oder eher verwirrend«, fügte sie nachdenklich hinzu. »So, als ticke sie in einem anderen Universum.«

»Es gibt viele Welten im Multiversum«, murmelte Thang.

»Wer sagt das?«

»Terry Pratchett.«

»Okay.« Klaudia hatte keine Ahnung, wer dieser Typ war, also kehrte sie lieber zu ihrem Gespräch zurück. »Schiebschick behauptet, sie war eine Hexe.«

»Eine was?«

Klaudia erzählte ihm von ihrem Gespräch mit dem Alten.

»Ihr Deutschen habt echt einen Knall.« Thang schüttelte ungläubig den Kopf.

»Du musst es ja wissen, Rudnik«, erinnerte Klaudia ihn an seine deutschen Wurzeln.

»Das mütterliche Erbe zählt.« Thang grinste schief. »In Vietnam gibt es nur die ›phù thùy‹.«

»Und das sind keine Hexen?«

»Sie sind anders«, behauptete Thang. »Sie machen dich willenlos und ziehen dir das Geld aus der Tasche.«

»Klingt wie Onlineshopping.« Klaudia lächelte. Es tat gut, dem Gehirn eine Pause von der Wirklichkeit zu gönnen. Thang hatte diese Fähigkeit. Er schaffte es immer, Klaudia nur soviel abzulenken, dass ihr Gehirn die Pause nutzen konnte, um Energie zu tanken.

»Sie ist eine Kräuterhexe.« Klaudia blickte sich um. In den Beeten zu ihren Füßen wuchsen mehr Kräuter, als sie kannte. Allerdings wuchsen am Fließ auch durchaus Pflanzen, die sie aus ihrem beruflichen Leben kannte, wie Engelstrompete oder der leuchtende Fingerhut. Beides sehr giftig. »Hier ist so viel, mit dem sie sich hätte vergiften können.«

»Und trotzdem steckt sie den Kopf in den Ofen.« Thang klang skeptisch.

»Klingt irgendwie nach Hänsel und Gretel, oder?«

»Du meinst überinszeniert?« Thang klopfte sich mit einem Stift gegen die Zähne. Tock. Tock. »War sie so ein Typ?«

»Ich weiß nicht. Aber könnte sein. Möglicherweise wollte sie gerettet werden.«

»Da hätte sie mal besser die Leitstelle angerufen. Das wäre sicherer gewesen.«

»Vielleicht wollte sie ja auch nur nicht zu lange tot hier herumliegen.«

»Dann soll sie einen Bestatter anrufen, aber nicht ausgerechnet dich. Diese Arschlöcher werden dich in der Luft zerreißen.«

»Wow.« Klaudia blieb die Luft weg bei diesem Ausbruch. »Diese Arschlöcher«, fragte sie, »meinst du damit diese besorgten Bürger?«

»Wen sonst?« Thang nickte.

»Und warum nimmst du das so ernst?«, fragte Klaudia. »Ich meine, du bist dunkelhäutig und Bulle. Du hast also zwangsläufig ein dickes Fell. Was ist anders? Dass es diesmal mich erwischt hat? Es sind dieselben Idioten. Morgen schießen sie sich auf den Bürgermeister ein, weil der einen Döner gegessen hat, oder auf sonst jemanden. Ich verstehe überhaupt nicht, warum auf einmal ein solcher Aufriss veranstaltet wird.«

»Du weißt es wirklich nicht?«

»Was?« Unwillkürlich richtete Klaudia sich auf.

»Ist vielleicht auch besser so.« Thang stemmte sich in die Höhe. »Ich muss pissen.«

»O nein.« Klaudia hielt ihn am Arm zurück. »So leicht kommst du mir nicht davon. Was weiß ich nicht?«

»Fiedler ist aus'm Knast.«

»Nein.« Klaudia biss sich auf die Unterlippe. Marcel Fiedler war einer der führenden Köpfe der rechten Gruppierung gewesen, die der Staatsschutz mit Meinerts Hilfe zerschlagen hatte, und er war der Mann, der wahrscheinlich die Radmuttern an Klaudias Wagen gelöst hatte. Nur hatten sie es ihm nie beweisen können. Und nun war er also wieder draußen.

»So früh?« Klaudia horchte in sich hinein. Eigentlich müsste sie Angst verspüren, aber da war nichts, nur so ein Gefühl wie: nicht schon wieder.

»So funktioniert der Rechtsstaat.« Thang befreite sich aus ihrem Griff und entfernte sich Richtung Ufer.

»Ich gehe schon mal rein«, rief Klaudia ihm hinterher und erhob sich ebenfalls. Die uniformierten Kollegen folgten ihr ins Haus.

»Wonach suchen wir eigentlich?«, fragte Kuloth.

Sie standen im Wohnzimmer mit Blick auf den Garten.

»Handy? Abschiedsbrief? Wobei ich glaube, dass der in der Küche liegt. Ansonsten suchen wir noch so etwas wie einen gepackten Koffer oder eine Reisetasche. Keine Ahnung, was genau.«

»Das Handy steht im Flur in der Ladestation. Sind gerade dran vorbeigekommen.« Der Polizeimeister zeigte mit dem Daumen über die Schulter.

»Vielleicht gibt es hier noch eins.« Klaudia zwang ein kollegiales Lächeln in ihr Gesicht. Es hatte keinen Sinn, sich über Kuloth aufzuregen. Am besten fuhr man, wenn man ihn nahm, wie er war.

»Ich gehe nach oben.« Thang tauchte in der Wohnzimmertür auf.

»Ich nehme die Küche«, bot Kuloth an.

»Okay, dann bleibe ich hier, und du gehst in den Keller«, kürzte Klaudia das Prozedere ab.

Nachdem die Kollegen das Wohnzimmer verlassen hatten, blickte sie sich um. Die Möbel sahen aus, als stünden sie schon seit mehr als hundert Jahren hier. Auf dem niedrigen Couchtisch stand eine Vase mit frischen Wiesenblumen, und am Holzbalken über dem Kamin hingen Kräuter zum Trocknen. Zunächst zog Klaudia ihr eigenes Smartphone aus der Tasche und wählte die Nummer, die ihr Manuela Strahl gegeben hatte. Sie lauschte in die Stille des Hauses, leider vergeblich. Sie schob ihr Handy in die Gesäßtasche ihrer Jeans und trat an den Sekretär. Ein Blatt Pergamentpapier lag auf der Schreibunterlage, kunstvoll beschrieben: ein Rezept für einen Kräuterschnaps. Ansonsten fand Klaudia die üblichen Papiere: Versicherungen, Erbschein, Familienstammbuch, ein Adressbuch mit Telefonnummern. Die meisten Namen waren durchgestrichen. Keinen Abschiedsbrief. Klaudia öffnete die Schubladen. Auch hier fand sie nichts. Sie hörte Thangs Schritte auf der Treppe und blickte auf.

»Oben ist nichts«, sagte er.

»Unten auch nicht.« Die Kollegin, die im Keller gewesen war, rieb sich Staub von der Hose. Zwar eine Menge Koffer, aber alle leer, bis auf einen, doch das waren alles uralte Sachen, richtig schön, aber uralt.

Klaudia runzelte die Stirn. »Vielleicht sind die Sachen auch in der Ferienwohnung. Ich gehe gleich mal rüber.«

»In der Küche ist auch nichts.« Kuloth rieb sich die Hände an der Hose ab.

»Aber da lag ein Zettel auf dem Küchentisch«, erinnerte sich Klaudia. »Vielleicht ist er heruntergefallen.«

»Ich habe keinen Zettel gesehen«, entgegnete Kuloth. »Aber der Kühlschrank ist bis zum Rand voll«, fügte er nachdenklich hinzu. »Viel Frischwurst und so. Und das Preisschild ist von heute. Ich meine, wer macht einen Großeinkauf und bringt sich dann um?«

»Das ist wirklich merkwürdig«, räumte Klaudia ein. Andererseits war die Strahl merkwürdig. Sie dachte an ihr Gefasel über Mikes Kraftfeld. »Ich schau noch mal in der Küche nach.«

Natürlich gab es den Zettel. Er war nicht einmal schwer zu finden. Der Durchzug hatte ihn zwischen Kühlschrank und Herd geweht. Allerdings hätte Kuloths Arm wohl nicht in den Spalt gepasst. Auch Klaudia hatte Mühe, an ihn heranzureichen, doch schließlich zog sie ihn hervor.

Es tut mir leid, stand dort in steil nach rechts fallenden Buchstaben. *Es war keine Absicht.*

Was, verdammt, war keine Absicht?, dachte Klaudia. Kälte kroch ihren Nacken hoch.

»Was ist?«, fragte Thang. »Du siehst aus, als wärst du einem Geist begegnet.«

Klaudia hielt ihm den Zettel hin. Auch die uniformierten Kollegen beugten sich vor und lasen mit. Kuloth duftete leicht nach Knoblauch.

»Und was tut ihr leid?«, fragte Thang.

»Das wüsste ich auch gerne.« Klaudia unterdrückte einen Seufzer.

»Bisschen kurz angebunden die Dame«, murmelte Thang.

»Vor allem für ihre Verhältnisse«, bestätigte Klaudia. Sie trat wieder an den Schreibtisch und verglich den Abschiedsbrief mit dem Rezept.

»Glaubst du, dass jemand anderes ihn geschrieben hat?«, fragte sie Thang.

»Das sollen Fachleute herausfinden.« Klaudia blickte von dem hastig hingekritzelten Zettel zu dem säuberlich beschriebenen Pergament und tütete schließlich beide Blätter ein. Sicher war sicher. »Irgendwie hätte ich mehr esoterischen Firlefanz erwartet«, sagte sie.

»In einem Abschiedsbrief?« Thangs dichte Augenbrauen wanderten in die Höhe.

»Sie war eine Hexe«, sagte Klaudia. »Du bist ihr nie begegnet, aber sie war schon sehr ...« Klaudia zögerte. »... besonders.«

»Okay.« Thangs Brauen sanken an ihren üblichen Platz knapp oberhalb der Augenhöhlen zurück. »Du glaubst also, dass dieser Brief gefaked ist.«

»Er verwirrt mich«, räumte Klaudia ein. »Einerseits passt er nicht zu der Art, wie sie spricht.«

»Die wenigsten Leute schreiben, wie sie sprechen«, gab

Thang zu bedenken. »Bei den meisten verknoten sich die Worte auf dem Weg zum Papier, und heraus kommt gestelzte Scheiße. Denk mal an die Berichte, die wir täglich verzapfen.«

»Ja, schon«, räumte Klaudia ein. »Sie war aber da in der Nacht. Sie kam vom Haus, und außerdem: Wo ist dann dieser Kaprolat?«

»Er kann sonstwo sein. Vielleicht Party machen.«

»Er hatte ein Date am Samstag.«

»Kann er vergessen haben. Leute vergessen ständig die komischsten Sachen.«

»Mag sein«, meinte Klaudia. »Bleibt immer noch die Tatsache, dass sie am Feld war und dass sie aus der Sackgasse aufgetaucht ist. Der unbeleuchtete Wagen ist Richtung Lübbenau abgehauen. Wo ich ihn dann gefunden habe.«

»Was nicht bedeutet, dass der Wagen direkt nach dem Unfall in den Hof der Apotheke gefahren wurde. Hier gibt's Dutzende Feldwege. Kurz reinfahren, zurückkommen und mit viel esoterischem Brimborium den Verdacht auf ihren abwesenden Mieter lenken.« Thang klopfte sich mit dem Zeigefinger gegen die Frontzähne.

»Klingt überinszeniert«, sagte Klaudia.

»So wie das hier?«, erwiderte Thang.

»Dann warten wir also, dass dieser Mike wieder auftaucht.«

»Klingt nach einem Plan.«

»Okay.« Klaudia nickte. »Dann gehe ich jetzt rüber in die Ferienwohnung«, sie schloss den Sekretär, »und hol seine Sachen.«

»Damit er einen Grund hat, sich bei uns zu melden?«

»Genau.«

Auch die Ferienwohnung war nicht abgeschlossen. Klaudia stieß die Tür auf und blickte sich um. Die Unordnung war beseitigt, das Bett abgezogen, und es duftete nach Zitronen-reiniger. Hatte Manuela Strahl einfach nur sauber gemacht, oder hatte sie Spuren beseitigt? Klaudia dachte an die studentische Unordnung vom Vormittag. Jetzt deutete nichts mehr darauf hin, dass Mike Kaprolat hier wochenlang gelebt hatte. Was immer die Strahl zusammengepackt hatte, war verschwunden.

»Scheiße«, fluchte sie leise.

»Hast du die Sachen?« Thang erschien in der Tür.

»Sie sind weg.«

»Weg?«

»Ja«, bestätigte Klaudia. »So wie es aussieht, war Kaprolat schon da.«

»Und wie es aussieht, hat er nicht die Absicht, in sein altes Leben zurückzukehren«, ergänzte Thang.

»Also müssen wir ihn finden.«

»Ich organisiere einen Spürhund. Vielleicht findet der eine Spur.«

»Aber wir haben nichts, was wir ihm unter die Nase halten könnten.«

»Ja, das stimmt leider.«

»Warte mal!« Klaudia dachte an die Apothekermäntel, die Doktor Zink und seine Auszubildende getragen hatten. »Ich glaube, ich weiß was.«

17. KAPITEL

»Der Bestatter ist jetzt da.« Die uniformierte Kollegin klopfte an den Türrahmen. Dunkel hob sich ihre Gestalt gegen die im Nordwesten untergehende Sonne ab. »Kann er die Leiche mitnehmen?«

Klaudia und Thang tauschten einen Blick aus, schließlich nickte Thang. »Ist in Ordnung«, sagte er. »Sie geht in die Rechtsmedizin nach Potsdam.«

»Alles klar.« Die Kollegin machte auf dem Absatz kehrt.

»Und was machen wir?« Thangs Handy schmetterte die DDR-Nationalhymne.

»Du solltest wirklich einen anderen Klingelton für Janina auswählen.«

»Ich vergesse das immer. Moment.« Mit dem Handy am Ohr entfernte sich Thang. Klaudia hörte ihn noch sagen, dass es bestimmt spät werden würde. Ein Satz, den sie schon lange nicht mehr ausgesprochen hatte. Ihr Kater rief nie an.

»Alles in Ordnung?«, fragte Klaudia, als Thang zu ihr zurückkehrte.

»Alles bestens«, antwortete der Kollege, doch irgendwie klang er nicht überzeugend.

Du bist ein lausiger Lügner, dachte Klaudia, sprach den Gedanken jedoch nicht aus. »Bevor wir hier abhauen, sollten wir noch bei diesem Nachbarn vorbeifahren. Immerhin wollte sie dahin.«

»Hoffentlich hat er das überlebt.« Thangs Stimme klang skeptisch.

»Ein Grund mehr, sich zu vergewissern.« Klaudias Puls beschleunigte sich. Irgendwie schienen sie immer zu spät zu sein. Wer auch immer die Ereignisse vorantrieb, war schneller. »Und ich glaube, diesen Umweg sollten wir alle machen.« Klaudia blickte sich um. Die Kollegen nickten.

»Dieser Gunkler ist Künstler«, sagte Kuloth. »Soll sogar ziemlich berühmt sein. Obwohl ...«

»Was hast du unterm Arm?« Klaudia kniff die Augen zusammen.

»Das wird doch schlecht«, verteidigte sich Kuloth.

»Du willst mir jetzt nicht erzählen, dass du die Wurst aus dem Kühlschrank mitgenommen hast.« Thangs Stimme klang fassungslos.

»Lass gut sein.« Klaudia legte ihm die Hand auf den Unterarm. »Er hat ja recht.«

»Die Wurst könnte ein Beweisstück sein.« So schnell gab Thang nicht auf.

»Sie hat mit dem Kopf im Gasherd gelegen«, erinnerte ihn Klaudia. »Sie ist nicht an einer Fleischvergiftung verstorben.«

»Und wenn, dann wäre es nicht dieses Fleisch«, warf Kuloth ein. »Das ist nämlich noch verpackt. Also, was ist jetzt? Fahr'n wir? Ich möchte die Wurst nicht zu lange ungekühlt lassen.«

Am Zaun des Nachbarhauses hing ein Schild, an dem die Farbe abblätterte und auf dem in altmodischer Frakturschrift »Zum Spreewaldkrug« stand. Ebenso wie das Schild war auch das Haus auf eine verfallene Art malerisch. Prächtig blühender Löwenzahn wucherte im Schotter. Nur aus Holz gefräste Albträume, die im Hof verwitterten, störten die Idylle. Kaum rollten die Polizeiwagen mit knirschenden Reifen in den Hof, öffnete sich die Eingangstür. Ein untersetzter Mann in Jeans und rotem T-Shirt fuhr im Rollstuhl in den Hof. Sein kurz geschorenes graues Haar wurde an den Schläfen weiß, und Falten zogen sich wie Ackerfurchen durch sein wettergegerbtes Gesicht. Nicht nur das Alter hatte die Kerben in seine Haut geschlagen, sondern auch seine Erkrankung. Aus der Unfallakte wusste Klaudia, dass Gunkler an Multipler Sklerose litt.

»Guten Tag«, begrüßte sie ihn. Wie immer überließ Thang zunächst ihr das Reden. Sie hatten die Erfahrung gemacht, dass gerade ältere Leute zunächst Probleme damit hatten, einen Halbvietnamesen als Polizisten zu akzeptieren. »Wir sind von der Kripo Lübben. Das ist mein Kollege Herr Rudnik. Wir haben ein paar Fragen wegen Ihrer Nachbarin.«

»Wegen der Manuela?« Gunkler runzelte die Stirn. »Was ist mit ihr?«

»War sie heute hier?«

»Ja, kurz. Warum fragen Sie?«

»Wann war das?«

»Keine Ahnung, so gegen sechs vielleicht. Sie wollte nach dem Rechten sehen. Wie die Weiber so sind.«

»Sie tat das also regelmäßig.«

»Sie würde gerne, aber ich kann ihr Geschwafel nicht ertragen. Andererseits versorgt sie mich mit Kräutermedizin. Ist zwar meinem feinen Herrn Schwiegersohn nicht so recht, aber mir hilft es. Zumindest mehr als der Scheiß, den der Arzt mir verschreibt.«

»Ist Ihnen etwas Besonderes an Frau Strahl aufgefallen?«

»Warum wollen Sie das wissen? Hat sie jemanden vergiftet?«

»Trauen Sie ihr das zu?«

Gunkler hob die Schultern. »Sie ist eine Hexe. Zumindest hält sie sich für eine. Aber nein«, beantwortete er schließlich Klaudias Frage. »Sie würde bestimmt niemanden vergiften, und auf keinen Fall würde sie Fahrerflucht begehen. Sie fährt ja nicht mal Auto.«

»Wieso kommen Sie ausgerechnet auf Fahrerflucht?«, fragte Thang.

»Weil Sie hier zu viert in meinem Hof stehen und Fragen stellen, aber keine einzige beantworten.« Umständlich wendete er den Rollstuhl auf dem Schotter. »Für mich ist das Gespräch beendet.«

»Manuela Strahl ist tot«, sagte Thang.

»Tot?« Gunkler wendete den Kopf und blickte über die

Schulter hinüber zu den Polizisten. »Sie war fidel wie ein Lutki, als sie hier weg ist.«

»Also wirkte sie nicht irgendwie anders«, vergewisserte sich Klaudia.

»Na ja.« Gunkler wendete den Rollstuhl wieder und fuhr ihn vor Klaudia. »Sie war besorgt, wegen ihrem Mieter. Aber ansonsten … Sie war ja nur kurz hier. Dabei hatte sie sich so gerade zum Quatschen eingerichtet. Von Kraftfeldern gefaselt. Meins ist zum Beispiel gallegrün, sagt sie. Ich höre nie so genau hin, wenn sie von ihrem Zeug anfängt. Hier hat sie gesessen.« Gunkler zeigte auf die Bank, die vor der Haustür stand. »Und ich habe gedacht, die bleibt, bis die Sonne weg ist. Aber dann hat sie wohl eine SMS – oder wie das heißt – gekriegt. Auf jeden Fall ist sie weg wie ein Eisvogel, der eine Quappe aus dem Fischkasten geklaut hat.« Müde schüttelte Gunkler den Kopf. »Und nun ist sie tot.« In seiner Stimme lag mehr Trauer, als seine Worte ausdrückten. »Alle sterben sie weg«, murmelte er. »Es ist ein Fluch.«

»Sie leben allein hier?«, fragte Klaudia.

Gunkler nickte.

»Und Ihre Gastwirtschaft? Betreiben Sie die noch?«

»Wie denn?« Er schlug sich mit der Faust auf die Beine. »Zuerst waren sie immer mal wieder taub, da denkt man sich noch nichts dabei, und irgendwann habe ich sie überhaupt nicht mehr gespürt. Erst nur kurz, dann immer häufiger und länger. Ich kann ihnen nicht trauen. Niemandem kann man trauen«, flüsterte er. »Nicht mal dem eigenen Fleisch und Blut. Seit ein paar Wochen kribbeln meine Fingerspitzen.« Wieder schlug er sich auf die Oberschenkel. »Mein Körper verschlammt wie ein stillgelegtes Fließ.«

»Das ist wirklich tragisch.« Unwillkürlich fragte Klaudia sich, wie ihre Zukunft aussah. Würde es bei dem einen kaputten Ohr bleiben? Die Ärztin in der Kur hatte gesagt, das Risiko sei nicht größer als bei jedem anderen Menschen auf der Welt, dass auch ihr anderes Ohr ausfallen würde. Trotzdem blieb die Angst, dass sie irgendwann taub und schwindelig dahinvegetieren würde. Sie hätte dann niemanden, der an ihrer Seite sein würde. Nicht einmal eine nervige Nachbarin und schon gar keine Tochter.

Sie und Thang tauschten einen Blick, und Klaudia fragte sich, welche Ängste ihm gerade durch den Kopf gingen.

»Können wir etwas für Sie tun?«, fragte Klaudia den alten Mann. »Vielleicht Ihre Tochter anrufen?«

»Nein.« Gunkler wendete den Rollstuhl wieder. »Rena hat schon genug für mich getan. Ich komme klar.«

Klaudia und ihre Kollegen verabschiedeten sich und gingen zurück zu ihren Wagen.

»Haben wir Strahls Handy?«, fragte Klaudia.

»Ich hab's nicht eingetütet«, antwortete Thang, und auch die uniformierten Kollegen schüttelten den Kopf.

»Also fahren wir noch einmal zum Hof der Strahl.« Klaudia ärgerte sich, dass sie so etwas Wichtiges wie ein Handy im Haus zurückgelassen hatten. »Ich will wissen, was das für eine SMS war.«

»Braucht ihr uns dabei?«, fragte Kuloth.

»Das schaffen wir wohl auch noch ohne eure Hilfe.« Thangs Stimme klang gepresst.

Strahls Handy stand in der Ladestation, und zu Klaudias Freude war es nicht gesichert. Sie tippte auf das Nachrichtensymbol. »Nichts«, sagte sie. »Zumindest nicht heute.«

»Vielleicht hat sie noch ein anderes Handy?«

»Glaubst du das?«

»Wenn sie mit Drogen gehandelt hat?«

»Das ist jetzt nicht dein Ernst?«

»Was weiß ich? Getrocknete Fliegenpilze oder sonst was. Sieh dich doch mal um hier: überall getrocknetes Irgendwas.«

»Oder sie hat die Nachricht gelöscht.« Klaudia scrollte sich durch die Mitteilungen. »Allerdings scheint sie sonst nichts gelöscht zu haben.«

»Und wenn jemand anderes die Nachricht gelöscht hat?«

»Zum Beispiel der Absender?« Klaudia musterte das Handy. »Wer ist denn heutzutage noch so naiv?«

»Nicht jeder guckt CSI.« Thang klopfte sich mit dem Fingernagel gegen die Zähne.

»Ich denke, ich weiß, wer diese SMS geschrieben hat.« Klaudia ließ das Handy in einen Spurenbeutel gleiten.

18. KAPITEL

Klaudia und Thang trennten sich, nachdem sie das Haus wieder versiegelt hatten. Thang würde nach Lübben fahren und die Fallakte anlegen, und sie würde Kaprolats Kittel besorgen. Übers Internet hatte Klaudia herausgefunden, dass Zinks Apotheke Notdienst hatte, deshalb beschloss sie, das gleich zu erledigen.

Der Dienstwagen rollte über das Kopfsteinpflaster. Die Restaurants und Gaststätten in der Altstadt waren gut besucht. Noch immer war es schwül, und Wolken hingen über den Dächern, doch es regnete nicht mehr. Lachen hallte über den Kirchplatz. Am Sagenbrunnen spielten Kinder in der Abenddämmerung, während ihre Eltern vor dem *Charleston* saßen und bei einem Glas Wein die blaue Stunde genossen. Klaudia bog in die Nebengasse ein, in der die Apotheke lag, und parkte vor dem hell erleuchteten Schaufenster. In diesem Teil der

Altstadt war es still, man hörte nur das Zirpen der Grillen und vereinzeltes Quaken von Fröschen. Klaudia drückte auf den Klingelknopf neben der Medikamentenklappe. Es dauerte eine Weile, bis der Apotheker erschien. Auch jetzt war sein Apothekermantel bis zum Knoten der Krawatte zugeknöpft. Er stutzte, als er Klaudia sah, und öffnete die Notdienstklappe.

»Ist was mit meiner Frau?«, fragte er, den Körper vorgebeugt, um durch die Klappe sprechen zu können. »Sie ist mit dem Mercedes unterwegs. Ich habe es unterbinden wollen, aber sie hat sich nicht abhalten lassen. Sie hatte doch keinen Unfall?«

»Nein«, versicherte ihm Klaudia und beugte sich ebenfalls vor, bevor sie ihm einen guten Abend wünschte und sich für die späte Störung entschuldigte.

»Kein Thema.« Der Apotheker wirkte unschlüssig. Er schien nicht zu wissen, wie es nun weitergehen sollte.

»Ich hätte da eine Bitte.« Klaudia erklärte ihm, was sie von ihm wollte, ohne die Tote zu erwähnen. Entsprechend skeptisch reagierte der Apotheker.

»Betreibt die Polizei bei jedem Vermissten so einen Aufwand?«

Klaudia verstand sein Misstrauen. Man kam schon ans Grübeln, wenn die Polizei bei einem um halb zehn abends vor der Tür stand und nach einem Kittel fragte. »Wir haben unsere Gründe.«

»Ich weiß nicht.« Zink massierte sich mit Daumen und Zeigefinger das Kinn. »Vielleicht hat meine Frau die Kittel schon gewaschen.«

»Würden Sie einmal nachschauen? Bitte?«, schob Klaudia hinterher. Das Phlegma des Mannes zerrte an ihren Nerven.

»Ja, natürlich.« Endlich betätigte der Apotheker einen Knopf, und die Tür glitt vor Klaudia auf. Zink führte sie wieder in den schmalen Flur. Diesmal öffnete er die Tür zum Personalraum. Dieser Raum war nur unwesentlich größer als das Büro, aber immerhin gab es hier ein Fenster, das zwar vergittert war, durch das jedoch milde Abendluft hereinströmte. Klaudia nahm den Geruch von Entengrütze wahr. Hier im Spreewald war das Wasser nie weit entfernt.

In den Raum war so viel hineingestopft worden, dass Klaudia das Gefühl hatte, den Bauch einziehen zu müssen, um auch noch hineinzupassen: eine Küchenzeile mit Spüle und Arbeitsplatte, fünf Metallspinde, ein Resopaltisch, den drei mit Plastik bezogene Küchenstühle umringten. Auf dem Tisch lag das übliche Pausenraumsammelsurium aus Salzstreuer, eingetrockneten Keksen und mit Edding beschrifteten Wasserflaschen. Klaudia kannte solche Räume aus ihrer Zeit als Pflegepraktikantin. Einen Sommer hatte sie im Essener Elisabeth-Krankenhaus verbracht. Ihr Vater hatte das vorgeschlagen. Er hätte es gerne gesehen, wenn sie Medizin studiert hätte, und wollte ihr Interesse wecken, doch das Praktikum hatte eher das Gegenteil bewirkt. Nach diesen sechs Wochen hatte Klaudia gewusst, dass kranke Menschen und sie nicht kompatibel waren.

»Hier verbringen unsere Mitarbeiter ihre Pausen. Wir selbst wohnen oben.«

»Welcher Spind gehört Herrn Kaprolat?«

»Ganz rechts, aber ...«

»Aber?« Klaudia trat an den Spind. »Sie haben den Schlüssel nicht«, fügte sie resigniert hinzu, nachdem sie an der Tür gezogen hatte.

»Meine Frau ...« Der Apotheker nahm die Nickelbrille ab und wischte sich die Stirn.

»Und Ihre Frau ist bei der Chorprobe.« Klaudia unterdrückte einen Seufzer.

»Sie müsste eigentlich schon längst wieder zurück sein. Ich verstehe das gar nicht. Sie weiß doch, dass wir Notdienst haben. In letzter Zeit geht einfach alles drunter und drüber. Das ist die Hitze«, fügte Zink hinzu. »Frauen leiden bei so einem Wetter mehr als Männer. Vor allem, wenn sie ein gewisses Alter erreicht haben.«

»Ist Ihre Frau in diesem Alter?«, fragte Klaudia.

»Nein, natürlich nicht.« Der Apotheker wirkte geradezu empört.

»Sie scheint deutlich jünger zu sein als Sie.« Klaudia konnte ihre Neugier nicht bremsen, außerdem musterte sie der Apotheker, als wollte er ihr Produkte für die Wechseljahre andrehen. Da schadete es nichts, ihn an sein eigenes Alter zu erinnern.

»Nicht das kalendarische Alter ist entscheidend«, erwiderte der Apotheker gestelzt.

So viel jünger wirkst du aber nicht, dachte Klaudia. Es erstaunte sie, dass er ihre Frage überhaupt beantwortete. Sie an seiner Stelle hätte das nicht so ohne Weiteres getan.

»Rena hatte eine schwere Kindheit, sie war schon immer sehr ernsthaft und deutlich reifer.« Zink seufzte, und zum ersten Mal verspürte Klaudia einen Hauch von Sympathie für den Mann. »Ich glaube, da kommt sie gerade.«

Scheinwerferlicht fiel durch das Viereck des Fensters.

»Wurde auch Zeit.« Zink drehte sich auf dem Absatz um und öffnete die Tür zum Hof. »Du bist aber spät«, rief er. »Ich habe mir Sorgen gemacht.«

»Ja, tut mir leid.« Rena Zink stieg aus dem Mercedes. Ihre Wangen waren gerötet, und unter Brust und Achseln färbte Schweiß ihr T-Shirt dunkel. »Das Weihnachtsoratorium.« Ihre Stimme klang atemlos. »Oh.« Irritiert musterte sie Klaudia, die in der Tür erschien.

»Frau Kommissar …« Es bereitete dem Apotheker so offensichtlich Mühe, den Satz zu beenden, dass Klaudia einsprang und der Frau ihre Bitte vortrug.

»Mikes Kittel?« Rena Zink strich sich mit beiden Händen die Haare zurück. In der Pause, die nun entstand, war nur das leise Klacken zu hören, mit dem die Motten gegen die Neonröhre prallten. »Tut mir leid«, sagte Rena Zink schließlich. »Die sind jetzt in der Mangelwäsche.«

»Könnten Sie mir den Spind trotzdem einmal öffnen?«

»Ja.« Hilfesuchend sah Rena Zink zu ihrem Mann. »Die Putzfrau hat ihn ausgewaschen.«

»So bald?«

»Ich habe sie darum gebeten.« Zink sprang seiner Frau bei. »Nach allem, was passiert ist, wird Herr Kaprolat sicherlich nicht mehr bei uns arbeiten. Ich spreche von dem Wagen.«

»Und jetzt die Sache mit der Manuela«, fügte seine Frau hinzu.

»Was ist mit der Strahl?«, fragte der Apotheker.

»Sie ist tot«, sagte Rena Zink schlicht.

»Woher wissen Sie davon?«, fragte Klaudia scharf.

»Nun ja.« Rena Zink öffnete die Beifahrertür, um einen Korb herauszunehmen. Als sie sich wieder umwandte, hatte sich ihre Gesichtsröte vertieft. »Mein Vater hat mich angerufen. Sie waren ja bei ihm.«

»Ja, natürlich.« Klaudia unterdrückte den Impuls, sich mit der flachen Hand gegen die Stirn zu schlagen. Sie hatte komplett vergessen, dass die Frau des Apothekers Kurt Gunklers Tochter war, auch wenn die Ähnlichkeit auf der Hand lag. Beide hatten runde Gesichter und etwas knubbelige Nasen. Ob Rena Zinks schwere Kindheit mit der Erkrankung ihres Vaters zu tun hatte?

»Er war ziemlich aufgeregt deshalb«, sagte Rena Zink.

»Das tut mir leid«, sagte Klaudia. »Waren Sie noch bei ihm?«

»Nein.« Rena Zink schüttelte den Kopf. »Das wollte er nicht. Er sieht mich am liebsten von hinten.« Sie lachte unfroh auf.

»Immerhin hat er Sie angerufen.« Klaudia dachte an ihren eigenen Vater. Wann hatte er sie das letzte Mal angerufen? Sie konnte sich nicht erinnern.

»Mein Schwiegervater ist ziemlich eigen«, sagte der Apotheker. »Er ...« Ein Schellen unterbrach ihn. »Brauchen Sie mich noch?« Fragend blickte er zu Klaudia.

»Ich denke, wir kommen zurecht.« Klaudia war froh, den Apotheker von hinten zu sehen, und wandte sich wieder an seine Frau. Rena Zink wirkte weniger erleichtert, und Klaudia hatte das Gefühl, dass sie ihrem Mann am liebsten gefolgt wäre.

»Ich bin immer noch ganz erschüttert. Manuela war unsere Nachbarin, seit ich denken kann. Ich bin in ihrem Haus ein und aus gegangen. Sie war so ein fröhlicher Mensch.«

»Und ein bisschen verschroben.«

»Mein Mann kam überhaupt nicht mit ihr klar.«

»Aber Sie schon?«

»Man musste sie halt zu nehmen wissen, und was Kräuter anging, hat ihr so schnell keiner was vorgemacht. Da konnte sie auf das Wissen von Generationen zurückgreifen. Meine Oma hat sich nur von ihr behandeln lassen. Die hat ihr Leben lang keinen Arzt gesehen.«

»Das ist manchmal nicht das Schlechteste«, räumte Klaudia ein.

»Hat Manuela sich vergiftet?«

»Dazu kann ich Ihnen noch nichts sagen.«

»Ja, natürlich«, murmelte Zink. »Laufende Ermittlungen und so.« Wieder war nur das Klacken zu hören, mit dem die Motten gegen die Neonröhre prallten.

Rena Zink schüttelte den Kopf. »Ich war heute noch bei ihr.«

»Und wie wirkte sie da auf Sie?«

»Eigentlich ganz normal«, sagte Zink nachdenklich. »Also für ihre Verhältnisse.« Sie lachte leise und hob hastig die Hand zum Mund, als wollte sie das Lachen verbergen. »Aber wenn ich so darüber nachdenke.«

»Ja?«, ermunterte sie Klaudia.

»Ein bisschen aufgeregt war sie schon. Sie hatte Mikes Handy gefunden.«

»Haben Sie es gesehen?«

»Das Handy?«

Klaudia nickte.

»Ich weiß nicht.« Der Blick der Frau ging über Klaudia hinweg in die Ferne. »Ich glaube, sie hatte es in der Hand«, sagte sie schließlich. »Aber ich habe nicht darauf geachtet. Ich hatte es ein bisschen eilig, weil ich noch bei meinem Vater nach dem Rechten sehen wollte. Und jetzt, wo der Wagen weg ist, muss ich alles mit dem Fahrrad erledigen.«

»Aber heute Abend waren Sie mit dem Wagen Ihres Mannes unterwegs.«

»Ich musste auf dem Weg zur Probe noch Medikamente ausfahren. Ansonsten sieht er es nicht gerne, wenn ich den Mercedes fahre. Er hat ja recht«, nahm Rena Zink ihren Mann in Schutz. »Ich bin keine sichere Fahrerin, aber hier im Spreewald geht's.«

»Ja«, sagte Klaudia schlicht. »Ich gehe dann jetzt.«

»Warum brauchten Sie Mikes Kittel?«

»Wir haben einen Suchhund angefordert.«

»Einen Suchhund?« Rena Zink wurde blass. »Glauben Sie denn, dass er etwas mit Manuelas Tod zu tun hat?«

»Wir glauben, was wir belegen können«, sagte Klaudia.

»Und das ist, dass Mike Kaprolat seit Freitag verschwunden ist.«

»Aber seine Sachen müssten doch noch in dem Apartment sein.«

»Ja«, bestätigte Klaudia. »Müssten sie.«

»Sie meinen, sie sind weg?«

»Die Sachen und Mikes Handy.«

»Ach herrje.« Zink räusperte sich. »Und wir haben alles in die Reinigung gegeben.«

»Sie haben getan, was Sie für richtig hielten. Machen Sie sich keine Vorwürfe.«

»Ich komme mir so dumm vor.«

»Das müssen Sie nicht.« Klaudia wandte sich zum Gehen. Es hatte keinen Zweck. Ermittlungen waren oft so. Manchmal hatte man kein Glück, manchmal Pech. Irgendwie arbeiteten sie sich von Niederlage zu Niederlage zum Sieg.

Als sie den Personalraum erreichte, kam ihr der Apotheker entgegen, er steckte gerade einen Stift in die Brusttasche seines Kittels, und bei Klaudia fiel der Groschen. Natürlich. Kittel hatten Taschen, und irgendwie landeten alle möglichen Dinge in diesen Taschen.

»Was haben Sie mit Mikes persönlichen Sachen gemacht?«, wandte sich Klaudia an die Frau des Apothekers.

»Welche persönlichen Sachen?« Rena Zink blinzelte verwirrt.

»Stifte, Kitteltaschenbücher oder Papiertaschentücher?«

»Oh.« Rena Zink legte die Fingerspitzen an die Lippen. »Natürlich. Warum habe ich nicht gleich daran gedacht? Warten Sie.« Rena Zink öffnete die Bürotür und ging zu ihrem Schreibtisch. »Die Putzfrau hat seine Sachen in eine Tüte getan.«

»Das ist großartig.« Klaudia folgte ihr. Zink zog eine Schreibtischschublade auf und reichte Klaudia einen durchsichtigen Plastikbeutel mit dem Logo der Apotheke.

»Danke.« Klaudia nahm die Tüte und hielt sie gegen das Licht. »Was ist denn das?« Eine Plastikkarte, die aussah wie eine Bankkarte, steckte als Lesezeichen zwischen den Seiten eines Taschenbuches.

Klaudia nahm Einmalhandschuhe aus ihrem Rucksack, zog die Karte zwischen den Buchseiten hervor und las den einge-druckten Namen. »Das ist jetzt nicht wahr?«, keuchte sie.

»Was?« Frau Zink versuchte, ihr über die Schulter zu blicken.

»Nichts.« Sie ließ die Karte in den Beutel fallen, als hätte sie sich die Finger daran verbrannt.

19. KAPITEL

Klaudia lenkte den Dienstwagen in den Hof der Dienststelle in Lübben. Obwohl es noch nicht acht Uhr war, brannte die Julisonne bereits vom Himmel. Klaudia hielt ihren Ausweis gegen den Sensor und trat in den kühlen Schatten des hinte-ren Treppenhauses. Wie immer begrüßte sie die für das Lüb-benauer Polizeirevier so typische Geruchsmischung aus Boh-nerwachs, feuchtem Keller und eingekochtem Kaffee.

»Ich habe gehört, du hast schon wieder eine Leiche gefun-den?«, begrüßte sie die diensthabende Kollegin. »Das solltest du nicht zur Gewohnheit werden lassen.«

»Dir auch einen wunderschönen guten Morgen.« Klaudia stieg die Stufen zum Dachgeschoss hinauf, in dem die Büros der Kripo untergebracht waren. Je höher sie kam, umso sticki-ger wurde die Luft.

»Lage in fünfzehn Minuten.« Petras Finger flogen über die Tastatur.

»Diesmal bin ich nicht ausgeladen?«, spottete Klaudia.

»Ich bin nur die Sekretärin.« Petra hörte auf zu tippen und griff nach dem Wasserglas, das neben ihrer Tastatur stand. »Es ist viel zu heiß, oder?«

»Den Touristen gefällt's.«

»Wir bräuchten eine Klimaanlage.«

»Wir können froh sein, dass die Sicherheitsfolie vor den Fenstern erneuert wurde.«

»Hier knallt eher die Sonne rein, als dass jemand Steine wirft«, murrte Petra.

»Kommt Demeter-Anders zur Lagebesprechung?«

»Ich denke schon«, murmelte Petra und begann wieder zu tippen.

»Vielleicht sollte sie Sachbearbeiter bei der Kripo werden, wenn es ihr so gut bei uns gefällt.«

»Willst du es ihr vorschlagen?«

»Eher friert die Hölle zu.«

Klaudia stieg die letzten Stufen zum Dachgeschoss hinauf und betrat das Büro, das sie sich mit Thang teilte. Die Fenster waren geöffnet; ein Ventilator ließ den Zettel flattern, der unter Klaudias Tastatur geklemmt war. Klaudia nahm ihn und legte ihn schmunzelnd zurück. Es war Thangs Liste vom Vortag.

Der Kollege saß bereits hinter seinem Schreibtisch, die Haare noch feucht vom Duschen. Er nickte ihr kurz zu und schrieb dann wieder an seinem Bericht. Im Gegensatz zu Petras Fingerfertigkeit beim Tippen bestand Thangs Technik darin, dass er mit der linken Hand die Leertaste betätigte und in einem Affentempo mit dem Zeigefinger der rechten auf die Tastatur einhämmerte.

»Warst du überhaupt zu Hause?«, fragte Klaudia.

»Kurz«, entgegnete Thang. »Lage in fünfzehn Minuten. Danach Treffen mit der Hundeführerin. Hattest du Glück?«

»Wie man's nimmt.« Klaudia dachte an die Bankkarte. »Die Kittel waren bereits gewaschen, aber ich habe den Inhalt seiner Kitteltaschen.« Ihr besonderes Fundstück behielt sie noch für sich. Sie würde es den Kollegen und vor allem der Staatsanwältin in der Lagebesprechung präsentieren.

»Das müsste reichen.« Thang hämmerte wieder auf seine Tastatur ein. »Das Handy ist übrigens auf dem Weg zur KTU. Ich hoffe, sie lesen es heute noch aus.«

»So schwierig ist das ja nicht.« Klaudia dachte an Wibkes Vorträge über die technischen Möglichkeiten, Handydaten zu rekonstruieren.

»Es muss nur einer machen.« Thang schnaubte. »Du hättest den Kollegen in Potsdam mal hören sollen. Er klang, als sei er der einzige Sachbearbeiter, der nicht in Urlaub ist.«

»Mein Mitleid hält sich in Grenzen«, sagte Klaudia, während sie sich in INPOL einloggte. »Wir haben zwei Todesfälle und einen Vermissten.«

»Kaprolat habe ich übrigens gestern noch zur Fahndung ausgeschrieben.« Thang nannte ihr die Fallnummer.

»Super, danke. Und dann warst du noch zu Hause? Du hättest wahrscheinlich mehr Schlaf gekriegt, wenn du dich hinten aufs Ohr gehauen hättest.«

»Bei der Hitze kann ich eh nicht schlafen, außerdem hat Janine auf mich gewartet.«

Klaudia hatte das Gefühl, dass Thangs Gesicht bei der Erwähnung seiner Frau die Farbe wechselte. Bevor sie nachhaken konnte, fuhr Thang fort. »Die Strahl war heute Morgen schon auf dem Tisch.«

»Nicht dein Ernst.« Klaudia blickte auf die Uhr im Computerbildschirm. »So früh obduzieren die schon?«

»Irgendwie scheinen deine Leichen Vorfahrt zu haben«, feixte Thang.

»Fang du nicht auch noch damit an«, bat ihn Klaudia. »Was sagt Stemmler denn?«

»Die Leiche war zum Zeitpunkt der Obduktion tot.«

»Das hätte ich jetzt so nicht erwartet.« Grinsend lehnte Klaudia sich in ihrem Stuhl zurück. »Sonst hat er nichts gesagt?«

»Er war recht zugeknöpft«, erwiderte Thang. »Aber er hat zumindest noch ausgespuckt, dass die Farbe der Leichenflecken zur Auffindesituation passt und die Tote wohl keinen über den Schädel bekommen hat. Den Rest später.« Zielgenau landete sein Zeigefinger auf der Tastatur.

»Das war ein Punkt, oder?«

»Woher weißt du das?« Thang griff nach der Maus.

»Weibliche Intuition. Bist du soweit?«

PH saß bereits auf seinem Platz vor dem Flipchart und unterhielt sich leise mit Demeter-Anders. Sie schwiegen, als Klaudia und Thang eintraten, und beschäftigten sich mit den Akten, die vor ihnen lagen. Misstrauisch musterte Klaudia ihren Chef und die Staatsanwältin. Hatten die beiden über sie gesprochen? Die wohlmeinende Drohung mit dem polizeiärztlichen Dienst saß ihr noch immer in den Knochen.

Wie immer hatte Petra für ausreichend Kaffee gesorgt, der in zwei bauchigen Thermoskannen auf dem Tisch stand.

»Guten Morgen.« Klaudia zog die Thermoskanne zu sich hin und füllte ihren und Thangs Becher. PH und Demeter-Anders waren bereits versorgt. Sie mussten also schon eine Weile hier sitzen.

Im Laufe der Zeit hatte jeder der Sachbearbeiter eine Vorliebe für eine Tasse entwickelt. Während PH meistens nach einer Schäfchentasse griff, bevorzugte Klaudia den Becher mit dem Logo der Polizei Brandenburg. Thang hingegen benutzte stets einen knallroten Becher ohne Aufdruck.

»Wo ist der Kollege Demel?« PH runzelte unwillig die Stirn.

»Hat verschlafen«, rief Petra aus dem Vorzimmer.

»Und was ist mit Wibke?«, fragte Klaudia. »Ist sie heute dabei?« Die Kollegin war ihre Verbindung zur Spurensicherung und nahm nicht an allen Lagebesprechungen teil.

»Ist noch beim Bäcker.« Wieder war es Petra, die ihre Frage beantwortete.

»Könnten wir bitte trotzdem zügig beginnen?«, fragte Demeter-Anders. »Auch wenn natürlich die Aussicht auf Hefeteilchen zur Besprechung sehr verlockend ist, aber ich habe um zehn Verhandlung.«

»Was hat der DNA-Abgleich ergeben?«, fragte Klaudia.

»Die Ergebnisse liegen noch nicht vor«, beantwortete PH ihre Frage.

»Ich glaube, das können wir erst einmal außer Acht lassen. Es ist unmöglich, dass diese Frau Jennifer Böseke ist.« Demeter-Anders blickte Klaudia fest in die Augen. Trotz ihres demonstrativen Selbstbewusstseins wirkte sie nicht so, als wäre es ihr gelungen, diesen Gedanken zu vernachlässigen. Sie wirkte irgendwie zerbrechlicher. Unter ihren Augen lagen müde Schatten. Entweder hatte Demeter-Anders eine schlaflose Nacht hinter sich, oder ihr Concealer hatte kläglich versagt.

»Da bin ich mir nicht so sicher.« Klaudia zog den Beutel mit Mikes Sachen aus dem Rucksack. »Das hier sind Sachen des vermissten Herrn Kaprolat, der möglicherweise die unbekannte Tote überfahren hat. Es gibt Zeugen und eine WhatsApp-Mitteilung vom Unfalltag, wo er von einem Geist spricht.«

»Das wissen wir doch alles«, unterbrach sie PH. »Worauf willst du hinaus?«

»In diesem Beutel befindet sich eine Bankkarte.« Klaudia

legte den Beutel auf den Tisch. Die Bankkarte lag nun oben. Die Prägeinschrift war gut leserlich.

»Sie gehört einer gewissen Jennifer Böseke.«

»Ach du Scheiße«, murmelte Thang.

»Vielleicht«, wandte sich Klaudia an Demeter-Anders, der es die Sprache verschlagen hatte, »sollten wir anfangen, das Unmögliche zu denken.«

»Was ist denn hier los?«, krächzte Wibke. Unbemerkt von den Kollegen war sie hereingekommen.

»Was ist mit deiner Stimme?«, fragte Klaudia besorgt.

»Hab ich wohl Freitagnacht auf dem Acker gelassen.« Wibke wedelte mit beiden Händen und nieste dann heftig in ihre Armbeuge. »Ich habe Hauptstädter mitgebracht.« Sie legte eine Bäckereitüte auf den Tisch. »Aber ihr seht aus, als hätte es euch den Appetit verhagelt.« Wieder nieste sie. Demeter-Anders warf ihr eine Packung Papiertaschentücher zu.

»Wir sind einem Geist begegnet«, murmelte Klaudia.

»Spukt eure Gasleiche?« Wibke putzte sich die Nase. »Müssen wir da eigentlich hin?« Ihre Augen glänzten fiebrig.

»Du gehörst ja wohl eher ins Bett«, sagte Klaudia.

»So ein kleiner Schnupfen haut mich nicht um«, widersprach Wibke. »Also, was ist mit eurer Kohlenmonoxidvergiftung?«

»Eigentlich deutet alles auf Selbstmord hin«, antwortete Thang.

»Und uneigentlich?« Zielsicher fischte Wibke das entscheidende Wort aus Thangs Antwort.

»Uneigentlich gibt es ein paar Ungereimtheiten«, ergänzte Klaudia. »Deshalb haben wir das Haus versiegelt.«

»Nimm dir einen Kaffee und danke für die Teilchen.« PH beugte sich vor und riss die Tüte auf. »Klaudia bringt dich dann auf den aktuellen Stand.«

Während Klaudias Erklärungen verließ die Staatsanwältin den Raum, um zu telefonieren. Sie kehrte zurück, als Klaudia fertig war und den vorletzten Berliner aus der Tüte nahm. Auffallend still setzte sie sich wieder auf ihren Platz neben PH.

»Okay.« Wibke nieste wieder in ihre Armbeuge. »Wenn ihr glaubt, dieser Mike Kaprolat könnte sie umgebracht haben ...«

»Oder jemand anderes«, ergänzte Klaudia.

»... müssen wir natürlich in dieses Haus rein.« Wibke putzte sich umständlich die Nase.

»Da ist noch was«, sagte Thang. »Stemmler hat ein vorläufiges Gutachten geschickt.«

»So früh?« PH wischte sich Puderzucker aus den Mundwinkeln.

»Ja.« Thang wiederholte, was Klaudia bereits wusste.

»Okay«, sagte PH und sah auf die Wanduhr. »Was ist mit dem Unfall?« Er vermied Klaudias Blick. Schweigen breitete sich aus.

»Den bearbeitet Demel«, sagte schließlich Thang.

»Und wo steckt der Kollege?« Krachend landete die Schäfchentasse auf der Tischplatte. »Kommt er neuerdings auch mit dem Rad?«

»Er hat gerade angerufen«, rief Petra aus dem Vorzimmer. »Liegengebliebener LKW hinter Wudritz.«

»So kann man nicht arbeiten«, brummte PH.

»Ich kann Ihnen sagen, wie der Stand bei den Ermittlungen ist.« Demeter-Anders berichtete von dem zweiten Wagen und dem angeforderten DNA-Abgleich.

»Kümmere dich darum«, forderte PH Thang auf.

»Ich kann das erledigen, falls ...« Klaudia kam nicht einmal dazu, den Satz zu beenden, so schnell widersprach Demeter-Anders.

»Wir sind zwar Ermittlungskräfte der Staatsanwaltschaft«, sagte Klaudia. »Aber das bedeutet nicht, dass Sie bestimmen, welcher Kollege was macht! Und selbst wenn Fiedler aus dem Knast ist und seine wiedergewonnene Freiheit damit verplempert, diese Pamphlete zu schreiben, ist das kein Grund, mich aus den Ermittlungen herauszuhalten. Die Frau war tot, als mein Wagen von der Straße abgekommen ist. Ich habe mir nichts vorzuwerfen.« Klaudia starrte Demeter-Anders in die Augen. Sie meinte jedes Wort, was sie gesagt hatte. Fast jedes. Tatsächlich machte sie sich Vorwürfe, weil sie einen Moment abgelenkt gewesen war. Aber das war jetzt nicht entscheidend. Entscheidend war, dass sie den Fahrer fanden und die Identität des Opfers klärten.

»Ich habe Sie gerade in der JVA Cottbus angemeldet«, sagte Demeter-Anders. »Sie werden dort gegen elf erwartet.«

»Was soll ich in der Justizvollzugsanstalt?«

»Mit Jennifer Bösekes Mörder sprechen.«

»Ich glaube nicht, dass wir Mike Kaprolat da finden.«

»Nein, aber vielleicht finden Sie einen Hinweis, woher er sie gekannt hat.«

20. KAPITEL

Sie holten Thorsten aus dem Gewächshaus, wo er die Tomaten wässerte. Die Arbeit in der Gärtnerei verdankte er der Seelsorgerin und der Tatsache, dass eine lange Haftstrafe vor ihm lag.

»Wer will mich sprechen?«, fragte er die Schließerin, die ihn abholte. Er hatte Angst, dass er sie falsch verstanden haben könnte.

»Eine Polizistin«, wiederholte die Frau. Sie gehörte zu der

freundlichen Sorte. Thorsten wusste, dass sie zwei Kinder hatte und darauf sparte, ihrem Sohn ein Schuljahr in Amerika zu ermöglichen. Bürgerliche Träume, wie sie auch seine Eltern gehabt hatten. Der Traum seines Vaters war es, dass er die Apotheke in dritter Generation führen würde. Ein Traum, den Thorsten geteilt und zum Platzen gebracht hatte. Er würde nie eine Apotheke führen.

»Eine Polizistin?«, wiederholte Thorsten leise. Endlich, dachte er und gleichzeitig stieg Panik in ihm auf: teichgrüne Augen, angstvoll aufgerissen, brennendes Haar, Blut. Er schluckte. War die Polizistin hier, um ihn zu befragen? Würde er erfahren, wie Jenni gestorben war? Was er Jenni angetan hatte? Welche Verletzungen ihr misshandelter Körper aufwies? Oder würde sie aus ermittlungstaktischen Gründen – er hatte dieses Wort zu hassen gelernt – schweigen. Es ist sowieso zu spät, dachte er. Er hatte sie vor zwei Jahren getötet.

Thorsten folgte der Wärterin durch die langen Zellengänge: vorbei an Sozialräumen, in denen Untersuchungsgefangene Tischtennis spielten, und vorbei an offenstehenden Zellentüren, die einen Blick auf das kleine bisschen Privatsphäre erlaubten, das sich jeder Häftling auf den wenigen Quadratmetern schuf, die man ihm zugestand. Mit jedem quietschenden Schritt auf dem stumpfen Linoleum wuchs die Panik in Thorsten, und als die Wärterin die Tür zum Einzelgesprächsraum aufschloss, waren seine Hände schweißnass. Er wischte sie an der Hose ab und atmete einmal tief ein.

Die Polizistin erhob sich, als Thorsten in den Raum geführt wurde. Auch wenn er es nicht bereits gewusst hätte, sah Thorsten der Frau die Polizistin auf den ersten Blick an. Sie trug zwar keine Uniform, aber ihre Körperhaltung verriet sie. Besucher zogen die Schultern hoch, wenn sie hier waren.

Rechtsanwälte benahmen sich, als wären sie in ihrer Kanzlei. Polizisten hielten sich gerade. Die Frau war schlank, dabei muskulös, wahrscheinlich Kampfsportlerin, fast so groß wie er. Mittelblondes Haar umrahmte ihr schmales Gesicht. Thorsten schätzte sie auf Anfang bis Mitte vierzig. Nicht unbedingt ein heißer Feger, aber doch wichsvorlagentauglich. Thorsten schämte sich für den Gedanken. Er wollte nicht so sein, aber er hatte auch nie ein Mörder sein wollen.

Die Polizistin nickte ihm zu.

»Danke, dass Sie es einrichten konnten«, sagte sie, als hätte er die Wahl gehabt. »Mein Name ist Wagner, Kripo Lübben.« Obwohl die Frau dunkle Schatten unter den Augen hatte, war ihr Händedruck fest.

»Klingeln Sie einfach, wenn Sie fertig sind«, sagte die Wärterin noch, dann schloss sich die Tür hinter ihr. Die Schlüssel klapperten, er war allein mit der Polizistin. Thorsten fragte sich, wie er auf sie wirkte. Ihr Gesichtsausdruck war neutral. Sie musterte ihn, machte sich ein Bild. Die Rollenverteilung war klar. Sie bestimmte, wo es langging, ihm blieb nur, abzuwarten. Je länger sich das Schweigen hinzog, umso mehr wurde sich Thorsten des Geruches nach Schweiß und zu oft getragener Socken bewusst. Obwohl ein Fensterflügel offen stand, war es stickig in dem Raum.

»Sie sind wegen Jenni hier?« Thorsten hielt das Schweigen nicht länger aus. Darin war er noch nie gut gewesen, nicht mal bei den Vernehmungen. Die Stimmen der Fußballer, die gerade trainierten, hallten in den Raum, begleitet von dem dumpfen Knallen, wenn sie gegen den Ball traten.

Die Polizistin nickte.

»Sie haben sie also gefunden.«

»Das wissen wir noch nicht«, antwortete sie ausweichend. »Wollen wir uns nicht setzen?«

»So schlimm?« Thorsten zog sich den Stuhl heran und legte die Hände auf die Tischplatte. Er sah die Erde unter seinen Fingernägeln und legte die Hände auf die Oberschenkel. Unbehaglich rutschte er sich auf seinem Stuhl zurecht. Der Tisch war so niedrig, dass seine Knie gegen die Platte stießen.

»Ziemlich.« Wagner räusperte sich und setzte sich ebenfalls. Vor ihr lagen eine dünne Akte, ein Stift und ein Notizbuch.

»Wieso Polizei Lübben?« Thorsten kannte sich nicht gut im Spreewald aus, aber damals hatte die Calauer Polizei ermittelt.

»Es hat sich so ergeben«, antwortete Wagner.

Thorsten spürte, wie Panik in ihm aufstieg. Warum wich sie ihm aus?

»Wie war das damals?« Die Polizistin strich sich eine Haarsträhne hinters Ohr.

»Das können Sie alles nachlesen.« Thorsten wollte nicht über damals reden. Nicht mit dieser komplett fremden Frau, die ihn mit müden Augen musterte. »Wo haben Sie Jenni gefunden?«

»Wir wissen noch nicht, ob es sich um Jenni handelt.«

Sie betonte das »noch«, als wäre er ein hirnamputierter Idiot. Wut stieg in ihm auf. »Was soll das?«, fauchte er. »Warum wollen Sie mir nicht sagen, wo Jenni gefunden wurde?«

»Es ist schwierig«, sagte die Polizistin. »Sie haben den Mord damals gestanden.«

»Sonst säße ich nicht hier.« Thorsten lehnte sich zurück und verschränkte die Arme vor der Brust. »Worauf wollen Sie eigentlich hinaus?«

»Nun, die Tote, die wir gefunden haben, wurde von einem Auto überfahren.«

»Aber wieso glauben Sie dann, dass es Jenni ist?« Auf einmal sah Thorsten Jenni blutüberströmt durch den Wald wanken, auf die Straße stolpern: Scheinwerfer, Crash, Jennis Körper, der durch die Luft fliegt. Rücklichter, die sich entfernen.

»Der Computer hat sie gematcht. Wir warten allerdings noch auf die DNA-Analyse.«

Thorsten hörte kaum noch hin. Seine Gedanken preschten weiter, so heftig und schnell, dass er die Fäuste ballte. »Dieses Schwein hat sie einfach liegenlassen?«

»So wie es aussieht.«

»Und keiner findet sie?«

»Ich – habe sie gefunden.«

»Sie?« Thorsten musterte die Polizistin. Deshalb also die müden Augen. Er konnte sich überhaupt nicht vorstellen, wie das sein musste, über eine Tote zu stolpern, die seit zwei Jahren … »Scheiße.«

Thorsten schüttelte den Kopf, dann hielt er inne. »Aber das bedeutet ja, dass ich Jenni nicht getötet habe.« Er sah sich um: die mit abwaschbarer Farbe gestrichenen Wände, das vergitterte Fenster. »Ich muss mit meinem Anwalt sprechen. »

»Wir wissen noch nicht, ob es sich bei der toten Frau wirklich um Jenni handelt.«

»Hätten Sie dann mit Ihrem Besuch nicht warten können, bis Sie mehr wissen?«, explodierte Thorsten.

»Manchmal müssen wir agieren, bevor wir alle Informationen haben.«

Für Thorsten klang der Satz wie eine Ausrede. Es wurde auch nicht besser, als die Polizistin eine Staatsanwältin erwähnte.

»Demeter-Anders?« Thorsten erinnerte sich an die kühle Blondine, die vor Gericht so überzeugend von dieser Nacht gesprochen hatte, dass seine letzten Zweifel verpufften. Nach ihrem Plädoyer hätte Thorsten sich selbst weggeschlossen und den Schlüssel weggeworfen.

»Kennen Sie einen Mike Kaprolat?«, fragte die Polizistin.

»War das der Fahrer?« Thorsten fragte sich, unter welchen Umständen die Frau Jenni gefunden hatte. »Ich weiß nicht.« In Thorstens Kopf passte im Moment nur ein Gedanke: Jenni war überfahren worden!

»Er studiert in Berlin. So wie Sie damals.«

»Das war vor Jennis Tod.« Thorsten rieb sich den Nacken. Er musste sich konzentrieren. Jubelgeschrei ließ ihn aufschrecken. Ein Tor war gefallen. »Ich kannte mal einen Mike«, sagte er zögernd. Er war den Erinnerungen an sein altes Leben so lange ausgewichen, dass sie ihm fremd erschienen.

»Er ist vierundzwanzig Jahre.« Die Polizistin zog ein Foto aus der Akte und schob es über den Tisch: schmales Gesicht, riesiger Zinken, Mütze. Ein Schnappschuss, in der S-Bahn aufgenommen.

»Ich weiß nicht.« Thorsten schob das Bild zurück. »Kann sein, dass ich den Typen mal gesehen habe. Was studiert er denn?«

»Pharmazie.«

»Pharmazie?« Noch einmal zog Thorsten das Bild zu sich heran. »Ich glaube, ich war sein Studienpate, bevor …«

»Was ist ein Studienpate?«

»Man kümmert sich um die Neuen, sorgt dafür, dass sie nicht in die falschen Vorlesungen laufen, solche Dinge. Wird vom Asta organisiert.«

»Kann man das irgendwo nachprüfen?«

»Wieso ist das wichtig? Meinen Sie, wir hätten Jenni zusammen umgebracht? Und ich würde den decken? Glauben Sie etwa, ich hätte im Wagen gesessen?«

»Kannte Jennifer Böseke ihn?«

»Ich habe keine Ahnung. Vielleicht. Jenni kannte eine Menge Leute. Sie war lustig und hat gerne Party gemacht.«

»Sie war keine Studentin, oder?«

»Nein, sie war Laborantin. Sie hat an der Uni gearbeitet.«

»Sie könnte Kaprolat also gekannt haben?«

»Ja.« Thorsten spürte wieder den Schmerz. »Möglich wäre es. Aber sie hat ihn nie erwähnt.«

»Da sind Sie sich sicher?«

»Hören Sie: Bis zu diesem Augenblick habe ich mir null Gedanken über den Typen gemacht.«

»Waren Jenni und Sie schon lange ein Paar?«

»Ein paar Wochen vielleicht. Ich weiß es nicht mehr so genau«, log Thorsten. Er wusste ganz genau, seit wann sie ein Paar gewesen waren, aber das ging diese Frau nichts an. Sie hatte kein Recht, hier aufzutauchen und alles durcheinanderzubringen. Er hatte sich mit seiner Schuld abgefunden. Sie war ein Teil von ihm geworden, und nun tauchte diese Polizistin auf und behauptete … Ja, was eigentlich?

»Aber Sie waren lange genug zusammen, um gemeinsam Urlaub zu machen.«

»Das war kein Urlaub«, widersprach Thorsten. »Wir wollten nur eine Woche bleiben.«

»Und Party machen.«

»Das war nicht unbedingt der Plan.«

»Wieso ausgerechnet im Spreewald?«

»Jenni kannte da jemanden. Ich glaube, den Jagdpächter. Außerdem war es billig, und man konnte noch ein paar Euro zusätzlich mit der Schleuse machen.«

»Von einem Jagdpächter steht nichts in der Akte.«

»Ich hatte damals echt andere Sorgen. Außerdem …« Thorsten zwang seine Erinnerung in die Zeit nach Jennis Verschwinden zurück. »Ich glaube, es hat niemand gefragt«, sagte er.

»Okay.« Die Polizistin griff nach dem Stift und schrieb etwas in ihr Notizbuch. »Dieser Jagdpächter?« Sie behielt den Stift in der Hand. »Sind Sie dem mal begegnet?«

»Nein, das hat alles Jenni gemacht. Vielleicht hat sie es aber auch nur erzählt.«

»War sie so jemand?«

»Wie? So jemand?«

»Die einfach was erzählt?«

»Nein.« Thorsten dachte über Jenni nach. »So ist ... war sie nicht.« Trotz der Zeit, die er nun bereits wegen ihres Todes im Knast saß, fiel es ihm immer noch schwer, von Jenni in der Vergangenheitsform zu sprechen. »Sie war eher der gutgläubige Typ. Auf jeden Fall kannte sie den Ort. Sie war schon mal da gewesen, allerdings mit einem anderen Typ.«

»Name?«

»Keine Ahnung.«

»Könnte dieser andere Typ Mike Kaprolat gewesen sein?«

Thorsten sprang auf. Die Anspannung musste raus. Wie ein Tiger lief er hin und her. Die Polizistin ließ ihn nicht aus den Augen.

»Vielleicht.« Die Bewegung half Thorsten, seine Gedanken zu sortieren. »Denken Sie, dass Jenni ihn nach unserem Streit angerufen und er sie absichtlich überfahren hat? Weil er eifersüchtig war oder so ein krasses Zeug?« Thorsten dachte an den schmächtigen Erstsemestertyp, dem er die Uni gezeigt hatte. »Das ist absurd. Kann das nicht einfach so ein Unfall gewesen sein? Warum denken Sie, dass die beiden sich kannten?«

»Wir haben Jennis Bankkarte in seinen Sachen gefunden.«

»Ich verstehe das alles nicht.« Thorsten schlug mit der Faust gegen die Wand.

»Wir auch nicht.« Die Polizistin fuhr sich mit beiden Händen übers Gesicht. »Vor allem nicht die Tatsache, dass Jenni erst am vergangenen Wochenende überfahren wurde.«

Ein plötzlicher Schmerz explodierte in Thorstens Brust und zerriss ihn.

21. KAPITEL

Klaudia lief hinüber zu ihrem Dienstwagen. Hinter ihr ragten die stacheldrahtbewehrten Mauern der JVA auf. Sie wollte nur noch weg von diesem nach Bohnerwachs und Schweiß stinkenden Ort, in dem jedes Geräusch hallte. Das hatte sie nicht erwartet. Dieser Thorsten Gebhardt war umgefallen wie ein Kegel. Sie hatte sofort den Notrufknopf betätigt, aber die Sekunden, die verstrichen waren, bis sich die schwere Holztür öffnete, waren ihr wie Minuten erschienen. Minuten, in denen sie sich Vorwürfe machte: Sie hätte ihn nicht so überfallen dürfen. Sie hätte empathischer sein müssen. So viele Möglichkeiten und immer die falsche Entscheidung. Unwillkürlich schüttelte Klaudia den Kopf: ein Berg von einem Mann und bricht einfach zusammen. Sie hatte ihn kaum erkannt, als er hereingeführt wurde. Auf den Bildern in der Akte war er ein normaler Typ. Schlank, gut gebaut, keiner dieser schlaksigen Typen mit hängenden Schultern, aber eher durchschnittlich. Hereingekommen war ein Muskelberg: aufgepumpt durch Gewichtheben und Anabolika. Das würde er zwar leugnen, aber kein Knast war so dicht, dass nicht Drogen und Steroide ihren Weg zu den Inhaftierten fanden.

Fröstelnd zog Klaudia die Schultern hoch, obwohl es vor den Mauern nicht weniger stickig war als dahinter. Wolken ballten sich am Horizont zusammen, und die Luft fühlte sich an, als schwitze sie. Klaudia erreichte den Parkplatz und öffnete die Tür des Dienstwagens. Die aufsteigende heiße Luft ließ sie zurückweichen. Sie ging um den Wagen herum, um auch die Beifahrertür zu öffnen, dabei entsperrte sie ihr Handy: zwei Anrufe in Abwesenheit. Thang und Wibke. Genau in der Reihenfolge. Klaudias Finger schwebte über dem Display. Am liebsten hätte sie beide Anrufe gleichzeitig angenommen, aber schließlich tippte sie auf Thangs Nummer.

»Du glaubst es nicht«, begrüßte der Kollege sie. Ein am Lübbener Polizeirevier vorbeifahrender Zug übertönte den Rest des Satzes.

»Was hast du gesagt?«

»Schnupfen«, antwortete Thang. »Der Hund hat Schnupfen. Und ist damit nicht einsatzfähig.«

»Scheiße«, murmelte Klaudia.

»Hund müsste man sein.«

»Und bei dir so?«

»Die Nachricht hat ihn umgehauen.«

»Kann ich mir vorstellen.«

»Ich meine das wörtlich.« Klaudia berichtete Thang von dem Gespräch.

»Es gibt also eine potenzielle Verbindung zwischen dem Opfer und Kaprolat. Darum kann sich Demel kümmern.«

»Ist er endlich aufgelaufen?« Klaudia war immer froh, wenn einmal ein anderer Kollege zu spät kam. Sie versackte regelmäßig in Zeitlöchern.

»Ja«, antwortete Thang gähnend. »Der übernimmt hier. Ich düse jetzt erst mal nach Hause und hole eine Mütze Schlaf nach.«

»Jetzt schon?« Klaudia rollte mit den Augen. Es war noch

nicht einmal sechzehn Uhr. »Seit wann machst du Dienst nach Vorschrift? Wir haben zwei ungeklärte Todesfälle und einen Vermissten.«

»Und was meinst du, soll ich jetzt genau tun, das ich nicht ebensogut während meiner regulären Arbeitszeit erledigen kann?«

»Reguläre Arbeitszeit ist das Stichwort, Herr Sachbearbeiter Rudnik.« Klaudia hatte den Satz noch nicht beendet, da bereute sie ihn bereits. Sie war nicht PH, es stand ihr überhaupt nicht zu, die Kollegen zu maßregeln.

Thang räusperte sich. Es klang, als müsse er eine ganze Menge Ärger herunterschlucken. »Janina und ich haben einen Termin«, sagte er schließlich. Es klang defensiv.

»Oh!« Sofort hatte Klaudia ein schlechtes Gewissen. Thangs Frau litt an einer Essstörung und hatte einen Selbstmordversuch hinter sich. »Geht es ihr wieder schlechter? Ist es das?«

»Nein«, räumte Thang ein. »Aber mehr als zwei Sachbearbeiter braucht das hier ja wohl im Moment nicht, also dachte ich, das ist in Ordnung. Wir können jetzt ohnehin nur warten.«

»Das stimmt nicht. Es gibt viel zu tun.«

»PH könnte Verstärkung anfordern«, widersprach Thang. »Was weiß ich«, fuhr er fort, »zwei Mordkommissionen einrichten.«

»Erzähl ihm das«, fauchte Klaudia.

»Ab morgen bin ich wieder voll dabei, versprochen.« Thang zögerte. »Aber heute muss ich weg.« Er beendete das Gespräch, ohne sich zu verabschieden.

»Was war das denn?« Klaudia starrte auf ihr Smartphone. Dann wählte sie seufzend Wibkes Nummer.

»Hi, du hast mich angerufen?«

»Ja, ich habe was für …« Der Rest des Satzes ging in einem Hustenanfall unter.

Klaudia seufzte. Sie fühlte sich auf einmal schrecklich müde. Ermattet hockte sie sich auf den Beifahrersitz und starrte auf ihre Sneakers.

»Du hast die Frau nicht getötet«, sagte Wibke, als sie wieder Luft bekam. »Das weißt du doch.«

»Das ist es nicht.« Wieder seufzte Klaudia.

»Was ist es dann?«

»Ich hatte gerade ein unerfreuliches Gespräch mit einem Kollegen.«

»Baggert Demel wieder? Du weißt, dass du das nicht ernst nehmen musst.«

»Nicht Demel. Thang.«

»Thang baggert?«, krächzte Wibke entsetzt. »Unser Möchtegernvater?«

»Unser was?«

»Sag bloß, du weißt das nicht.« Wibke putzte sich die Nase. »Und ich dachte, Petra hätte einen Aushang am Schwarzen Brett gemacht.«

»Du weißt, dass ich eine Allergie gegen das Schwarze Brett habe.« Nur ungern dachte Klaudia an ihre Anfangszeit zurück, als Demel noch Bilder von ihr ans Schwarze Brett gehängt hatte.

»Das war ein Scherz«, sagte Wibke. »In Wirklichkeit hat Petra es mir unter dem Siegel der Verschwiegenheit erzählt, und deshalb dachte ich, es wüssten alle. Thang und Janina üben gerade ziemlich heftig.«

»Sind das seine Termine?« Klaudia unterdrückte ein Kichern.

»Manchmal richtet sich das Leben eines Mannes halt nach dem Eisprung seiner Frau.«

»Hör auf«, sagte Klaudia lachend. »So genau wollte ich das gar nicht wissen.«

»Aber was ich dir jetzt sage, willst du wissen«, versprach Wibke.

»Also: Aller guten Dinge sind drei.«

»Okay.« Klaudia streckte die Beine aus und dehnte ihre Waden. Wenn Wibke so anfing, konnte es dauern.

»Erstens, du kannst deinen Wagen wiederhaben; er ist sogar fahrtüchtig.«

»Das ist großartig.« Klaudia sehnte sich geradezu nach ihrem Peugeot. »Und zweitens?«

»In dem Haus der Strahl finden sich keine offensichtlichen Spuren, dass jemand anderes als sie darin gewohnt haben könnte …«

»Zumindest keine offensichtlichen«, unterbrach Klaudia sie.

»Daktyloskopische und genetische stehen noch aus«, bestätigte Wibke. »Und der Hund war leider …«

»Ich weiß: Schnupfen.«

»Du bist heute nicht gut im Zuhören, was?«

»Entschuldige.«

»Wir haben auch sonst nichts im Haus gefunden, was auf einen Kampf hinweisen würde. Allerdings denke ich, wenn dieser Mike sie getötet hat, hatte er andere Möglichkeiten. In dem Haus wimmelte es von unzähligen Kräutern, Duftkerzen und anderem Zeug wie getrockneten Fliegenpilzen. Und als angehender Apotheker dürfte er sich auskennen. Übrigens …« Heftiges Niesen unterbrach Wibkes Ausführungen.

»Du gehörst ins Bett«, sagte Klaudia, als der Niesanfall vorbei war.

»… glaube ich«, fuhr sie, Klaudias Einwurf ignorierend,

fort, »die Dame hatte einen regen Onlinehandel. Ihren Computer haben wir auf jeden Fall zum Auslesen gegeben.«

»War das die dritte Neuigkeit?«

»Wo denkst du hin?« Die Kollegen haben das Unmögliche möglich gemacht und das Handy ausgelesen.«

»Trotz Urlaubszeit.«

»Mit UFED-Touch kann das sogar ein Praktikant von der Fachhochschule.«

»Okay?« Klaudia hoffte, dass es ihr gelungen war, ihr Okay auf der Grenze zwischen Frage und Zustimmung zu halten. Sie konnte sich gerade das Touch im Namen dieses Gerätes erklären.

»Du hast mal wieder keine Ahnung, wovon ich rede, oder?« Wibke lachte.

»Ich weiß, dass dieses Sowieso-Touch …«

»UFED«, unterbrach sie Wibke. »UFED-Touch.«

»Oder so«, bestätigte Klaudia, »irgendein Computerding ist.«

»Sehr gut zusammengefasst, Frau Kriminalhauptmeisterin. UFED steht für Universal Forensic Extracting Data.«

»Sag ich doch.« Klaudia lüftete ihr Polohemd. Die Luft klebte auf der Haut. Ob das schon der Klimawandel war? Oder einfach nur ein besonders heißer Sommer. »Und was hat dieses UFED-Touch nun aus den Untiefen des Handys extrahiert?«

»Also«, ließ sich Wibke erweichen, »die gelöschte SMS lautet: Ich muss Sie unbedingt sprechen.«

»Das ist jetzt nicht so richtig viel, oder?« Klaudia kaute auf der Unterlippe. »Und wegen dieser SMS steckt die Strahl den Kopf in den Gasherd? Nachdem sie sie gelöscht hat?« Ein Verdacht regte sich in ihr. »Hat das UFED auch die Absendernummer ausgespuckt?«

»Wir haben schon versucht, da anzurufen, es meldet sich nur die Mailbox. Scheint ausgeschaltet zu sein. Wir beantragen gerade die Ortung.«

»Gib sie mir trotzdem. Aber warte einen Moment.« Klaudia öffnete ihr Anrufverzeichnis. »Jetzt.«

»Null«, diktierte Wibke. »Eins, sechs, acht ...«

»Fünf, drei«, ergänzte Klaudia.

»Woher weißt du das? Kennst du die Nummer?«

»Allerdings«, sagte Klaudia.

22. KAPITEL

Klaudia klopfte kurz an den Türrahmen, dann betrat sie Demels Büro. Wie ihr eigenes lag es unter dem Dach. Nicht einmal der Hochleistungsventilator, den Demel gekauft hatte, schaffte es, etwas Kühle in den Raum zu bringen. Ein heißer Wind, der sich anfühlte wie aus der Sahara, hatte die Wolkenberge am Horizont vertrieben, und die Sonne schien wieder von einem blassblauen Sommerhimmel.

»Thang ist schon weg.« Demel hockte hinter seinem Schreibtisch, die Füße auf der Tischplatte, die Hände im Nacken verschränkt.

»Ich weiß.«

»Irgendwie hat er recht«, seufzte Demel. »Bei der Hitze kann man sowieso nicht denken.«

»Du weißt gar nicht, wie gut du es hast.« Klaudia stellte sich vor den Ventilator und lüftete ihr Polohemd, das schweißnass an ihrem Rücken klebte. »Die Klimaanlage im Dienstwagen funktioniert nicht.«

»Das Land Brandenburg ist eben ein armes Bundesland.« Demel legte seine Stirn in mitleidige Dackelfalten. »Wenn du funktionierende Klimaanlagen willst, musst du nach Bayern gehen.«

»Hast du was über den Pächter herausgefunden?«

»Noch nicht. Die zuständige Sachbearbeiterin ist in Urlaub, und ihre Stellvertretung hat einen Arzttermin.«

»Sind wir eigentlich die einzigen Idioten, die im Öffentlichen Dienst arbeiten? Hier scheint auch nur die Leitstelle besetzt zu sein?«

»PH ist bei einer Sitzung: ›Polizei Brandenburg 2020‹.«

»Schon wieder?«

»Es geht wohl in die heiße Phase. Übrigens ebenso wie bei dem Kollegen Thang«, feixte Demel.

»Sehr witzig.« Klaudia hob die Haare an. »Bin ich wirklich die Einzige, die nichts von seinen Babyplänen wusste?«

»Wahrscheinlich.« Demel unterdrückte ein Gähnen.

Er wirkte nicht, als wollte er dieses Thema vertiefen, und auch Klaudia dachte lieber nicht über Thangs häusliche Verpflichtungen nach. Es war viel zu heiß, um überhaupt nur an Sex zu denken. Während der Ventilator den Schweiß auf ihrem Nacken trocknete, berichtete sie Demel von ihrem Gespräch in der JVA und dem Telefonat mit Wibke.

»Okay«, sagte Demel zögernd, als sie fertig war. »Es spricht also alles dafür, dass dieser Kaprolat noch mal aufgetaucht ist.«

»Und leider wieder spurlos verschwunden ist. Und der Hund, der uns helfen sollte, ihn zu finden, hat Schnupfen ...«

»Kaprolat war Praktikant in einer Apotheke, Pharmaziestudent, der Vater Lehrer, die Mutter Ärztin.« Demel starrte zur Decke.

»Also ein ganz normaler junger Mann«, ergänzte Klaudia.

»Dann sieht er ein Gespenst, überfährt eine Frau, die eigentlich seit zwei Jahren tot ist, verschwindet und tötet dann seine Vermieterin? Hinterlässt einen Abschiedsbrief und löscht seine eigene SMS? Klingt irgendwie alles nach Hitzschlag.« Ächzend hob Demel die Füße vom Tisch. »Mir ist das hier zu heiß.«

»Wieso hatte er sein Handy überhaupt?«, überlegte Klaudia laut. »Strahl hatte es doch.«

»Sie kann es zu Hause gelassen haben, als sie ihren Nachbarn besucht hat.«

»Das stimmt natürlich«, räumte Klaudia ein, auch wenn sie Demels Antwort nicht zufriedenstellte.

»Lass uns noch mal zu dem Haus fahren. Vielleicht finden wir etwas, was wir bisher übersehen haben.«

»Wibke war im Haus«, widersprach Klaudia. »Möglicherweise haben wir etwas übersehen, aber sie und ihr Team bestimmt nicht. Blöd, dass das mit dem Hund nicht geklappt hat.«

»Aufgeschoben ist nicht aufgehoben.« Demel rieb sich den Nacken. »Aber selbst wenn er anschlägt, was bringt uns das?«, fragte er. »Dann wissen wir immer noch nicht, wann Kaprolat in dem Haus war. Der Typ hat schließlich da gewohnt.«

»Das stimmt so nicht«, fuhr Klaudia auf. »Wenn der Hund Kaprolats Spur außerhalb des Hauses findet, könnte das dafür sprechen, dass er nach dem Unwetter noch einmal da gewesen ist. Zum Beispiel heute.«

»Dann bete mal, dass es nicht regnet.«

»Beten hat noch nie geholfen.« Klaudia kniff die Lippen zusammen. Dieser ganze Fall frustrierte sie.

»Außerdem wissen wir immer noch nicht sicher, ob die Tote wirklich Jennifer Böseke ist.« Demel gefiel sich in der Rolle des Teufelsadvokaten, der alles infrage stellt.

»Ach Mann«, murrte Klaudia. »Wir haben ihre Bankkarte bei Kaprolat gefunden. Das kann kein Zufall sein. Er wird sie ja nicht die letzten Jahre als Erinnerung mit sich herumschleppen, oder?«

»Vielleicht doch. Schließlich hat er sie für tot gehalten. Schon vergessen? Er hat von einem Geist gesprochen, und das sagt nicht nur die verrückte Hexe«, erinnerte Demel sie an die *WhatsApp*-Nachricht, die Roberta Grube erhalten hatte.

»Und dann trifft er sie hier irgendwo.« Klaudia starrte auf die Radwanderkarte vom Spreewald, die hinter Demels Schreibtisch hing. »Nur wo?«

»Wahrscheinlich auf seinen Touren? Immerhin hat er ja Medikamente ausgeliefert.«

»Aber was ist dann passiert? Und warum war sie überhaupt hier? Warum hat sie alle Welt in dem Glauben gelassen, sie sei tot? Ich meine, sie hatte einen Job, eine Familie. Das lässt man doch nicht alles so hinter sich und taucht unter.«

»Vielleicht hatte sie das Gedächtnis verloren.«

»Und jemand hat sie bei sich aufgenommen? Wie eine streunende Katze?« Unwillkürlich hatte Klaudia das Bild ihres schielenden Katers vor Augen. »Das hätte zu Manuela Strahl gepasst, nur findet sich kein Hinweis darauf, dass die Kleine bei ihr gelebt hat. Zumindest kein offensichtlicher wie Kleider oder eine Zahnbürste.«

»Okay«, räumte Demel ein. »Deshalb ist es auch sehr viel wahrscheinlicher, dass sie nicht Jennifer ist, sondern nur eine Frau, die ihr ähnelt.«

»Und die niemand vermisst?«

»Sie könnte eine Urlauberin sein«, gab Demel zu bedenken.

»Und warum hat er sie überfahren? Warum war sie überhaupt auf dem Weg. Das ist eine Sackgasse. Da stehen nur zwei Häuser, und wir haben keinen Hinweis, dass sie in einem davon gelebt hat.«

»Vielleicht war sie im Auto«, sagte Demel frustriert. »Die beiden haben sich gestritten, sie ist raus, und er hat sie über den Haufen gefahren.«

»Das muss aber ein heftiger Streit gewesen sein.«

»Vor ihrem Verschwinden haben sie und dieser Gebhardt sich auch heftig gefetzt. Und sie waren beide zugedröhnt.«

»Diese Version klingt bisher noch am schlüssigsten.« Klaudia kaute auf der Unterlippe.

»Wahrscheinlich wollte er die Leiche noch verschwinden lassen, und dann tauchst du auf.«

»Ja, dann tauche ich auf.« Klaudia lauschte auf das leise Sirren in ihrem kranken Ohr. Seit mehr als zwei Jahren war ihr nicht mehr schwindelig gewesen, und auch jetzt hatte sie nicht das Gefühl, dass sich wieder Druck in ihrem kranken Ohr aufgebaut hatte. Noch fühlte sie sich sicher. Sie zuckte zusammen, als Demels Dienstapparat klingelte.

»Wir sind wohl doch nicht die Einzigen, die arbeiten.« Demel grinste breit und meldete sich mit Namen und Dienstgrad.

»Hallo, Frau Doktor«, sagte er erfreut.

Klaudia horchte unwillkürlich auf. Sie kannte nur eine Frau Doktor, über deren Anruf Demel sich zuverlässig freute. »Ja? – Ach nee! – Wirklich?«

Seine immer einsilbiger werdenden Kommentare jagten ihren Puls in die Höhe. Sie ging zu seinem Schreibtisch und beugte sich vor. Leider konnte sie trotzdem nicht verstehen, was Klaas sagte. Sie hörte nur den hellen Klang ihrer Stimme, und was Demel auf seine Schreibtischunterlage kritzelte, ähnelte eher den Hieroglyphen im Pergamonmuseum. Frustriert hockte Klaudia sich auf die Schreibtischkante. Sie hasste es zu warten, und als Demel die Klaas auf ein Bier einlud, hätte sie ihm am liebsten den Hörer entrissen. Demel trug die

Absage und Klaudias mörderische Blicke mit Fassung und verabschiedete sich wortreich von der Rechtsmedizinerin. Endlich legte er auf.

»Du glaubst es nicht.«

»Kannst du bitte mir die Entscheidung überlassen und einfach dein Wissen mit mir teilen?«

»Also …« Demel räusperte sich und starrte auf seine Schreibtischunterlage. Offensichtlich war seine Handschrift auch nicht lesbarer, wenn sie nicht auf dem Kopf stand. »Das kann kein Mensch lesen«, fauchte sie, nachdem er sich wieder geräuspert hatte. »Das ist wahrscheinlich nicht einmal Schrift, also versuche es gar nicht erst.«

»Ist ja auch egal«, brummte Demel. »Klaas schickt eh den Bericht. Fakt ist, dass die Kleine ziemlich viele Substanzen im Blut hatte, die da so nicht hingehören.«

»Wie zum Beispiel psychoaktive Pilze?« Klaudia dachte an all das getrocknete Zeug, das sie im Haus der Spreewaldhexe gefunden hatten.

»Kann sein. Auf jeden Fall sagt Klaas, dass es erstaunlich ist, dass die Kleine sich bei dem Cocktail überhaupt noch aufrecht halten konnte.«

»Vielleicht konnte sie das auch nicht.« Klaudia hatte die Vision eines im Regen auf der Straße liegenden schlaffen Körpers, über den ein tonnenschwerer SUV rollte.

»Laut Verletzungsmuster muss sie das aber.«

»Das spricht für eine gewisse Gewöhnung. Und wenn sie im Wagen war, werden wir das herausfinden. Bleibt die Frage, warum die Strahl dann den Kopf in den Ofen gesteckt hat. Und was ihr leid tut?«

»Glaubst du ernsthaft, dass das ein Suizid war?«

»Nein.« Klaudia schüttelte den Kopf. »Thang hat recht. Das Ganze ist überinszeniert.«

»Überinszeniert?«, wiederholte Demel kopfschüttelnd.

»Wahrscheinlich hat ihn der Backofen an Hänsel und Gretel erinnert. Außerdem hatte sie genügend Gifte im Haus, um ihrem Leben auf andere Art und Weise ein Ende zu setzen.«

Demel streckte die Arme über den Kopf und knackte mit den Fingerknöcheln. Schweiß trocknete unter seinen Achseln und hinterließ dunkle Flecken.

»Egal, wie man es dreht und wendet, das Ganze ergibt keinen Sinn.«

»Also wären ein irrer Täter oder eine irre Täterin die logische Konsequenz?«, fragte Demel. »Passt das zu Mike Kaprolat?«

23. KAPITEL

Thang hatte recht gehabt. Beim derzeitigen Stand der Ermittlungen konnten sie wirklich nichts tun. Also ließ Klaudia sich von Demel nach Hause bringen und stieg in ihr Paddelboot, das am Steg festgemacht war. Dickie, der im Frühjahr das Kanufahren für sich entdeckt hatte, sprang zu ihr ins Boot und setzte sich nach vorne an den Bug.

Von dort aus beobachtete er mit zuckendem Schwanz die Lichtreflexe auf dem vorbeiströmenden Wasser. Klaudia paddelte mit Kraft los, und das Kanu nahm schnell Fahrt auf. Es glitt an moosigen Baumwurzeln vorbei, deren Stämme sich im Wasser spiegelten. Auf der Wetterseite schimmerte die faltige Rinde einiger Erlen rötlich. Die Rotfäule breitete sich langsam, aber unaufhaltsam entlang der Fließe aus. Von Ast zu Ast fliegend, begleitete ein Kleiber, der in der Nähe ihres Hauses lebte, sie ein Stück ihres Weges. Bei jeder Landung plusterte er sich auf und stieß seinen trillernden Warnruf aus.

Klaudia war sich sicher, dass der Vogel Dickie verspottete. Der Kater war auf einer seiner ersten Kanutouren im Wasser gelandet, als er ihm mit einem gewaltigen Sprung nachsetzte. Klaudia hatte einen ziemlich verstörten Kater aus der Spree gezogen, der noch Tage nach dem unfreiwilligen Bad nach Brackwasser roch. Seit dem Tag zuckte Dickie nur kurz mit den Ohren, wenn der Kleiber ihn verspottete. Es war einfach unter seiner Würde, einen Vogel zu beachten, an den er sich nicht anschleichen konnte. Lieber konzentrierte er sich auf die Sonnenflecken, die auf den Wellen tanzten. Klaudia stellte ihr Paddel quer, um die Fahrt abzubremsen. Sie näherte sich der Stelle, wo der schmale Seitenarm, an dem ihr Haus lag, in das Lehder Fließ mündete. Jetzt, am späten Nachmittag, waren nur noch wenige Kähne unterwegs. Trotzdem musste Klaudia das Ufer ansteuern, um nicht einem voll besetzten Spreewaldkahn mit roten Sonnenschirmen die Vorfahrt zu nehmen. Die Kahnführer ließen sich einiges einfallen, um die Touristen an Bord zu locken. Im Sommer punkteten sie mit Sonnenschirmen, und im Winter experimentierten sie mit Fußwärmern und Gurkenschnaps, wie Klaudia von Schiebschick wusste.

Grüßend tippte der Kahnführer an seine weiße Mütze. Man kannte sich hier im Spreewald. Unwillkürlich fragte Klaudia sich, ob er auch dieses Flugblatt gelesen hatte und ob er den Unfug glaubte, den die besorgten Bürger verzapft hatten. Einer der Touristen hielt seine Kamera auf ihr Kanu gerichtet. Selbst im Spreewald sah man nicht allzu oft einen Kater als Galionsfigur. Doch Dickie hasste es, fotografiert zu werden. Mit einem gewaltigen Satz, der ihn diesmal nicht im Wasser landen ließ, sprang er ans Ufer und verschwand im dichten Unterholz.

»Jetzt solltest du besser aufpassen.« Klaudia sah zu dem Kleiber hinauf, der auf einem Ast über ihrem Kopf hockte und sie mit blanken Knopfaugen musterte. Als hätte er sie verstanden, trillerte er ein letztes Mal und flog übers Fließ auf die andere Uferseite.

Klaudia stieß sich vom Ufer ab und paddelte Richtung Hochwald. Hin und wieder begegnete ihr ein Spreewaldkahn auf dem Rückweg zum großen Hafen. Meistens warfen die Fährleute ihr einen flotten Spruch zu, doch heute erwiderten sie ihren Gruß nur, indem sie sich an die Mützenränder tippten. Entweder waren ihre Arme lahm vom stundenlangen Staken, oder die Pamphlete der besorgten Bürger zeigten Wirkung.

Die Sonne stand bereits tief im Westen, als Klaudia wieder in den Stichkanal, der zu ihrem Haus führte, einbog. Sie hatte vergessen, Wasser mitzunehmen, und ihre Kehle fühlte sich an wie mit einem Sandstrahlgebläse behandelt. Sie lechzte nach einem Bier und darauf, bei einem blöden Film einzuschlafen. Ihre Träume zerbrachen jäh, als sie den Spreewaldkahn sah, der an ihrem Anleger lag. Schiebschick hockte auf den Stufen zu ihrer Haustür. Der Kater zu seinen Füßen hob nicht einmal den Kopf, als sie sich neben den alten Mann auf die Stufen setzte.

»Was bringt dich hierher?«, fragte Klaudia, obwohl sie die Antwort ahnte. Seit der Alte sie zu einem Mordfall gestakt hatte, betrachtete er sich als ihr persönlicher Assistent.

»Ich wollte dich einladen.« Schiebschick reichte ihr eine beschlagene Flasche Babbenbier.

»Mich einladen?« Klaudia kühlte sich Stirn und Wangen mit der Flasche, bevor sie trank. Das Bier war so kalt, dass ihr Magen schmerzte. Als sie die Flasche absetzte, fiel ihr Blick auf die roten Crocs, die so gar nicht zur Bügelfalte der Hose passten. »Warum trägst du die eigentlich?«

»Ist doch nicht verboten, oder?« Schiebschick funkelte sie unter zusammengezogenen Brauen an.

»Nein«, wiegelte Klaudia ab. »Ich frag ja nur.«

»Kümmer dich um deinen Kram«, schimpfte der Alte. Versöhnlicher fügte er hinzu. »Also was ist? Kommst du?«

»Dazu müsstest du mir erst einmal sagen, wohin.«

»Na in die Kirche.«

»Willst du mich vor den Altar zerren?«

»Im Leben nicht!« Schiebschicks Stimme drückte so viel Entsetzen aus, dass Klaudia fast ein wenig gekränkt war.

»Okay.« Klaudia kühlte sich mit der Flasche den Nacken. »Hast du irgendein Jubiläum? Oder hast du ein neues Rudel, was gesegnet werden muss?«

»Kannst du nicht einfach antworten?«

»Im Prinzip schon.« Klaudia nippte an ihrem Bier. »Aber für mich ist es schon eher ungewöhnlich, in die Kirche eingeladen zu werden. Deshalb frage ich mich …«

»Es ist doch Konzert.«

»Ach ja, der Chor.« Klaudia presste die Flasche wieder gegen die Stirn. »Und wann ist das Konzert?«

»Sonntag, am Abend. Und danach lad ich dich ein.«

»Hat wohl nicht so geklappt mit der Liebe.« Klaudia schmunzelte.

»Die sind alle zu alt im Kopp.« Schiebschick tippte sich an die Stirn. »Selbst die Jungen.«

»Und warum singst du dann noch mit?«

»Die verlassen sich doch auf mich.« Schiebschick sah Klaudia schräg von der Seite an. »Kommste nu oder nich?«

»Ich weiß nicht«, antwortete Klaudia ausweichend. »Im Moment habe ich gerade ziemlich viel um die Ohren.«

»Du meinst, weil die kleine Manuela tot ist?«

»Zum Beispiel.«

»Aber hat die nicht den Kopf im Herd gehabt?« Schiebschick wackelte traurig mit dem Kopf. »So eine nette holça.«

Für Schiebschick waren alle Frauen, Klaudia eingeschlossen, holças, also Mädchen.

»Auf Manuela, die nette holça.« Klaudia hob ihre Flasche und trank dann gemeinsam mit Schiebschick auf die tote Spreewaldhexe. Und auch wenn es ihr selbst merkwürdig erschien, hatte sie das Gefühl, dass ein Babbenbier ein angemessener Abschied für eine Frau war, die selbst so etwas wie eine Spreewaldlegende gewesen war. Einen Rülpser unterdrückend, fragte sie: »Was sagt denn sonst noch so der Dorffunk, oder gab's wieder ein Flugblatt?« Sie musterte den alten Mann an ihrer Seite. Seine Haut war so faltig wie die Rinde der Schwarzerlen. »Rotfäule«, murmelte sie.

»Was?«

»Rotfäule«, wiederholte sie. »Weißt du noch? Unsere erste Tour? Da hast du mir das mit der Rotfäule erklärt.«

»Ja? Und?«

»Nun ja.« Klaudia kam sich albern vor. Man sollte einfach nicht jeden Gedanken aussprechen, vor allem nicht, wenn es zu heiß zum Denken war. »Deine roten Crocs haben mich daran erinnert.«

»Du kannst einen alten Mann aber auch nicht in Ruhe lassen, wa?«

»Du bist nicht alt«, schmeichelte Klaudia. »Willst du mit reinkommen? Ich muss mich umziehen.«

»Soll ich uns was Leckers zu essen machen?« Über Schiebschicks Gesicht zog ein Lächeln. Er lebte schon so lange allein, dass er ein ganz passabler Koch war. Zumindest ein besserer als Klaudia, deren Kochfähigkeiten sich auf Mikrowellengerichte und Rührei beschränkten.

»Ich sterbe vor Hunger.« Auf einmal freute sich Klaudia, dass Schiebschick da war. Unterhaltsamer als fernsehen war er allemal.

»Na dann.« Der Alte stemmte sich in die Höhe, und Klaudia widerstand dem Impuls, ihm hilfreich die Hand entgegenzustrecken.

»Wo ist dein Stock?«

»Im Kahn.« Schiebschick schob sich die Schiffermütze in den Nacken und zog sich Stufe für Stufe die Treppen hoch.

»Man wird nicht jünger«, seufzte er, als Klaudia aufschloss. »Ich hab mir schon einen Platz auf'm Friedhof ausgesucht.«

»Und ich dachte, die versenken dich zusammen mit deinem Kahn im Hochwald.«

»Meinst du, das geht?« Schiebschicks Stimme hatte auf einmal einen wehmütigen Unterton.

»Nein«, sagte Klaudia bestimmt. »Also bleibst du mal besser da. Ohne dich taugt der ganze Spreewald nichts. Außerdem …«, sie räusperte sich die Rührung aus der Kehle, »… wer sollte sonst hier nach dem Rechten sehen, wenn ich nicht da bin?«

»Sach'se mal wat Wahres.« Schiebschick schlurfte zum Kühlschrank. Er kannte sich immer noch besser in ihrer Küche aus als Klaudia. Bevor sie das Haus geerbt hatte, war es lange Jahre als Ferienhaus vermietet gewesen, und Schiebschick hatte sich darum gekümmert.

»Das sieht aber übel aus«, murmelte er.

»Weißt du was?« Klaudia blickte ihm über die Schulter. Zwei Eier, eine gewellte Scheibe Wurst und ein angebrochenes Glas Spreewaldgurken. Mehr gab ihr Kühlschrank nicht her. »Ich habe eine bessere Idee. Ich lad dich ins *Flaggschiff* ein. Aber erst muss ich duschen.«

Klaudia versackte zwar oft in dem Zeitloch, das zwischen Kaffeemaschine und Dusche lauerte, doch diesmal war sie schnell. Die Haare noch nass, saß sie vor Schiebschick im Kahn. Zurück blieb ein beleidigter Kater, den Klaudia aus dem

Kahn gehoben hatte, wo er sich unter einer der Bänke zusammengerollt hatte.

Sie genoss es, sich von Schiebschick staken zu lassen. Die milde Abendluft strich über ihre nackten Arme. Am Hafen empfing sie leise Tanzmusik. Die Tische vor dem *Flaggschiff* waren bereits alle besetzt, doch Klaudia und Schiebschick hatten Glück. Kaum stiegen sie aus dem Kahn, erhob sich eine rothaarige Frau und winkte sie zu sich. Obwohl es immer noch sehr warm war, trug sie eine Strickjacke über dem geblümten Sommerkleid.

»Wibke!« Klaudia eilte zu der Freundin und wollte sie umarmen.

»Lieber nicht.« Wibke wich lachend zurück. »Ich bin ein wandelndes Virenmutterschiff. Schiebschick, du alter Schwerenöter«, wandte sie sich dem alten Fährmann zu. Ihre Stimme klang noch immer, als hätte jemand ihre Stimmbänder gehobelt. »Erst versetzt du mich, und dann tauchst du mit einer Blondine hier auf? Sorry!« Sie wandte sich ab und nieste heftig.

»Das wird aber auch nicht besser«, sagte Klaudia mitleidig. Sie begrüßte Bernd mit Küsschen rechte Wange, Küsschen linke Wange. Sie waren nicht unbedingt Freunde, aber sie hatten sich arrangiert: Beste Freundin und Lover war eben keine Kombination, die so ohne Weiteres funktionierte. Bernd war ein geschiedener Lehrer mit schon etwas schütterem Zopf, der in einer Väter-Söhne-Band den Bass zupfte. Wibke hatte ihn bei einem ihrer Konzerte kennengelernt, und jetzt waren sie zusammen in eine Genossenschaftswohnung auf der anderen Seite der Bahngleise gezogen.

»Es ist die Hölle«, bekannte Wibke. »Ich rieche nichts, ich schmecke nichts.«

»Geht mir auch nicht besser«, murmelte Bernd. Auch er

wirkte angeschlagen. Offensichtlich hatte Wibke ihre Erkältung weitergereicht.

»Und dann geht ihr essen?« Klaudia war da eher pragmatisch. »Ist das nicht rausgeschmissenes Geld?«

»Wir mussten einfach mal raus«, antwortete Wibke. »Ich habe den Tag im Ganzkörperkondom geschwitzt und Bernd in unserer neuen Garage.«

»Du machst dir kein Bild.« Bernd verdrehte die Augen. »Was da alles gestapelt war. Das war keine Garage, das war eine Müllhalde. Kennst du diese amerikanischen Serien?«

»Hätte der Vorbesitzer das nicht machen müssen?«, fragte Klaudia.

»Verstorben«, warf Wibke ein. »Keine Erben.«

»Na ja.« Bernd winkte nach dem Kellner. »Hauptsache, wir haben schon mal die Motorräder untergebracht. Jetzt brauchen wir nur noch eine für Wibkes Wagen. Hoffentlich kriegen wir eine Garage auf demselben Platz.«

»Wo habt ihr denn eine gekriegt?« Schiebschick kratzte sich den Nacken.

»Auf dem Garagenhof gleich hinter dem Kulturbahnhof.« Wibke steckte das Taschentuch in den Ärmel ihrer Strickjacke. So wie die Ärmel durchhingen, war es nicht das einzige Papiertuch, das dort verstaut war.

»Na dann.« Schiebschick setzte sich an den Tisch, und auch Klaudia nahm Platz. »Ist ja alles easy.« Das englische Wort klang irgendwie falsch aus seinem Mund. Aber seit immer mehr ausländische Touristen den Spreewald besuchten, beherrschte jeder Kahnführer ein paar Brocken Englisch.

»Schön wär's«, entgegnete Wibke. »Bei der Stadtverwaltung haben die uns wenig Hoffnung gemacht. Da muss wohl immer einer wegsterben.«

»Sach ich doch«, entgegnete Schiebschick. »Die Manuela ist ja tot.«

»Wie jetzt?« Klaudia setzte sich nun ebenfalls. »Manuela Strahl hatte eine Garage in Lübbenau?«

»Ja, sicher«, antwortete Schiebschick, als sei es das Selbstverständlichste der Welt.

»Auf die Idee bin ich überhaupt nicht gekommen«, keuchte Klaudia.

»Warum nicht?« Schiebschick wackelte auf Altmännerart mit dem Kopf.

»Weil sie Platz genug auf ihrem eigenen Hof hatte?«, sprach Klaudia das Offensichtliche aus.

»Der alte Strahl hatte die Garage schon.« Schiebschick ließ seine Hosenträger flitschen. »Ist ja nicht verboten, wa? Vielleicht hat sie da Sachen, die sie nicht so gerne auf'm Hof hat.« Er lachte meckernd. »Ihr Vater hatte das auf jeden Fall.«

»Ja«. Klaudia nickte. Eine Idee formte sich in ihrem Kopf.

24. KAPITEL

Es kostete Klaudia einige Telefonate mit der Stadtverwaltung, bis sie wusste, welche Garage Manuela Strahl gehörte. Sie rief Demeter-Anders an, um einen Durchsuchungsbeschluss zu bekommen.

»Ich wünschte, Sie hielten sich aus diesen Ermittlungen heraus«, seufzte die Staatsanwältin.

»Warum haben Sie mir nicht gesagt, dass Fiedler wieder draußen ist.«

»Das war möglicherweise ein Fehler«, räumte Demeter-Anders zu Klaudias Überraschung ein. »Wir machen uns Sorgen um Sie.«

»Wer ist wir?«, fragte Klaudia. »Sie und Meinert? Oder Sie und ihr golfspielender Arztfreund?«

»Er spielt Tennis«, korrigierte Demeter-Anders sie, »und Herr Meinert kennt sich wirklich gut aus in der Szene. Er weiß, wie diese Leute ticken.«

»Das ist mir durchaus bewusst«, sagte Klaudia. »Aber kann es vielleicht sein, dass er seine Ängste auf mich projiziert? Immerhin war er der verdeckte Ermittler, der die Gruppe gesprengt hat.«

»Also …«

»Und ich war nur die kleine Polizistin, die gestört hat.«

»Es hat bereits einen Anschlag auf Ihr Leben gegeben. Muss ich Sie daran erinnern?«

»Das ist nicht nötig.« Klaudia erinnerte sich zu gut daran, wie es gewesen war: das Kreischen von Metall auf Asphalt, der rote Golf, ihr hilfloser Versuch, gegenzulenken, und wie sie sich immer schneller drehte, dann der Ruck und die explodierende Wolke vor ihrem Gesicht. Unwillkürlich zog sie die Schultern hoch. »Aber«, fügte sie hinzu und ihre Stimme spiegelte nichts von dem Aufruhr in ihrem Inneren, »das bedeutet nicht, dass Fiedler es wieder versuchen wird.«

»Und wie erklären Sie sich dann die Flugblätter?«, beharrte Demeter-Anders. »Die sind doch wohl eindeutig gegen Sie gerichtet.«

»Nicht gegen mich«, widersprach Klaudia, »sondern gegen die Polizei. Ich habe nur leider mal wieder das zweifelhafte Vergnügen, in die Schusslinie der Rechten geraten zu sein. Das ist nichts Persönliches.« Sie hatte lange über die Flugblätter nachgedacht. »Die wollen einfach nur Misstrauen säen, und das war eine günstige Gelegenheit.«

»Trotzdem ...«

»Kriege ich nun den Durchsuchungsbeschluss?«, unterbrach Klaudia rüde die Staatsanwältin.

»Ich faxe ihn rüber.« Ohne ein weiteres Wort legte Demeter-Anders auf.

»Geht doch«, sagte Klaudia.

»Was?« Thang blickte von seiner Tastatur auf. Er sah erschöpft aus.

»Und wie war dein Feierabend so?« Klaudia konnte nicht verhindern, dass ihre Mundwinkel zuckten.

»Wer hat's dir erzählt?« Thangs Ohrmuscheln verfärbten sich wie Äpfel in der Sonne.

»Was denn?« Betont unschuldig hob Klaudia die Augenbrauen.

»Ach nichts. Was liegt an?«

»Bist du denn wieder voll einsatzfähig?«

»Vorerst.«

Klaudia konnte geradezu hören, wie er mit den Zähnen knirschte, trotzdem setzte sie noch einen drauf: »Bis zum nächsten Eisprung dann?« Sie wandte den Blick ab, damit Thang ihr Grinsen nicht sah. Leider hatte sie die Rechnung ohne die Fensterscheibe gemacht. Ihre Blicke begegneten sich.

»Ich bringe Petra um.«

»Warum erzählst du es ihr dann?«

»Janine hat sie beim Frauenarzt getroffen. Echt!« Thang schüttelte den Kopf. »Von Petras Verhörtechnik können wir uns eine Scheibe abschneiden.«

»Nur leider haben wir gerade niemanden, auf den wir sie loslassen könnten.« Seufzend loggte sich Klaudia in die computergestützte Vorgangsbearbeitung ein.

»Die unbekannte Tote ist Jennifer Böseke. Der Bericht ist gerade reingekommen.«

»Ich hab's gewusst.« Klaudia schlug sich mit der Faust in die Handfläche. »Demeter-Anders hat kein Wort gesagt.«

»Vielleicht wusste sie es noch nicht?«

»Vielleicht geht die Sonne im Westen auf?«

»Außerdem haben sie Drogen in ihr gefunden«, sagte Thang.

»Ich weiß«, murmelte Klaudia. »Ich war hier, als Klaas angerufen hat.«

»Hör endlich auf damit.« Entnervt schob Thang seine Tastatur zur Seite.

»Das war jetzt nicht so gemeint«, rechtfertigte sich Klaudia. »Ist doch in Ordnung. Du bist bestimmt ein toller Vater«, fügte sie hinzu. »Und Janine – eine tolle Mama. Immerhin ist sie ja Erzieherin.« Und essgestört und depressiv, fügte Klaudia in Gedanken hinzu. Aber das war nicht ihre Baustelle. Außerdem: Wer war sie, über andere zu richten? Wahrscheinlich war es eher so, dass sie eifersüchtig war oder neidisch. Arno hatte nie Kinder gewollt, also hatte sie verhütet. Jetzt waren sie getrennt und er Vater. Und sie? Sachbearbeiterin bei der Kripo Lübben. Auf einmal hatte sie das Gefühl, dass die Dachschräge immer näher kam. Sie sprang auf. »Ich schau mal nach dem Fax.« Bevor Thang etwas sagen konnte, war sie zur Tür hinaus. Natürlich war das Fax noch nicht eingetroffen, aber noch während Klaudia mit Petra plauderte, trudelte es ein.

»Wer ist heute in Lübbenau?«, fragte sie. In Brandenburg gab es die Institution des bürgernahen Revierpolizisten, kurz REPO genannt. Diese Kollegen fungierten als Ansprechpartner in den Orten, die keine eigene Wache mehr hatten. In Lübbenau hatten sie ein Büro in den Räumen der Wasserschutzpolizei hinter der Kirche.

»Uwe«, antwortete Petra, sie kannte sich nicht nur bestens

im Privatleben der Beamten aus, sondern auch in ihren Dienstplänen.

»Okay.« Klaudia blickte auf ihre Armbanduhr. »Fax ihm den Beschluss zur WSP und sag ihm, wir treffen uns in zwanzig Minuten an der Garage.« Sie nannte Petra die Adresse. »Und vorher soll er den Schlüssel im Rathaus abholen, Fachbereich Grundstücks- und Gebäudemanagement.«

Klaudia brauchte etwas länger als die geplanten zwanzig Minuten, weil sie in den üblichen Stau auf der Berliner Chaussee geriet. Schließlich bog ihr Dienstwagen auf den Ascheplatz hinter dem Bahnhof ein. Uwe erwartete sie bereits. Die Augen durch dunkle Gläser geschützt, lehnte er am Streifenwagen und hielt das Gesicht in die Sonne. Seine Haare lockten sich über dem Kragen seines Uniformhemdes. Er müsste dringend mal wieder zum Friseur, außerdem wirkte er hagerer, als Klaudia ihn in Erinnerung hatte. Das Leben als alleinerziehender Vater zerrte an ihm. Auf der einen Seite war da Annalene, seine älteste Tochter, die sich die Schuld am Tod ihrer Mutter gab. Auf der anderen Seite der viel zu früh geborene Tim, den jeder Schnupfen umhaute. Und dann gab es noch Banu. Die immer liebe und immer fröhliche Banu, die lieber bei ihren Großeltern als bei ihrem Vater lebte. Vielleicht war es doch ganz gut, dass sie ohne Kinder durchs Leben ging.

Im Gegensatz zu den Garagenplätzen, die Klaudia aus dem Ruhrgebiet kannte, sahen diese Garagen mit ihren verwitterten zweiflügeligen Holztoren eher wie Geräteschuppen aus.

Uwe zeigte auf ein Tor, dessen Schlösser mit Lederlappen verhängt waren und hinter dem der Wasserturm von Gleis 3 aufragte. »Ich hab mich schlaugemacht«, sagte er. »Die ist es.«

»Sehr gute selbstständige Leistung«, meinte Klaudia spöttisch. Schließlich stand die Nummer der Garage im Beschluss. »Wie war die Party?«

»Nett«, antwortete Uwe. »Tanja hat einen Kuchen gebacken.«

»Tut mir leid, dass ich nicht kommen konnte.« Klaudia konnte sich dieses »nett« sehr gut vorstellen. Uwes überfürsorgliche und ein bisschen schlichte Freundin, genervte Teenager, Banu mit Kaninchen und Großeltern, die um ihre Tochter trauerten. Fehlte eigentlich nur noch die Patentante, die sich ebenso schuldig fühlte wie Annalene. Stopp, dachte Klaudia und erinnerte sich wie so oft an die Worte von Pfarrer Vollmer, die ihr damals geholfen hatten: Lade nicht die Schuld des Täters auf deine Schultern.

»Geht schon klar.« Uwe nahm die Sonnenbrille ab. »Wie geht's dir überhaupt? Du sahst echt scheiße aus am Grab.«

Du auch, dachte Klaudia. »Alles gut«, antwortete sie nicht ganz wahrheitsgemäß.

»Das mit den Flugblättern …« Uwe räusperte sich.

»… trägt nicht gerade zu meinem Wohlbefinden bei.«

»Ich habe mir Fiedler vorgeknöpft.«

»Du hast mit ihm gesprochen?«

»Bewährungsauflagen.«

»Und gegen die verstoßen Flugblätter?«

»Ich denke schon, und das habe ich ihm in aller Deutlichkeit gesagt. Ich denke, der lässt dich jetzt in Ruhe.«

»Danke.« Klaudia küsste Uwe auf die Wange. »Hast du den Garagenschlüssel?«

»Nein«, antwortete Uwe. »War nicht aufzufinden.«

»Verdammt!« Frustriert biss sich Klaudia auf die Wangen. »Warum muss immer alles kompliziert sein? Hast du den Schlüsseldienst schon angefordert?«

»Wieder nein.« Uwe grinste schief. »Ich habe was Besseres.« Er griff durch das offene Beifahrerfenster. Als seine Hand wieder auftauchte, hielt sie ein schwarzes Etui. Er zog den Reißverschluss auf und enthüllte ein umfangreiches Set von unterschiedlichen Dietrichen.

»Planst du eine berufliche Neuorientierung?«

»Wer weiß«, antwortete Uwe grinsend. »Es beruhigt mich, und außerdem ist es hilfreich, wenn sich mal wieder eine alte Dame ausgesperrt hat.«

»Passiert das häufiger?«

»Auf jeden Fall öfter, als dass ich den Kollegen der Kripo eine Garage öffnen darf.«

»Ich hoffe, das klappt.«

»Vertrau mir.« Uwe schlenderte wie ein Cowboy zum Garagentor.

Klaudia zügelte ihre Ungeduld und gönnte ihm den Auftritt. Als Revierpolizist bestand sein Leben aus Bürgersprechstunden und Verkehrserziehung. Da hatte er nicht oft Gelegenheit zu glänzen.

»Hier müffelt's.« Uwe hockte vor dem unteren Schloss. Das obere hatte er in null Komma nichts geknackt, doch dieses bereitete ihm Schwierigkeiten. Schweiß lief ihm über den Nacken.

Klaudia unterstützte ihn, indem sie den Lederlappen hochhielt. »Wahrscheinlich eine tote Taube.« Ihre Nasenflügel weiteten sich. Genauso hatte es gerochen, als Dickie im Frühjahr eine Taube ins Haus geschleppt hatte, die dann unter dem Gastank verreckt war. Klaudia hatte Tage gebraucht, bis sie die Quelle des Gestanks gefunden hatte. Interessiert beobachtete sie, wie Uwe mit einem Dietrich nach dem anderen im Schloss herumstocherte. »Und du denkst, das klappt?«, fragte sie skeptisch.

»Jepp.« Im gleichen Augenblick schwang der Bügel auf, und Uwe erhob sich ächzend. Klaudia zog die quietschenden Türflügel auseinander. Sonnenlicht fiel auf einen cremefarbenen Wartburg. An den Wänden hingen Ersatzreifen, und auf der Rückseite der Garage stand ein Regal mit rostigen Blechdosen.

»Ziemlich viele Fliegen hier.« Klaudia blickte durch die Seitenscheibe ins Wageninnere. So hatten Autos nicht einmal in ihrer Kindheit ausgesehen. Keine Nackenstützen, Häkeldecken auf den Sitzflächen. Sie sah an der Tür hinunter. Der Knopf stand oben, der Wagen war also nicht abgeschlossen. Sie öffnete die Wagentür und schlug sie gleich wieder zu.

»Das ist keine Taube«, krächzte sie.

»Was dann?« Uwe stand hinter dem Wagen und öffnete den Kofferraum.

»Ach du Scheiße«, keuchte er und stürzte aus der Garage.

25. KAPITEL

Thorsten stand wieder im Gewächshaus und wässerte die Tomaten. Das Wasser wirbelte den fetten Boden auf und bildete schlammige Strudel. Wie die Strudel in seinem Kopf. Gleich am Vormittag hatte er versucht, seinen Anwalt zu erreichen, doch die Kanzlei war geschlossen: Urlaub.

Wasser lief über Thorstens nackte Füße, er hielt den Schlauch an die nächste Pflanze. Wasser und Licht, mehr brauchte es nicht, um Tomaten wachsen zu lassen. Nur Menschen schrumpften im Knast, zumindest innerlich. Thorsten hatte es vom ersten Tag an gemerkt. Nein, vielleicht nicht vom ersten Tag an, aber nach dem Entzug. Zunächst wollte er in den alten Lehrbüchern lesen, irgendwie den Anschluss nicht verpassen, doch Pharmaziebücher waren nicht gestattet. Thorsten schnaubte. Er hatte keine Drogen gekocht, als er noch die Möglichkeit dazu hatte, er würde nicht unter staatlicher Aufsicht damit anfangen. Also blieb ihm nur, zu lesen, was in der Gefängnisbücherei zu kriegen war. Meistens tippte er einfach wahllos auf irgendwelche Bücher in den Katalogen. Es war eh egal, was er las. Er vergaß es ohnehin sofort wieder. Was gut war, denn meistens hatte er die Bücher schon lange vor Ende der Leihfrist gelesen und fing dann einfach wieder von vorne an. Doch trotz der Bücher, die er las, schrumpfte sein Gehirn.. Und nicht nur das – auch seine Gefühle verschwanden nach und nach; zurück blieb Gleichgültigkeit. Er hatte mit der Seelsorgerin über diesen Prozess gesprochen, über seine Angst, eine gleichgültige Muskelmaschine zu werden. Wenn einen nichts mehr berührte, konnte man selbst nichts mehr berühren. Dann dachte man von Frauen als Wichsvorlagen und würde sich irgendwann nicht einmal mehr dafür schämen. Die Seelsorgerin hatte ihn gefragt, wozu er die Muskeln und die Gleichgültigkeit denn bräuchte. Sie hatte es gefragt, obwohl sie es wusste, und anschließend hatte sie ihm den Job im Gewächshaus besorgt. Hier zu sein war die Illusion von Freiheit. Hier konnten seine Gedanken fliegen, ohne gegen Mauern zu prallen. Doch heute flogen seine Gedanken nicht, sie kreisten. Sie kreisten um den einen Satz, der ihn umgehauen hatte: *Vor allem die Tatsache, dass Jenni erst am vergangenen Wochenende überfahren worden war.* Noch jetzt spürte er den plötzlichen Schmerz in der Brust, sah das erschrockene Gesicht der Polizistin, die neben ihm kniete und sich über ihn beugte, spürte ihr weiches Haar auf seiner Wange. Er hatte Jenni nicht getötet. Zumindest wenn die Frau, deretwegen die Polizistin gekommen war, auch wirklich Jenni gewesen war.

»Herr Gebhardt?«

Thorsten fuhr herum. Wasser platschte auf den Boden. Die Wärterin sprang zurück.

»Tut mir leid.« Thorsten drehte das Wasser ab.

»Ist ja nichts passiert.« Die Wärterin lächelte ihm zu. »Sie haben Besuch.«

»Besuch?« Der Druck in der Brust stieg und nahm ihm die Luft.

»Es ist ziemlich aufregend, oder?« Der Blick der Wärterin verriet Mitgefühl.

Natürlich wusste sie Bescheid. Sie hatte ihn ja zusammen mit der Polizistin aufgesammelt. Und selbst wenn es ein anderer Wärter gewesen wäre, würde sie es wissen. Das gehörte zu ihrem Job. Sie musste alles wissen, was die Gefangenen betraf. Es gehörte jedoch nicht zu ihrem Job, Mitleid zu haben.

Thorsten folgte ihr wieder durch die scheinbar endlosen Zellengänge: vorbei an Sozialräumen und offenstehenden Zellentüren. Mit jedem Schritt wuchs seine Zuversicht. Diese überfahrene Frau war Jenni. Er würde hier herauskommen, dieser Albtraum war bald vorbei. Er hatte Jenni nicht getötet. Doch exakt an dieser Stelle seiner Gedanken fiel seine Zuversicht wie ein Turm aus Bierdeckeln in sich zusammen, und als die Wärterin die Tür zum Einzelgesprächsraum aufschloss, waren seine Hände wieder schweißnass. Er wischte sie an der Hose ab und atmete tief ein.

Die Frau stand am Fenster, Sonnenlicht fiel auf ihr blondes Haar. Sie wandte ihm den Rücken zu, trotzdem erkannte Thorsten sie, bevor sie sich umdrehte.

»Guten Tag.« Sie streckte ihm die Hand entgegen. Thorsten ergriff sie. Ihr Händedruck war fest und kühl, auch wenn ihre schmale Hand in seiner verschwand. Er hätte sie zerquetschen können, und für einen Moment wollte er genau das. Er wollte dieser Frau wehtun, die ihn hierhergebracht hatte. Und das war nicht einmal das Schlimmste, was sie ihm angetan hatte. Sie hatte es geschafft, dass er selbst glaubte, ein Mörder zu sein. Sie hatte ihm das Bewusstsein einer Tat eingeimpft, die er nicht begangen hatte. Er ließ ihre Hand fallen, als hätte er sich daran verbrannt.

»Wollen wir uns nicht setzen?«, fragte die Staatsanwältin. Die Polizistin hatte genau das Gleiche gesagt, nur hatte es bei ihr besser geklungen. Die Stimme der Staatsanwältin war wie ihr Händedruck: fest und kühl. Thorsten kannte sie aus seinen Träumen. Alles war so logisch gewesen, und er hatte dem nichts als die Leere seiner Erinnerungen entgegenzusetzen gehabt. Also hatte er ihr zugestimmt, einfach um diese Leere mit Worten zu füllen, die Jennis Verschwinden und seinen Zustand erklärten. Aber nun war Jenni aufgetaucht.

Schweiß versickerte in seinem Hosenbund. Dankbar registrierte er, wie die Wärterin die Tür schloss und sich auf einen Stuhl in der Ecke des Raumes setzte. Dies war kein Gespräch unter vier Augen, und das war auch besser so.

»Sie ist es also?« Thorstens Füße trugen ihn von einer Wand zur anderen. Er konnte sich nicht setzen. Nicht zu dieser Frau.

»Ja.« Die Staatsanwältin stand auf der anderen Seite des Tisches, die Hände auf der Stuhllehne. Ihre Blicke folgten ihm. »Es tut mir leid.«

»Ich verstehe das nicht.« Thorsten blieb am Tisch stehen und beugte sich vor. Das Gesicht der Staatsanwältin war dem seinen jetzt so nahe, dass er die feinen Fältchen in ihren Augenwinkeln sehen konnte. »Erklären Sie es mir«, forderte er. »So wie vor zwei Jahren, da haben Sie mir ja auch alles erklärt, nur dass alles gequirlte Scheiße war, weil ich Jenni nicht getötet habe. Nicht wahr?«

»Es tut mir leid.«

»Wieso ist Jenni erst jetzt aufgetaucht?«

»Diese Frage stellen wir uns natürlich auch.«

»Ich will hier raus.« Thorsten ballte die Fäuste. »Sofort!«

»Es ist alles eingeleitet«, sagte die Staatsanwältin.

»Ich will Haftentschädigung. Ich will mein Leben zurück.« Schluchzend schlug Thorsten die Hände vors Gesicht. »Sie haben mir mein Leben weggenommen!«

»Ich kann nur wiederholen, wie leid es mir tut«, sagte die Staatsanwältin.

»Hat Mike sie umgebracht?« Thorsten konnte sich kaum an diesen Typen erinnern. »Hat dieses perverse Schwein sie irgendwo festgehalten und jetzt einfach über den Haufen gefahren?«

»Auch das wissen wir nicht«, sagte die Staatsanwältin mit dieser Stimme wie gecrashtes Eis, »schließen diese Möglichkeit aber eher aus.«

»Und wieso?«, fragte Thorsten. »Wieso können Sie das ausschließen?«

»Unsere Erkenntnisse zeichnen ein anderes Bild.«

Die Frau wich ihm aus, und das machte ihn wütend. »So wie sie damals ein anderes Bild gezeichnet haben?«

»Sie haben die Tat gestanden«, erinnerte ihn die Staatsanwältin.

»Weil ich Ihnen geglaubt habe«, schrie Thorsten. »Weil alles, was Sie gesagt haben, so viel mehr Sinn ergeben hat, aber Jenni war überhaupt nicht tot. Sie hat gelebt, vielleicht meine Hilfe gebraucht. Oder Ihre. Aber Sie waren ja scheißbemüht, mich hinter Gitter zu bringen.«

»Es tut mir leid«, wiederholte die Staatsanwältin zum dritten Mal. »Doch glauben Sie mir, wir tun alles, um den Mörder zu finden.«

»So wie sie ihn damals gefunden haben.«

»Wir drehen uns im Kreis, Herr Gebhardt.« Die Staatsanwältin setzte sich nun doch. »Ich bin gekommen, um mich zu entschuldigen – das habe ich getan – und Ihnen von der neuen Entwicklung zu berichten.«

»Hat Jenni gelitten?«

»Nein.« Die Staatsanwältin schüttelte den Kopf. »Sie war sofort tot. Allerdings …« Die Staatsanwältin räusperte sich.

»Damals wie heute schienen Drogen eine Rolle zu spielen.« Der Satz hing zwischen ihnen.

Thorsten setzte sich ebenfalls und legte den Kopf in die Hände.

»Vielleicht ist das die Antwort auf einige unserer Fragen«, sagte die Staatsanwältin. »Vielleicht, wenn wir den Weg der Drogen zurückverfolgen könnten?«

»Ich weiß nicht, woher das Zeug war. Jenni hatte es dabei. Das habe ich Ihnen damals schon gesagt.«

»Und Sie wissen auch nicht, wem die Kaupe gehörte, auf der sie gezeltet haben?«

»Das habe ich der Polizistin bereits gesagt«, antwortete Thorsten. »Das muss doch irgendwo stehen. Immerhin sind wir in Deutschland.«

»Auch hier ist so etwas nicht immer einfach«, erklärte die Staatsanwältin.

»Es ist auch nicht einfach, hier zu sein«, zischte Thorsten zwischen zusammengepressten Zähnen hervor.

»Spätestens übermorgen sind Sie hier raus«, versprach ihm die Staatsanwältin. »Tut mir leid, aber es geht nicht schneller. Was werden Sie tun, wenn Sie draußen sind?« Die Staatsanwältin ließ ihm keine Zeit, wütend zu werden.

»Ich weiß nicht.« Thorsten wischte sich den Schweiß von der Stirn. »Da weitermachen, wo ich aufgehört habe, denke ich.« Der Gedanke fühlte sich falscher an als die Erkenntnis, dass er Jenni nicht getötet hatte. Er dachte an den Prozess, Jennis Mutter, die als Nebenklägerin dabei gewesen war, und auf einmal wusste er, was er tun würde.

26. KAPITEL

Die Kollegen der Spusi sahen in ihren weißen Ganzkörperoveralls aus wie Wesen von einem anderen Stern. Das war aber auch das Spektakulärste an ihnen. Sie standen vor der Garage, die Köpfe zusammengesteckt, und starrten auf ein Display, das Wibke in Händen hielt. Es gehörte zu einer Kameradrohne, die sie in die Garage geschickt hatten, um 3-D-Bilder zu machen. Das neueste Spielzeug der Spurensicherung. Klaudia hielt das Ganze für eine eher überflüssige Aktion der Spusi, aber wenn sie unbedingt spielen wollten, sollten sie es tun. Nicht einmal Demel, der sonst immer die Fotos machte und nun rauchend neben Klaudia stand, hatte dagegen protestiert und der Drohne den Leichenfundort überlassen.

Uwe stand mit dem Rücken zum Garagenhof und hielt mit einigen uniformierten Kollegen die Schaulustigen in Schach, die hinter den schlaff durchhängenden rot-weißen Absperrbändern standen. Nachdem er sich ausgekotzt hatte, hatte er schnell wieder in den Profimodus gefunden und den Bereich abgesperrt, während Klaudia ein Team zusammengetrommelt hatte. Als die ersten Schaulustigen, dem Klang der Martinshörner folgend, eintrafen, war der Platz bereits gesperrt gewesen.

Nicht wenige der Gaffer kannten Uwe, immerhin war er in Lübbenau aufgewachsen und hier als Revierpolizist tätig. Sie bombardierten ihn mit Fragen, denen er gutmütig auswich. Eis essende Kleinkinder hockten auf den Schultern ihrer Väter. Handykameras klickten. Eine Frau hielt demonstrativ ein Taschentuch vor den Mund und musterte die Polizisten, als wären die für den Gestank verantwortlich.

Haut doch einfach alle ab, dachte Klaudia. Leider blieb ihr frommer Wunsch unerhört. Nicht einmal das Hupen, mit dem der Leichenwagen sich den Weg bahnte, brachte die Leute dazu, Platz zu machen. Seufzend wandte Klaudia sich ab.

»Was denkst du?« Demel drückte seine Zigarette in dem flachen Taschenaschenbecher aus, den er immer mit sich führte.

»Die Leute spinnen«, antwortete Klaudia.

An Demels verwirrter Reaktion merkte sie, dass seine Frage nicht den Schaulustigen, sondern dem Toten galt.

»Ich denke, er ist es.«

»Schöne Scheiße.« Demel kratzte sich den Nacken. »Das hat ihr also leidgetan.«

Klaudia hob die Schultern und ließ sie wieder fallen. Unwillkürlich senkte sie die Stimme. Auch wenn es ihr gut gelang, die Gaffer zu ignorieren, fühlte sie sich unbehaglich. Nicht mehr lange und die ersten Bilder und Videos würden im Netz auftauchen. Hoffentlich hatte Uwe recht, und die besorgten Bürger hielten die Füße still. Drei Tote in nicht einmal einer Woche waren drei gute Gründe, besorgt zu sein.

»Ich glaube nicht, dass er die SMS geschickt hat.«

»Du meinst, er war Montag schon tot?«

»So wie er aussieht.«

»Es war sehr heiß«, gab Demel zu bedenken.

»Nach der Obduktion wissen wir mehr.« Die Drohne schwebte aus der Garage heraus, und Klaudia streifte die irrationale Vorstellung, dass Wibke wie ein Falkner den Arm ausstrecken würde, doch die Drohne landete im Staub zu ihren Füßen. Einer der Kollegen hob sie auf, und Wibke kam mit dem Notepad zu Klaudia und Demel herüber. Sofort steigerte sich die Unruhe hinter dem Absperrband.

»Wollt ihr mal sehen?«

»Danke.« Klaudia winkte ab. Nachdem Uwe fluchtartig die Garage verlassen hatte, war sie zum Kofferraum gegangen und hatte hineingesehen. Da Uwes Reaktion sie vorbereitet hatte, konnte sie die Übelkeit im Zaun halten, auch wenn ihre Augen tränten, während sie den in den Kofferraum des Wartburg gequetschten Toten betrachtete.

Man konnte tausend Tode sterben: friedlich im Bett, nach langer schwerer Krankheit oder durch eine Kugel. Klaudia konnte nicht sagen, woran dieser Mensch gestorben war. Nicht auf den ersten Blick. Sein Kopf war nicht zerschmettert, nirgendwo war Blut, der Körper schien intakt zu sein. Zumindest so intakt, wie er in diesem Stadium der Autolyse und Zersetzung sein konnte. Die Haut war bereits grünlich verfärbt und von Faulgasen aufgebläht. Nicht einmal die engsten Angehörigen würden den Toten jetzt noch ohne Weiteres wiedererkennen. Trotzdem konnte Klaudia einiges ausmachen. Die Leiche war männlich, nach der Kleidung zu urteilen, eher jung als alt, schlank – sonst hätte er nicht in den Kofferraum gepasst – und Besitzer einer ziemlich großen Nase. Genau so einen jungen Mann suchten sie, und wie es aussah, hatten sie ihn nun gefunden. Allerdings warf dieser Umstand mehr Fragen auf, als er beantwortete.

»Und bin so klug als wie zuvor«, murmelte Klaudia.

»Zitierst du gerade Goethe?« Demel blickte von dem Display auf, das ihm Wibke überlassen hatte.

»Muss irgendwie hängen geblieben sein.« Verlegen strich sich Klaudia eine Haarsträhne zurück. »Aber Fakt ist, dass wir gerade wieder bei null anfangen.«

»Würde ich so nicht sagen«, erwiderte Demel. »Ich finde, es ist ganz einfach.«

»Ach ja?«

»Erstens …« Demel hob den Daumen. »… Böseke haust bei Strahl …«

»Und hinterlässt nicht den Hauch einer Spur?«, warf Klaudia ein.

»Das kannst du erst sagen, wenn wir die Ergebnisse der daktyloskopischen und genetischen Proben haben.«

»Okay.« Klaudia wusste, wann sie geschlagen war. »Zweitens?«

»Zweitens …« Demels Zeigefinger fuhr in die Höhe. »… Kaprolat überfährt sie.«

»Weil?«

Diesmal ignorierte Demel ihren Einwand und streckte den Mittelfinger in die Luft. »Strahl tötet ihn.«

»Und packt ihn in den Kofferraum ihres Trabbis?« Abschiedsbrief hin, Abschiedsbrief her. Klaudia fand das ganze Szenario wenig überzeugend. »Und schickt sich dann selbst eine SMS, um ihren Selbstmord als Mord zu tarnen, und löscht sie auch gleich wieder?«

»Wartburg«, korrigierte Demel. »So viel Zeit muss sein.«

»Das beantwortet jetzt nicht unbedingt meine Fragen«, ätzte Klaudia.

»Du willst es einfach immer komplizierter haben, als es ist.« Demel klappte seine Finger ein und ließ die Hand fallen.

»Es ist wesentlich komplizierter, als du es haben möchtest«, stieß Klaudia zwischen zusammengepressten Zähnen hervor.

»Ich überlasse euch dann mal eurer fachlichen Diskussion und wende mich der profanen Spurensuche zu.« Wibke nieste. »Was bin ich dankbar für diese Erkältung.« Sie nahm Demel das Notepad aus der Hand und entfernte sich.

»Immerhin sind wir uns einig, dass dieser Tote hochwahrscheinlich Mike Kaprolat ist«, murmelte Klaudia versöhnlich.

Der Leichenwagen hatte mittlerweile die Absperrung erreicht. Uwe hielt nur mit Mühe die Schaulustigen davon ab, dem Wagen in den abgesperrten Bereich zu folgen. Der Bestatter, einer von Schiebschicks Neffen, stieg aus und begrüßte Klaudia freundlich.

»Wieder in die Rechtsmedizin?«, fragte er.

»Das Übliche«, bestätigte Demel.

»Wer ist es denn diesmal?«

»Die Papiere hat Uwe«, antwortete Klaudia ausweichend.

»Ich habe gehört, es ist der Junge, den ihr sucht.«

»Und wo hast du das gehört?« Klaudias Blick wanderte zu den Schaulustigen. War da irgendjemand, der mit dem Fall in Verbindung stand? Sie erkannte niemanden. Doch, dachte sie plötzlich. Ihr Blick blieb an einem dunkelblonden Typen im blauen Hemd hängen. Marcel Fiedler. Die Jahre im Knast hatten ihn kantiger gemacht. Unwillkürlich machte Klaudia einen Schritt Richtung Absperrband. Fiedler bemerkte sie, spuckte demonstrativ in den Staub und verschwand in der Menge. Für einen Moment war Klaudia versucht, ihm nachzueilen, um …

Ja, das war die Frage. Um was eigentlich? Ihn zur Rede zu stellen? Seufzend wandte sie der Menge wieder den Rücken zu.

»Habe ich gelesen«, sagte gerade der zweite Bestatter, der nun ebenfalls ausgestiegen war. »Facebook«, fügte er hinzu.

»Ich warte nur noch auf den Tag, an dem Facebook vor uns weiß, wo die Leichen liegen.« Frustriert verschränkte Klaudia die Arme vor der Brust.

»Zuckerberg hat bestimmt schon einen passenden Algorithmus in der Schublade.« Demel fischte eine Zigarette aus der Brusttasche seines Hemdes.

»Irgendwie passen Algorithmus und Schublade nicht so richtig in einen Satz.« Klaudia wandte sich ab, als ihr der würzige Zigarettenrauch in die Nase stieg. Sie empfand ihn nicht als unangenehm. Im Gegenteil. Andererseits war es keine gute Idee, ausgerechnet jetzt wieder mit dem Rauchen anzufangen.

»Können wir rein?«, fragte Schiebschicks Neffe.

»Noch nicht.« Demel produzierte Rauchringe. »Wahrscheinlich sind sie noch beim Abkleben der Leiche. Also heißt es warten.« Die Rauchringe stiegen wie eine Kette in den Sommerhimmel hinauf.

»Wahrscheinlich landen die jetzt auch auf Facebook.« Klaudia verscheuchte eine Fliege von ihrem Unterarm. Sie wollte sich lieber nicht vorstellen, woher die Fliege kam. »Und an die Kommentare möchte ich gar nicht denken: Drei Tote und die Polizei produziert Rauchringe.«

»Oder: Rauchzeichen, alte Kommunikationsmittel neu entdeckt.«

»Ihr seid ja richtig gut drauf.« Schiebschicks Neffe grinste.

»Das ist das Adrenalin«, klärte ihn Klaudia auf. »Da machste nix gegen. Das muss raus.«

»Du könntest ja mal ein Bier mit mir trinken.« Das Grinsen des Neffen wurde breiter. »Vielleicht hilft das auch.«

Klaudia stutzte. Flirtete der Bestatter gerade mit mir? Sollte sie sich jetzt geschmeichelt fühlen? Der Mann war mindestens zehn Jahre jünger als sie. Im letzten Augenblick widerstand sie der Versuchung, sich die Haare zurückzustreichen. Das fehlte ihr noch: drei Morde und ein Date? Das Leben war mehr als merkwürdig. Ihr Smartphone vibrierte und rettete sie.

»Ja?« Das Handy ans Ohr gedrückt, entfernte sie sich ein paar Schritte von den Kollegen und Schaulustigen.

»Wie sieht's aus bei euch?«, fragte Thang.

Stichwortartig brachte Klaudia den Kollegen auf Stand. »Aber deshalb rufst du doch nicht an, oder?«, schloss sie.

»Du bist klüger, als die Polizei erlaubt«, scherzte Thang.

»So sind wir Ruhris«, konterte Klaudia.

»Bitte wer oder was sind Ruhris?«, mischte sich der Bestatter ein.

»Menschen aus dem Ruhrgebiet«, antwortete Klaudia.

»Also spuck's aus.«

»Eine freundliche und engagierte Sachbearbeiterin hat die Akten in einem Berg zu digitalisierender Vorgänge gesucht, und nun wissen wir, wem die Jagd gehört.«

»Okay«, sagte Klaudia. »Warte mal.« Sie klemmte das Smartphone zwischen Schulter und Ohr und kramte in ihrem Rucksack nach ihrem Notizbuch. Meistens sprach sie sich die Infos direkt ins Smartphone, doch in solchen Situationen – sie blickte hinüber zu der kompakten Masse Schaulustiger – war es besser, zu Stift und Papier zu greifen.

»Brauchst du nicht«, sagte Thang. »Den Namen kannst du dir auch so merken.«

»Wir Ruhris sind zwar clever.« Klaudia hatte zumindest schon mal das Notizbuch gefunden, fehlte nur noch der Stift. »Aber wir sind nicht so die Gedächtniskünstler.«

»Musst du auch nicht sein«, entgegnete Thang. »Die Jagd gehört der Strahl.«

27. KAPITEL

Klaudia hatte das Gefühl, dass ihnen diese Ermittlungen über den Kopf wuchsen. Ein Blick in die Runde verriet ihr, dass es ihren Kollegen wohl ähnlich ging. Die Stimmung war gedrückt. Durchgeschwitzt und erschöpft hockten sie um den Resopaltisch herum. Um ihnen etwas Gutes zu tun, hatte Petra eine Karaffe mit Eiswasser, in dem Zitronenscheiben und irgendetwas Grünes schwammen, auf den Tisch gestellt. Dankbar goss Klaudia sich etwas davon in ihren Kaffeebecher. Drei Leichen innerhalb weniger Tage und in der Saison waren entschieden zu viel. Immerhin war dies keine ständige Mordkommission in einer Großstadt mit zwanzig Kollegen, sondern die Kriminalwache im eher beschaulichen Spreewald mit drei Kollegen – wenn man PH nicht mitzählte – und einer Schreibkraft. Ihr tägliches Brot bestand aus Einbrüchen, häuslicher Gewalt und Drogenkriminalität. Und wenn sich die Rechten muckten, rückten die Kollegen aus Cottbus an.

»Wir sollten Verstärkung anfordern.« Klaudia streckte die Beine aus. Durch das offenstehende Fenster wehte warme Luft herein und trocknete den Schweiß auf ihrer Haut. Wie immer saß PH auf seinem Platz vor dem Flipchart. Im Gegensatz zu seinen Kollegen hatte er den Tag in klimatisierten Büros in Cottbus verbracht. Trotzdem wirkte er einigermaßen gerädert. Die Polizeireform Brandenburg 2020 forderte ihren Tribut. Wibke hing wie ein Schluck Wasser in der Kurve. Sie hatte ihre Nase, die mittlerweile mehr leuchtete als ihre Haare, in einem Taschentuch vergraben.

Thangs Hemd klebte an ihm wie eine zweite Haut, und Demel war so staubig wie der Garagenhof, auf dem sie die letzten Stunden verbracht hatten.

Klaudia spürte, wie ihre Gesichtshaut spannte. Sie hatte

sich einen ordentlichen Sonnenbrand eingefangen und sehnte sich danach, ihren BH loszuwerden, der ihr ins Fleisch schnitt, und kalt zu duschen.

»Verstärkung anfordern? Und das aus Ihrem Mund?«, säuselte Demeter-Anders, die eben hereingekommen war. »Dass ich das noch erleben darf.« Sie setzte sich auf den freien Platz neben PH. Auch sie wirkte angeschlagen, selbst ihr sonst so akkurat geföhnter Bob hing durch, und sie brachte einen Geruch nach zu vielen Menschen auf zu engem Raum mit, der Klaudia verriet, dass sie wohl in der JVA gewesen sein musste.

»Nun ja, wir haben drei Todesfallermittlungen.« Klaudia nickte in Richtung der Fotos, die im Durchzug flatterten: ein regennasser Acker, grell von Scheinwerferlicht beleuchtet das zerstörte Gesicht einer Frau. Das nächste Foto zeigte eine fröhlich lächelnde junge Frau mit braunen Locken, die in einem Dirndl auf einem Mäuerchen saß. Es folgte das Foto einer heimeligen Küche, darin der Torso einer Frau, die vor dem Backofen kniete, als wollte sie ihn säubern. Und schließlich das schlimmste Foto. Es zeigte eine in einen Kofferraum gezwängte männliche Leiche, zwischen deren Füßen eine Plastikflasche mit Frostschutzmittel stand.

»Meiner Meinung nach hängt das alles zusammen«, brummte Demel.

»Davon können wir ausgehen«, entgegnete Klaudia. »Trotzdem. Irgendwie habe ich das Gefühl, dass es nicht so einfach ist, wie es zu sein scheint.«

»Manchmal können die Dinge aber sehr einfach sein.« Demeter-Anders' Stimme klang sanft.

Klaudia hasste es, wenn die Staatsanwältin in diesem Ton mit ihr sprach, sie fühlte sich dann wie jemand, auf dessen Beschränktheit man Rücksicht nehmen musste.

»So einfach wie Ihr Fall damals?«, erwiderte sie.

»Wir haben drei Tote.« Die Staatsanwältin zuckte nicht einmal mit der Wimper. »Zwischen allen besteht eine Verbindung. Es ist also hochwahrscheinlich, dass ihre Tode zusammenhängen.«

»Damit hätten wir es mit einer Serie zu tun«, entgegnete Klaudia. Hilfesuchend blickte sie von Wibke zu Thang, doch beide wichen ihrem Blick aus. »Da draußen läuft jemand herum, der drei Menschen ermordet hat.«

»Nein«, widersprach Demeter-Anders. »Wir haben es nicht mit einer Serie zu tun, sondern einfach nur mit mehreren Toten, die sich möglicherweise kannten.«

Klaudia öffnete den Mund, doch Demeter-Anders hob die Hand. »Lassen Sie mich bitte ausreden«, bat die Staatsanwältin. »Wir haben keinen Hinweis auf Fremdeinwirkung beim Tod von Manuela Strahl, oder?« Sie ließ den Kollegen genügend Zeit, Zustimmung zu zeigen und zu nicken.

»Es ist hochwahrscheinlich, dass Mike Kaprolat den Wagen gelenkt hat, mit dem Jennifer Böseke überfahren wurde.«

»Das wissen wir nicht sicher«, widersprach Klaudia.

»Wir wissen außerdem nicht, wie er zu Tode gekommen ist, aber da dürfte uns die Obduktion weiterhelfen. Er wurde in Strahls Wagen gefunden, und wie es aussieht, liegt sein Tod vor ihrem Selbstmord. Also könnte sie die Täterin sein.«

»Und was ist mit der SMS?«

»Sie könnte sie sich selbst geschickt haben«, erklärte Demeter-Anders. Ihre Stimme klang fast hypnotisierend sanft und vernünftig. »Um uns zu verwirren.«

Klaudia konnte sich auf einmal sehr gut vorstellen, wie die Staatsanwältin einen verwirrten jungen Mann davon überzeugte, seine Freundin umgebracht zu haben. Nur war das nicht die Wahrheit gewesen, sondern lediglich eine Möglichkeit.

»Immerhin war sie im Besitz des Handys«, fuhr Demeter-Anders fort. »Sie hat sogar deshalb versucht, Sie zu erreichen, und es gibt eine Zeugin, oder irre ich mich da?«

Klaudia nickte, obwohl ihr bewusst war, was hier gerade passierte. Demeter-Anders benutzte einen Trick aus der Giftküche der Verhörtechnik: Bringe dein Gegenüber dazu, dir zuzustimmen, und du veränderst seine Wahrnehmung. Dein Gegenüber sieht dich dann eher als Verbündeten denn als Kontrahenten.

Gelassen griff die Staatsanwältin nach der Wasserkaraffe.

»Aber es gibt auch einen Zeugen, der gesehen hat, wie Manuela eine SMS von Kaprolats Handy erhalten hat«, wandte Klaudia ein. Auch wenn sie recht hatte, fühlte sie sich wie ein bockiger Teenager. Es war nie gut, einen Satz mit »Aber« zu beginnen.

»Die kann sie sich selbst geschickt haben und einfach so getan haben als ob.« Demel schlug sich nur selten auf die Seite der Staatsanwältin.

Wütend funkelte Klaudia ihn an.

»Ich stelle mir die Sache so vor«, fuhr er fort. »Kaprolat überfährt aus welchem Grund auch immer Jennifer Böseke, er taucht unter, kommt zurück, und Manuela Strahl tötet ihn.«

»Aus welchem Grund auch immer«, warf Klaudia ein.

»Weil er Jennifer getötet hat.«

»Und warum sollte sie ihn deshalb töten?«

»Wir wissen, dass Strahl und Böseke sich gekannt haben«, ergänzte Thang.

»Wie bitte?« Demeter-Anders stellte die Karaffe vorsichtig zurück. »Das ist mir neu.«

»Ihr gehört die Kaupe, auf der Böseke und Gebhardt gezeltet haben«, antwortete Thang. »Also, sie gehört ihr nicht wirklich. Sie ist nur Jagdpächterin. Also nicht sie, sondern ihr verstorbener Vater. Aber da die Pacht immer weitergelaufen ist, hat sich niemand darum gekümmert.« Thang wischte sich den Schweiß von der Stirn.

»Das bedeutet nicht, dass Böseke und Kaprolat sich gekannt haben. Es gibt viele Leute, die im Spreewald zelten. Solange kein Boden im Zelt ist, ist das nicht einmal illegal«, sagte Klaudia.

»Die beiden kannten sich«, beharrte Demeter-Anders. »Zumindest sagt das Gebhardt.« Sie berichtete den Anwesenden von ihrem Gespräch mit dem zu Unrecht verurteilten Häftling.

Alle Achtung, dachte Klaudia. Sie war sich nicht sicher gewesen, ob die Staatsanwältin den Mut hatte, den Mann zu besuchen, den sie fälschlicherweise hinter Gitter gebracht hatte.

»Können wir sagen, ob sie in dem Haus gelebt hat?«, fragte Klaudia. »Gibt es Spuren?«

»Ob es Spuren gibt?« Wibke verdrehte die Augen. »Wir haben so viele Spuren, dass wir die Autobahn damit pflastern können.«

»Auch Fingerabdrücke?«

»Unmengen, die wir erst noch digitalisieren müssen.«

»Könntet ihr Bösekes Fingerabdrücke abgleichen?«

»Dann ja«, sagte Wibke.

»Was ist mit der Ferienwohnung?«, fragte Klaudia.

»Hältst du das für wahrscheinlich?«, entgegnete Demel. »Immerhin hat Kaprolat schon ein paar Wochen in dem umgebauten Bootsschuppen gewohnt, und wenn wir mal davon ausgehen, dass dieses Gespenst, das er gesehen hat, die Böseke war, ist sie ihm erst an diesem Tag über den Weg gelaufen.«

»Das stimmt«, räumte Klaudia ein.

»Und dann ist es wie beim Kegeln«, murmelte Thang. »Wenn der erste Kegel fällt, reißt er die anderen mit sich.«

»Danke für den tiefsinnigen Kommentar, Kollege Rudnik.« PH erwachte aus seiner Lethargie. »Wenn der Vergleich vielleicht auch nicht ganz passend ist, erklärt er zumindest das Prinzip Ursache und Wirkung.«

»Und warum überfährt Kaprolat sie?«, fragte Klaudia.

»Vielleicht ein Unfall?«, sagte Thang. »Und als Kaprolat dich bemerkt hat, sind ihm die Nerven durchgegangen.«

»Oder sie haben sich gestritten, Jenni ist raus aus dem Wagen, er ihr hinterher …« Demels Satz endete in einem Schulterzucken.

»Und wo hat Jenni sich die ganze Zeit versteckt?« Klaudia achtete peinlich darauf, ihre Sätze nicht mit »Aber« zu beginnen.

»Das weiß ihr Gastgeber allein«, seufzte Demeter-Anders.

»Und warum hat sie das getan? Ich meine, dieser Gebhardt ist für sie in den Bau gegangen? Wollte sie das?« Klaudia blickte zu dem Foto der fröhlich lächelnden jungen Frau.

»Es ist nicht verboten zu verschwinden, und es gab schließlich diesen heftigen Streit zwischen den beiden«, sagte Demeter-Anders. »Die waren wohl ziemlich zugedröhnt gewesen.«

»Diese Strahl hat übrigens einen florierenden Internethandel«, warf Thang ein. »Wir haben ihren Computer ausgelesen. Sie vertreibt alles Mögliche, unter anderem Pilze, die wie Drogen funktionieren.«

»Und das kann sie einfach so machen?«

»Nicht einfach so. Ich meine, es steht nicht auf ihrer Seite, zumindest nicht so auf den ersten Blick. Man muss schon wissen, wonach man sucht, meint der Kollege vom LKA.«

»Die beiden hatten sich Amphetamine und was weiß ich

nicht alles in die Köpfe geknallt«, sagte Demeter-Anders. »Hatte die Strahl auch so etwas im Programm?«

»Eher nicht«, räumte Thang ein. »Zumindest haben wir noch keine Hinweise darauf gefunden.«

»Also ist die Sache erledigt.« PH stand auf und trat an die Pinnwand. »Wir haben den Fahrer des Unfallwagens.« Er nahm Jennifers Foto ab und die Fotos des nächtlichen Unfalls. »Wir haben einen Selbstmord.« Er nahm Strahls Foto ab. »Und wir haben Kaprolat in Strahls Wartburg gefunden, also ist sie die Täterin.« Er nahm das letzte Foto ab.

»Das kannst du nicht so einfach machen«, protestierte Klaudia. »Wir haben viel zu viele unbeantwortete Fragen.«

»Wir haben zwei Verdächtige, beide sind tot. Also wird keine Anklage erhoben werden, oder sehe ich das falsch?«, wandte PH sich an Demeter-Anders.

»Das ist korrekt.«

»Demnach ist der Fall damit für uns erledigt.« PH warf die Fotos auf den Tisch. »Oder haben wir irgendeinen Hinweis darauf, dass noch jemand beteiligt ist?«

»Zum aktuellen Zeitpunkt nicht«, gab Klaudia zähneknirschend zu. »Aber das kann sich ändern.«

»Dann sind wir wieder am Ball«, versprach PH.

»Heißt das, die Leiche wird nicht obduziert?«, fragte Klaudia.

»Soweit würde ich nicht gehen«, antwortete Demeter-Anders. »Wir werden die angefangenen Ermittlungen natürlich zu Ende führen. Schon allein, um nichts zu übersehen.«

»Das übersteigt ehrlich gesagt gerade meine intellektuellen Fähigkeiten. Ermitteln wir nun, oder ermitteln wir nicht?« Klaudia funkelte die Staatsanwältin an.

»Wir warten die Ergebnisse der Obduktion und der ausstehenden kriminaltechnischen Untersuchungen ab«, beantwortete PH Klaudias Frage. »Sollte sich daraus ein Hinweis auf einen anderen Täter als Manuela Strahl ergeben, sehen wir weiter. Bis dahin ruhen die Ermittlungen«, sagte PH. »Und«, fügte er an Klaudia gewandt hinzu, »wenn ich sage, ruhen die Ermittlungen, dann bist auch du gemeint. Habe ich mich verständlich ausgedrückt?«

28. KAPITEL

Zum letzten Mal riss die Wecksirene Thorsten aus demSchlaf, in den er erst kurz vor Morgengrauen gefallen war. Zum letzten Mal nahm er das Tablett mit dem Frühstück entgegen. Graues Brot, gummiartiger Käse, fast gefrorene Margarine, lauwarme Milch. Zum letzten Mal öffnete sich seine Zellentür. Alles, was sein Leben die letzten zwei Jahre ausgemacht hatte, passte in einen schwarzen Plastikbeutel. Er bekam seinen Gürtel zurück, Portemonnaie, Führerschein, seinen Ausweis, der inzwischen abgelaufen war, und folgte einem Schließer Richtung Freiheit. Mit jeder Tür, die hinter ihm zufiel, wuchs seine Panik. Freiheit! Der Begriff war für ihn so abstrakt wie eine chemische Formel. Er wusste, was damit gemeint war, ohne sich wirklich ein Bild davon machen zu können. Wie würde sein Leben ab heute sein? Ihm war klar, dass er nicht einfach da weitermachen konnte, wo er vor zwei Jahren aufgehört hatte. Er stand vor dem Nichts. Er würde nie die Apotheke seines Vaters übernehmen können, schließlich war er vorbestraft.

Seine Mutter erwartete ihn. Ihre Augen waren vom Weinen verquollen. »Ich hab's immer gesagt.« Schluchzend schloss sie ihn in die Arme. Sie musste sich dazu auf die Zehenspitzen stellen und Thorsten sich vorbeugen, trotzdem fühlte er sich auf einmal klein und geborgen. So wie als Kind, wenn er sich das Knie aufgeschlagen hatte und in ihrer Umarmung versank.

Sie hatte geraucht, Thorsten roch es an ihrem Atem. Sie rauchte nur, wenn sein Vater nicht dabei war und wenn sie ihre Nerven beruhigen musste. Damit es nicht auffiel, lutschte sie dann nach jeder Zigarette ein Mentholbonbon. Jeder in der Familie wusste das, nur sein Vater nicht. Er war der Einzige, der sich täuschen ließ. Vielleicht ignorierte er einfach auch nur, was er nicht wahrhaben wollte, so wie er in den letzten Jahren seinen Sohn ignoriert hatte.

»Lass uns gehen.« Thorsten befreite sich vorsichtig aus ihrer Umarmung.

»Soll ich das nehmen?« Sie bückte sich nach dem Müllsack mit seinen Habseligkeiten.

»Mama.« Thorsten schluckte die Rührung herunter. »Ich bin aus dem Knast entlassen, nicht aus dem Krankenhaus.«

»Ich habe nie geglaubt, dass du das getan hast. Und Vater natürlich auch nicht«, fügte sie hastig hinzu.

»Ich weiß.« Thorsten schulterte den Beutel und lief zum Parkplatz. Obwohl es noch recht früh war, schien die Sonne heiß auf seinen Nacken. Noch ähnelte die Welt um ihn herum sehr dem täglichen Hofgang: vertrocknetes Gras, einzelne Bäume. Nur die Luft war anders, irgendwie frischer, nicht so verbraucht. Selbst beim Freigang hatte jeder Lufthauch gerochen, als sei er schon durch viele Lungen geweht.

»Aber du hattest schließlich gestanden.« Seine Mutter lief an seiner Seite, sie hatte Mühe, Schritt zu halten.

»Du musst dich nicht rechtfertigen.« Thorsten blieb abrupt stehen und schloss für einen Moment die Augen. Es war alles zu grell, die Sonne, ihre Stimme, das Geräusch seiner Turnschuhe auf dem Asphalt. »Immerhin warst du für mich da.«

In dem Satz drängten sich alle, die nicht gekommen waren, Familie, Freunde. Die Welt wurde ziemlich klein, wenn man hinter Gittern saß.

»Vater wollte mitkommen, aber sein Herz – du weißt ja –, und Judith hat dich schrecklich vermisst. Sie konnte einfach nicht kommen. Sie hatte Angst.«

»Ich weiß.« Thorsten wollte weder über seine Schwester noch über seinen Vater sprechen. Er würde beiden noch früh genug begegnen. Er wischte sich die Hände an der Jogginghose ab. Ob seinem Vater bewusst war, wie sehr ihn der Knast verändert hatte? Er hatte ihn das letzte Mal gesehen, kurz bevor er mit Jenni in den Spreewald gefahren war.

Für seinen Vater musste sein Anblick der schlimmste Albtraum sein. Ein Muskelprotz mit Tattoos und Sporthosen. Thorsten war nicht mehr der Sohn, der Pharmazie studierte, um die Apotheke zu übernehmen. Vor zwei Jahren hatte er noch ins Weltbild seines Vaters gepasst. Zumindest äußerlich. Wie es in seinem Sohn aussah, hatte den Herrn Doktor nicht interessiert. Hauptsache, die Fassade stimmte. Bis zu Jennifers Verschwinden war er auch der perfekte Sohn gewesen. Nach den Naturwissenschaften war Deutsch sein Lieblingsfach gewesen.

»Wo ist dein Wagen?« Irritiert sah Thorsten sich um. Keine Spur von dem roten Polo, mit dem seine Mutter ihn schon zum Kindergarten kutschiert hatte.

»Da hinten.« Seine Mutter zeigte auf einen SUV am Ende des Parkplatzes.

»Hat der Polo endlich den Geist aufgegeben?«

»Nicht so richtig, aber Vater meinte, ein neuer Wagen sei besser, wegen der Fahrerei und so. Er war auch günstig.« Seine Mutter lachte verlegen auf. »Ich habe extra für dich eine Biskuitrolle gebacken«, wechselte sie übergangslos das

Thema, »und Sauerbraten gemacht. Eigentlich ist es ja zu heiß, aber ich dachte …« Sie lachte nervös. »Und Judith kommt heute Abend. Du …?« Sie bemerkte sein Zögern. »Du willst doch nach Hause?« Ihre Stimme bekam einen leicht schrillen Klang. »Ich meine, du bist doch nicht verabredet, oder?«

Seine Mutter redete wie unter Speed, und so fuhr sie auch. Thorsten war heilfroh, als sie in die heimatliche Einfahrt einbogen.

»Vater ist noch in der Apotheke. Aber er freut sich, dich zu sehen.«

Sein vermeintlich krankes Herz hinderte ihn also nicht daran, in die Apotheke zu gehen, dachte Thorsten. Oder vielleicht war es gerade sein Herz, das ihn dazu zwang. Sein Herz und die Angst, dem Sohn zu begegnen, den er die letzten Jahre verleugnet hatte. Thorsten verstand ihn sogar. Er hatte einen Mord gestanden. Er hatte Drogen genommen. Er war nicht der Sohn gewesen, den sein Vater in ihm gesehen hatte.

»Bestimmt willst du auch erst einmal duschen.« Seine Mutter zog die Handbremse an.

Was übersetzt bedeutete, du stinkst. Thorsten drückte die Beifahrertür auf und stieg aus.

»Ich habe dir ein paar Sachen zur Auswahl bestellt. Du hast dich so verändert.«

»Ich hoffe, Vaters Herz hält das aus.«

Seine Mutter zuckte wie vor einem Schlag zurück. Sofort fühlte Thorsten sich schlecht. Es war nicht ihre Schuld.

»Er liebt dich wirklich.« Sie legte die Hand auf seinen Arm.

»Ich weiß.« Thorsten zwang sich zu einem Grinsen. »Kann ich morgen deinen Wagen haben?«

»Warum?« Seine Mutter klang alarmiert.

»Es ist Wochenende. Ich will mir Drogen besorgen und mich abschießen«, antwortete Thorsten.

»Du willst was?«, keuchte seine Mutter.

»Das war ein Scherz, verdammt. Ich will jemanden besuchen.«

»Aber du bist gerade erst ange… ich meine wieder zu Hause.«

»Ja und?«

»Wir haben uns bestimmt viel zu erzählen.«

»Mama? Ich war im Knast, nicht auf Weltreise. Was genau willst du wissen? Wie sich meine Entgiftung angefühlt hat? Wie das Leben im Knast war?«

»Ja, ich meine …«

»Denkst du, Vater will das wissen?«, unterbrach Thorsten sie. »Oder Judith?« Bis genau zu diesem Augenblick hatte er gedacht, es würde ihm nichts ausmachen. Aber hier vor diesem Haus, in dem er seine Kindheit verbracht hatte, fiel die Mauer, die er um sich errichtet hatte. Es machte ihm etwas aus, dass sein Vater und seine Schwester ihn aus ihrem Leben radiert hatten wie einen Rechenfehler.

»Wir lieben dich.«

»Dir glaube ich das sogar.« Eine plötzliche Müdigkeit drückte ihm auf die Lider. »Aber Vater liebt höchstens das Bild von mir. Kennst du die Geschichte von Dorian Gray?«

»Ich verstehe dich nicht.«

»In der Story geht es um ein Bildnis, das im Gegensatz zu seinem Besitzer altert.«

»Ich kenne den Roman von Oscar Wilde, aber was hat das mit dir zu tun?«

»Vater hat auch ein Bild von mir. Dieses Ideal hängt so dicht vor seiner Nase, dass ich dahinter verschwinde. Und das ist auch der Grund für seine Herzbeschwerden. Er will nicht sehen, wie ich wirklich bin.«

»Thorsten, wirklich.« Die Deutschlehrerin, die sie bis zu

seiner Geburt gewesen war, brach in ihr durch. »Dieser Vergleich hinkt aber.«

»Ist auch egal«, ruderte Thorsten zurück. Er war zu müde, um sich mit ihr zu streiten. »Was ist nun? Kann ich deinen Wagen haben?«

»Ich weiß nicht.« Hilflos wedelte seine Mutter mit den Händen. »Und was ist mit der Versicherung?«

»Schon gut, ich fahre mit der Bahn.«

»Hast du denn Geld?«

»Ein wenig. Immerhin habe ich gearbeitet.« Fast wehmütig dachte Thorsten an die langen Stunden im Gewächshaus und auf dem Stück Freiland, das zur Gefängnisgärtnerei gehörte. Er hatte es gemocht, mit den Händen in der Erde zu buddeln.

»Aber wen willst du denn besuchen? Und gleich morgen. Du warst so lange fort.«

»Ich war eingesperrt, und dieses ganze Gespräch fühlt sich für mich gerade an, als hätte ich nur das Gefängnis gewechselt.«

»Aber das stimmt doch nicht.« Konfus nestelte seine Mutter den Haustürschlüssel aus ihrer Schultertasche. »Natürlich kannst du gehen, wohin du willst.«

»Aber nicht deinen Wagen benutzen.«

»Nein«, sagte sie bestimmt und tat dann das, was sie schon immer getan hatte, wenn es darum ging, ihm einen Wunsch abzuschlagen. »Vater würde das nicht zulassen. Es ist wegen der Versicherung, das musst du verstehen. Wenn du einen Unfall hast …«

Seine Mutter schloss die Haustür auf, und Thorsten betrat zum ersten Mal seit mehr als zwei Jahren sein Elternhaus. Der Flur war enger, als er ihn in Erinnerung hatte, und selbst der wuchtige Bauernschrank, auf den er als Kind mehr als einmal geklettert war, wirkte, als wäre er geschrumpft.

»Willst du einen Freund besuchen? Oder eine Freundin?«

»Eine Bekannte«, antwortete Thorsten ausweichend.

»Woher kennst du sie?«

»Von früher«, log Thorsten.

»Und wo wohnt sie?«

»In Berlin.« Thorsten war einmal mit Jenni bei ihrer Mutter gewesen. Das heißt: Jenni war bei ihrer Mutter gewesen, er hatte vor der Shisha-Bar auf der gegenüberliegenden Straßenseite gewartet, in der eine bunte Mischung aus Muskeltürken und Hipstern Burger aß und dazu Shisha rauchte.

»Habt ihr zusammen studiert?« Seine Mutter hängte ihre Schultertasche in den Schrank. Sie war noch nie gut im Aushorchen gewesen. Sie war zu direkt, trotzdem schwitzte Thorsten. Er wollte sie nicht anlügen, aber er wollte ihr auch nicht sagen, was er vorhatte. Sie würde es nicht verstehen. Es würde ihr Angst machen. Und wenn er ehrlich war, machte auch ihm der Gedanke Angst, der Frau gegenüberzutreten, die ihn für den Mörder ihrer Tochter gehalten hatte. Aber hatte sie das wirklich? Oder hatte sie es die ganze Zeit gewusst, dass Jenni lebte?

29. KAPITEL

Jetzt, wo die Ermittlungen weitgehend auf Eis lagen, hatte Klaudia keine Ausrede mehr, Schiebschicks Einladung zum Chorkonzert nicht anzunehmen. Frisch geduscht stand sie vor ihrem eigentlich recht übersichtlichen Kleiderschrank und wusste nicht weiter. Dickie war auch keine Hilfe. Zusammengerollt lag er auf ihrem Bett und schnarchte leise vor sich hin. Schließlich entschied Klaudia sich für das großblumig gemusterte *Marc-Cain*-Etuikleid. Sie hatte es sich kurz nach der Trennung von Arno gekauft. Das war vor mehr als zwei Jahren gewesen, und seitdem hatte sie es als Jeans- und T-Shirt-Typ, der sie war, vielleicht fünfmal getragen. Klaudia zog es über den Kopf und verrenkte sich dann in akrobatischen Übungen, um den Reißverschluss zu schließen. Kritisch musterte sie ihr Spiegelbild. Ihr Gesicht war so rot, als würde sie gleich der Schlag treffen, und das Kleid spannte ein wenig an den Hüften. Sie sollte unbedingt anfangen, gesünder zu essen. Döner tat zwar ihrer Seele gut, aber bestimmt nicht ihrer Figur. Die Farbe ihres Gesichtes konnte sie akut nicht ändern, ihr blieb aber die Hoffnung, dass die Fahrt im klimatisierten Auto Abhilfe schuf. Das Hüftgold würde ein Leinenblazer kaschieren, den sie ebenfalls vom Bügel zog. Dann klatschte sie sich noch ein wenig Farbe ins Gesicht, schloss die Riemchensandalen, was in diesem engen Kleid gar nicht so einfach war, und verließ das Haus.

Im Hof parkte wieder ihr Peugeot. Die Werkstatt hatte Wunder vollbracht und alle Unfallspuren beseitigt. Klaudia dachte an die Blumen, die sie an der Unfallstelle niederlegen wollte. Nein, unwillkürlich schüttelte sie den Kopf. Noch war sie nicht soweit. Noch hatte sie zu viele Fragen und zu wenig Antworten.

Vielstimmiges Gemurmel empfing Klaudia, als sie die Kirche betrat. Sie war spät, weil sie erst noch den Kater hatte finden müssen, der genau in dem Moment verschwunden gewesen war, in dem sie ihn vor die Tür bugsieren wollte. Klaudia setzte sich auf einen freien Platz in der letzten Bank und zog das Kleid über die Knie. Kaum saß sie, erklang die Orgel, und der Chor stellte sich neben dem Altar auf. Die Frauen trugen Spreewaldtrachten, die wenigen Männer Schiffermützen und blaue Westen.

Klaudia schloss die Augen und ließ das Konzert über sich ergehen. Sie schreckte auf, als Applaus aufbrandete. Ihr Mund war trocken und ihre rechte Hand taub. Sie war tatsächlich eingeschlafen, und nach dem strafenden Blick zu urteilen, den ihr ihre Sitznachbarin zuwarf, war das nicht unbemerkt geblieben. Klaudia machte, dass sie aus der Kirche kam. Während sie am Haupteingang auf Schiebschick wartete, beobachtete sie die Menschen, die die Kirche verließen. Es waren überwiegend ältere Leute. Die Touristen erkannte man an den Strohhüten, mit denen sie sich vor der Sonne schützten, die Einheimischen daran, dass sie sich für dieses Konzert extra herausgeputzt hatten. Der Apotheker befand sich auch unter ihnen. Er verließ die Kirche in Begleitung eines älteren Ehepaares. Selbst im leichten Sommeranzug sah er aus, als trüge er einen bis zum Adamsapfel zugeknöpften Apothekermantel. Klaudia nickte ihm zu, und nach einem kurzen Zögern erwiderte er den Gruß. Schiebschick verließ als einer der Letzten die Kirche. Er hatte sich bei der Chorleiterin eingehängt und trug wieder diese unsäglichen Crocs.

»Na denn.« Unternehmungslustig knallte er den Stock auf das Kopfsteinpflaster.

Klaudia zog seinen Arm unter ihrem durch und führte ihn zu einem Tisch, der gerade frei wurde. Während sie sich setzten, räumte der Kellner noch schnell das Geschirr ab und wischte die Krümel als Futter für die Spatzen vom Tisch.

»Hach, das tut gut.« Ächzend sank Schiebschick auf den Plastikstuhl und schloss für einen Moment die Augen.

»Was ist denn nun los mit deinen Füßen?«

»Was soll damit sein?«

»Du trägst diese Dinger doch nicht zum Vergnügen.«

»Biste unter die Ärzte gegangen?«

»Für diese Schlussfolgerung reicht mein kriminalistischer

Verstand«, antwortete Klaudia. »Dafür muss ich nicht zehn Jahre Medizin studieren.«

»Dauert das denn so lange?«

»Keine Ahnung.« Klaudia winkte dem Kellner. »Bei meinem Abi hätte es schon zehn Jahre gedauert, bis sie mich zum Studium zugelassen hätten.«

»Wolltest du denn Ärztin werden?«

»Nein.« Klaudia schüttelte den Kopf. »Mein Vater war zwar Arzt, aber ich wollte nie in seine Fußstapfen treten.« Im Gegensatz zu den Zwillingen, dachte Klaudia. Ob Vater enttäuscht gewesen war? Hatte er sie deshalb vergessen?

»Was ist nun mit deinen Füßen?« Klaudia floh aus ihrer trüben Gedankenwelt in die sonnige Wirklichkeit.

»Was hast du nur immer mit meinem Schuhwerk.«

»Sie passen zu dir wie ein Faltenrock. Das macht neugierig.«

»Dich macht das neugierig«, brummte Schiebschick. »Du bist die Einzige, die fragen tut.«

»Einmal Bulle, immer Bulle«, sagte Klaudia. »Aber wenn du es mir partout nicht sagen willst, dann frage ich auch nicht mehr, versprochen.«

Der Kellner kam mit den Speisekarten und unterbrach damit erst einmal das Gespräch.

»Es ist wegen dem Ding unter meinem Fuß«, sagte Schiebschick, nachdem sie bestellt hatten. »Ist ein Fersensporn, hat die Doktorsche gesagt. Tut höllisch weh, deshalb kann ich nur noch auf diesen Gummidingern laufen.«

»Hat sie dir keine Einlagen verschrieben?« Klaudia kramte ihre Sonnenbrille aus der Schultertasche und setzte sie auf.

»Schon«, antwortete Schiebschick. »Aber die helfen nicht. Und da hat mir meine Nichte die hier besorgt.«

Schiebschick hatte mehr Neffen und Nichten als Haare auf dem Kopf.

Der Kellner brachte die Getränke, und Schiebschick wartete, bis er gegangen war, bevor er fortfuhr. »Die hatte das nämlich auch mal. Biste nun zufrieden? Einen alten Mann so auszufragen.« Mit dem Kopf wackelnd griff er nach seinem Krug mit dem Babbenbier. Als fast waschechter Lübbenauer trank er nichts anderes.

»Ich hatte versprochen, nicht mehr nachzufragen«, erinnerte Klaudia ihn.

»Das war doch ein Trick«, brummte Schiebschick.

»Der offensichtlich funktioniert hat.« Klaudia prostete ihm mit ihrem alkoholfreien Pils zu und trank durstig. Aus den Augenwinkeln sah sie den Apotheker mit dem älteren Ehepaar aus dem Charleston kommen.

»Es war mal wieder sehr schön«, sagte die Frau. Sie hatte eine dunkle Stimme, die Klaudia sofort mochte. »Ich hoffe, beim nächsten Mal ist Rena dann auch wieder dabei.«

Der Apotheker murmelte etwas, das Klaudia nicht verstand.

»Wo war eigentlich die Apothekerin?«, fragte sie Schiebschick und wischte sich den Schaum von der Oberlippe. »Singt sie nicht auch im Chor?«

»Schon.« Schiebschick stellte den Bierkrug ab und wischte sich ebenfalls über den Mund. »Aber wer nicht zur Generalprobe kommt, singt nicht.«

»Und ich hatte den Eindruck, das Privatleben der Apothekerin bestünde nur aus Arbeit und Chorproben.«

»Auch Polizisten können irren, wa? Die Rena war nämlich bei keiner der letzten Proben.«

»Das ist ja interessant.« Klaudia winkte dem Kellner. Dieser Sache würde sie auf den Grund gehen. Die meisten Bürger belogen die Polizei, weil sie nicht in irgendetwas hineingezogen werden wollten oder weil sie Geheimnisse hatten: vor ihren Familienangehörigen, Nachbarn oder Freunden. So eine Lüge war schnell ausgesprochen, manchmal zu schnell, und dann folgten der ersten Lüge die zweite und dritte. Die meisten Menschen verhedderten sich irgendwann in ihren Lügengespinsten, und das waren noch die angenehmen Zeitgenossen. Richtig unangenehm waren die Menschen, die sich nicht verhedderten. Klaudia war gespannt, wie die Wahrheit der Apothekerin aussah, wenn ihr Mann nicht in der Nähe war.

30. KAPITEL

Klaudia entdeckte das Mädchenfahrrad, als sie in die Einfahrt ihres Hofes einbog. Sie unterdrückte einen Seufzer und stieg aus. Dickie lief ihr entgegen. Den buschigen Schwanz steil erhoben, strich er um ihre Beine. Auf der Treppe zur Eingangstür hockte Annalene und kratzte sich den Lack von den Zehennägeln. Sie blickte nur kurz auf, die Stirn gerunzelt und die Mundwinkel heruntergezogen. Mit jedem Jahr ähnelte Uwes älteste Tochter mehr ihrer toten Mutter. Klaudia wurde das Herz schwer. Wenn sie nicht in den Spreewald gekommen wäre, würde Silke noch leben, wäre ihr kleiner Sohn nicht viel zu früh zur Welt gekommen, wären die Mädchen keine Halbwaisen. Klaudia bückte sich nach dem Kater und strich über sein glattes Fell. Sein Schnurren vibrierte in ihrer Handfläche. Die Entscheidung, sich in den Spreewald versetzen zu lassen, hatte nicht nur sie selbst an den Rand des Todes gebracht, sondern einen Freund und Kollegen zum Witwer gemacht und fast noch das Leben seines Sohnes beendet, bevor es überhaupt begonnen hatte. Und auch wenn Klaudia wusste, dass sie keine Schuld traf, fühlte sie sich schuldig. Ihr Wechsel zur Kripo nach Lübben hatte die Ereignisse in Gang gesetzt. Wäre sie nicht vor ihrem alten Leben davongelaufen, wäre nichts von allem passiert, und Annalene würde nicht mit gesenktem Kopf und runden Schultern bei ihr auf der Treppe hocken. Sie trug Shorts und Flipflops und kratzte wieder an ihren Zehennägeln herum.

»Hi.« Klaudia setzte sich neben sie und streckte die Beine aus. Die Stufen waren noch warm. Seufzend blinzelte sie in die untergehende Sonne. Das hier war nicht das Paradies. Der Schuppen brauchte ein neues Dach, und der Rasen musste unbedingt gemäht werden. Aber es war genau der Ort, wo sie sein wollte. Dickie sprang auf ihren Schoß und rollte sich dort zusammen.

»Wo warst du?«, fragte Annalene in einem Tonfall, als sei sie ihre Mutter und Klaudia zu spät nach Hause gekommen.

»In der Kirche«, antwortete Klaudia amüsiert.

Annalene hatte viele gute Eigenschaften. Geduld gehörte jedoch eindeutig nicht dazu. Wenn sie bei Klaudia aufkreuzte, wollte sie etwas von ihr, und in der Regel wollte sie es sofort. Hier zu warten musste die Hölle gewesen sein.

»Du gehst nie in die Kirche«, behauptete das Mädchen.

»Wird das ein Verhör?« Klaudia musterte Annalene von der Seite. Sie hatte diesen verbissenen Zug um den Mund, der sich immer zeigte, wenn sie sich über ihren Vater beklagen wollte. Klaudia fragte sich, was Uwe diesmal ausgefressen hatte. Es musste schlimm sein, wenn es seine Tochter dazu gebracht hatte zu warten. Hoffentlich will sie nicht bei mir einziehen, dachte Klaudia. Allein bei dem Gedanken stieg Müdigkeit in ihr auf. Der gemeine Teenager an und für sich war schon anstrengend, und Annalene war ein traumatisierter Teenager, also anstrengend hoch zwei.

Eine Fledermaus flog über die Wiese, und Dickie hob den Kopf. Seine Ohren zuckten. Geduckt schlich er über das Gras.

Im Fließ quakte ein Frosch. In der beginnenden Dämmerung tauchte ein Nutria vor dem Anleger auf. Er schien etwas im Maul zu haben, vielleicht einen Fisch. Im letzten Frühjahr hatte sich ein Pärchen oberhalb von Klaudias Haus angesiedelt; sie hatte so manchen Abend damit verbracht, den Nachwuchs bei seinen Spielen zu beobachten.

»Was hat Uwe jetzt schon wieder angestellt?«, fragte sie, um das Verfahren abzukürzen. »Weißt du«, fügte sie um Verständnis werbend hinzu, »er hat eine Scheißzeit hinter sich. Eine Leiche finden ist nie schön, und die war besonders übel. Das kann man einfach nicht so wegstecken.«

»Papa ist okay«, sagte Annalene. »Das ist es nicht, und wenn du bei Tims Geburtstag gewesen wärst, würdest du das auch nicht denken.«

»Ich konnte nicht. Tut mir leid.«

»Papa hat davon erzählt. Muss ein Scheißgefühl gewesen sein.« Wenn ihre Hormone nicht gerade Headbanging veranstalteten, schaffte Annalene es sogar, mitfühlend zu sein. »Aber du hast sie nicht überfahren, oder?«

»Die Frau war bereits tot.«

Ein Schaudern wanderte durch Annalenes Körper. »Ich glaube, so genau wollte ich das gar nicht wissen.«

»Dann frag doch nicht.«

»Bist du jetzt sauer auf mich?«

»Nein.« Klaudia schüttelte den Kopf. »Aber ich wüsste nun schon gerne, was los ist. Wenn Uwe nichts ausgefressen hat, wer dann? Petra Pan?«

Petra Pan war Banus schneeweißes Kaninchen. Seit Klaudia die Familie kannte, war es schon die dritte oder vierte Petra. Irgendwie schafften es die Kaninchen nicht, Banus Liebe langfristig zu überleben, und wurden immer mal wieder heimlich von Uwe oder Banus Großeltern ersetzt. Soweit Klaudia wusste, neigte die aktuelle Petra Pan dazu, Socken zu verschleppen.

»Du willst mich auch nur loswerden!« Annalene stemmte sich in die Höhe, doch Klaudia griff nach ihrem Arm. Sie hätte es wissen müssen. Sie konnte mit jedem reden, leichten Jungs und schweren Mädchen, aber bei pubertierenden Teenagern versagte sie jedes Mal.

»Tut mir leid«, entschuldigte sie sich. »Ich hatte eine Scheißwoche. Also, wer will dich loswerden?«

»Alle.« Annalene zog die Zehen an und streckte sie wieder. Es wirkte, als wollte sie Anlauf nehmen, und genauso stürzte sie in den nächsten Satz. »Tanja will heiraten«, stieß sie hervor.

»Wen?«, fragte Klaudia.

»Wen wohl«, fauchte Annalene. »Papa natürlich.«

»Das ist doch …« Klaudia hatte keine Ahnung, wie sie diesen Satz beenden sollte. Toll? Unmöglich? Das Letzte? Jede dieser Endungen passte zu ihren Empfindungen. Sie hätte nie gedacht, dass diese Sache mit Tanja wirklich ernst war. Sie hatte immer angenommen, es sei vorübergehend, eine Phase in Uwes Trauer. Sie dachte an ihre Begegnung auf dem Friedhof, wie Uwe sie gehalten hatte und wie gut sich das angefühlt hatte. Das war das Schlimmste am Singledasein. Niemand berührte einen mehr. Kein Wunder, dass man anfing, Katzen mit ins Bett zu nehmen. Warum hatte Uwe es ihr nicht erzählt? Warum hätte er darüber sprechen sollen?, rief sie sich selbst zur Ordnung. Weil wir Freunde sind?

»Absolute Scheiße«, fluchte Annalene in Klaudias Gedanken hinein.

»Nun ja.« Klaudia war hoffnungslos überfordert. Egal, was sie sagte, Annalene würde es in den falschen Hals kriegen. Am besten wäre es gewesen, einfach nichts zu sagen.

Klaudia wusste, dass Uwes Tochter eigentlich nur hören

wollte: Du hast recht. Die beiden sind Idioten. Wie können wir diese Heirat verhindern? Es wäre der einfache Weg, aber sie schuldete Uwe etwas. Also ergriff sie seine Partei. »Die beiden sind schließlich schon eine Weile zusammen.«

»Deshalb müssen sie ja nicht gleich heiraten. Ich dachte, die bumsen nur miteinander.«

Da sind wir schon mal zwei, dachte Klaudia, auch wenn sie es anders ausgedrückt hätte.

»Ich hab immer gedacht ...« Annalene stockte und wischte sich mit dem Handrücken über die Nase.

»Hier.« Klaudia kramte ein Taschentuch aus ihrem Rucksack und reichte es ihr. »Es ist ihr Leben«, sagte sie hilflos. »Und wenn sie heiraten wollen.«

»Sie will«, zischte Klaudia. »Die Schnepfe hat es doch nur darauf abgesehen, sich ins gemachte Nest zu setzen. Sie plant sogar schon Umbauten.«

»Ich dachte, du verstehst dich mit ihr.«

»Sie ist Chantalles Mutter«, erwiderte Annalene.

Chantalle war Annalenes beste Freundin seit Kindergartentagen.

»Von mir aus kann er auch mit ihr pennen.« Annalene kratzte wieder an ihren Zehennägeln herum.

Klaudia widerstand dem Impuls, ihr auf die Hand zu schlagen.

»Ich meine, irgendwo muss er ja hin mit seinen Bedürfnissen, und Tanja ist besser als ...«

»Stopp!« Abwehrend hob Klaudia die Hände. »Ich will das nicht hören.«

»Mein Gott, bist du prüde.« Annalene grinste kurz.

»Was sagt denn Banu dazu?«

»Was glaubst du?«, fauchte Annalene. »Die überlegt schon, welche Schleife sie Petra Pan zur Trauung umbindet.«

»Sie ist ja auch noch klein«, räumte Klaudia ein. »Und Chantalle?«

»Der ist das egal. Die hängt doch nur noch mit diesen Wolfspaten ab. Außerdem soll sie dein Apartment kriegen.«

»Es ist nicht mein Apartment«, korrigierte Klaudia sie sanft. »Es ist die Einliegerwohnung im Haus deines Vaters, in der ich einige Zeit gewohnt habe.«

»Ist doch egal«, beharrte Annalene. »Du weißt, was ich meine.«

»Bist du eifersüchtig?« Es brauchte nicht Annalenes verächtliches Schnauben, um Klaudia klarzumachen, dass sie die falsche Frage gestellt hatte.

»Das ist Kinderkacke. Ich komme hierher, weil Tanja meinen Vater heiraten will, und du hast nichts Besseres zu tun, als mich zu fragen, ob ich eifersüchtig bin. Geht's noch!«

»Und was soll ich deiner Ansicht nach tun?« Hilfesuchend sah Klaudia sich um. Wenn man den Kater mal brauchte, war er nirgends zu sehen.

»Sprich mit Papa.«

»Ehrlich.« Klaudia holte tief Luft. »Wie kommst du darauf, dass das was helfen würde. Oder wie kommst du darauf, dass ich mich einmischen würde? Wenn dein Vater heiraten will, dann gratuliere ich ihm und wünsche ihm alles Gute. Es ist drei Jahre her.« Klaudia wollte sich in die Höhe stemmen, das Gespräch beenden, doch Annalenes Finger umschlossen ihr Handgelenk. Dafür, dass sie so dünn waren, hatten ihre Finger erstaunlich viel Kraft.

»Du hörst mir nicht zu«, flüsterte Annalene. »Papa will nicht heiraten.«

»Aber das hast du gerade gesagt.«

»Nein«, widersprach Annalene. »Ich habe gesagt: Tanja will ihn heiraten.«

»Nun, zum Heiraten gehören immer zwei.«

»Eben«, bestätigte Annalene. »Aber es müssen die richtigen beiden sein. Nicht so eine wie Tanja, die sich einfach nur ins gemachte Nest setzen will.«

»Sie hat Uwe sehr geholfen.«

»Aber sie war nicht für uns da, als wir wirklich Hilfe gebraucht haben. So wie du.«

»Was meinst du damit?« Klaudia dachte erneut an ihre Begegnung mit Uwe an Silkes Grab. Wie er den Arm um ihre Schultern gelegt hatte, wie wohl sie sich gefühlt hatte. Du bist nicht in ihn verliebt, rief sie sich selbst zur Ordnung, und er nicht in dich. Sie war sich sicher, dass das stimmte, trotzdem schaffte sie es nicht, Annalene ins Gesicht zu sehen.

31. KAPITEL

Um seiner Mutter aus dem Weg zu gehen, schlich Thorsten aus dem Haus, als hätte er das Familiensilber geklaut. Sie würde wissen wollen, wohin er wollte, und wahrscheinlich würde sie wieder weinen, so wie sie gestern den ganzen Abend geweint hatte. Seine Schwester war am Morgen abgereist, auch sie hatte viel geweint. Thorsten hatte nicht geahnt, wie sehr ihr seine Verhaftung zugesetzt hatte. Sie hatte immer zu ihm aufgeblickt und war einfach nur dankbar, dass der Albtraum vorbei war. Seine körperlichen Veränderungen schien sie nicht einmal zu bemerken. Für sie war es nur wichtig, dass er unschuldig war. Mit seinem Vater war es nicht ganz so einfach gewesen. Auch er war natürlich froh, dass Thorsten unschuldig war, andererseits gelang es ihm nicht, sein Entsetzen über Thorstens verändertes Aussehen zu verbergen. Jetzt war er in der Apotheke, was immer er dort am Sonntag zu erledigen hatte, und Thorstens Mutter bügelte im Keller. Er selbst hatte behauptet, sich aufs Ohr hauen zu wollen. Sie alle brauchten eine Auszeit voneinander, aber was noch wichtiger für Thorsten war: Er brauchte Absolution.

Der Regionalzug war voller, als Thorsten erwartet hatte. Ausflügler kehrten nach Berlin zurück und dösten, den Kopf an die Scheibe gelehnt, dem Ende des Wochenendes entgegen. Trotzdem blieb der Platz neben Thorsten frei. Die Menschen musterten ihn kurz, dann stolperten ihre Blicke hastig weiter. Er hatte das Gefühl, ein Schild auf der Stirn zu haben, auf dem Exknackie stand. Einerseits trieb ihm dieses Misstrauen den Schweiß auf die Stirn. Andererseits war er froh. Die erste Lektion im Knast war: Lass niemanden auf Schlagweite an dich heran. Die Klamotten, die seine Mutter gekauft hatte, passten so gerade. Thorsten hatte einmal eine Doku über Libellen gesehen. Die Larven der Libellen wuchsen im Wasser heran, und wenn es dann soweit war, dass sie Libellen werden sollten, stiegen sie an Halmen hoch und fingen an, sich aufzupumpen. Das machten sie so lange, bis ihr Panzer platzte. Ungefähr so fühlte sich Thorsten: Ein tiefer Atemzug, und das Hemd würde zerreißen. Er war erleichtert, als er am Bahnhof Zoo aussteigen konnte, stellte dann jedoch fest, dass sich der gesamte Bahnhof in eine Baustelle verwandelt hatte. Schließlich fand er den Zugang zur U-Bahn und fuhr mit der U9 zum Walther-Schreiber-Platz. Zwei Stufen auf einmal nehmend sprintete er die Treppe hinauf. In diesem Teil von Berlin schien die Zeit still zu stehen. Vor der Shisha-Bar hockte immer noch die gleiche Mischung aus Hipstern und Muskeltürken, vielleicht waren noch ein paar Marokkaner dazu gekommen.

Thorsten sah hinüber zu dem sonnengelben Haus auf der

anderen Straßenseite. Eckbalkone, Geranien, blitzende Fenster, ein Café. Entweder war es neu, auch wenn es nicht so aussah, oder er hatte es damals schlichtweg übersehen. Damals hatte er eine Menge übersehen. Thorsten überquerte die Straße und wurde dabei fast von einem Radfahrer über den Haufen gefahren. Fluchend sprang er zurück. Das war der Moment, wo er am liebsten umgekehrt wäre. Einfach wieder in die U-Bahn steigen und zurückfahren. Doch es gab kein Zurück. Mit jedem Schritt pochte sein Herz schneller.

Ich habe Jenni nicht getötet, habe sie nicht getötet, habe nicht getötet, flüsterte er lautlos. Schließlich stand er vor dem Klingelschild: H. und J. Böseke. Jennis Mutter hatte nicht einmal das Namensschild erneuert. Hatte sie es nicht übers Herz gebracht? Oder hatte sie auf ihre Tochter gewartet? Weil ihre Leiche nie gefunden worden war? Oder hatte sie die ganze Zeit gewusst, dass Jenni lebte?

Thorstens Hand zitterte, als er den Klingelknopf drückte.

Jennis Mutter musste zu ihm aufblicken. Sie starrte ihn an, ohne zu blinzeln. Schließlich trat sie zur Seite und bat ihn mit einer müden Handbewegung, ihr zu folgen. Sie führte ihn ins Wohnzimmer und wies auf die Couch. Das Polstermöbel steigerte Thorstens Unbehagen. Es war zu tief und zu weich, wie zwei Berggipfel ragten seine Knie vor ihm auf. Jennis Mutter selbst blieb stehen und blickte auf ihn herab. Nicht vorwurfsvoll, nicht wütend, sondern einfach nur verständnislos und unendlich traurig. Thorsten hatte sie das letzte Mal bei der Urteilsverkündung gesehen. Damals war sie eine hochgewachsene und ein wenig stämmige Frau mit zu einem Zopf gebundenen Haaren gewesen. Den Zopf trug sie immer noch, doch ihre gesamte Gestalt schien geschrumpft zu sein. Auf einmal wusste er, dass sie keine Ahnung gehabt hatte. Für sie war Jenni gerade zum zweiten Mal getötet worden.

Thorsten wandte den Blick ab, er ertrug den Schmerz nicht, der sich in ihren Augen spiegelte. Doch wohin er auch sah, Jenni war allgegenwärtig. Fotos von ihr standen in jedem Regal und hingen auf jedem freien Fleck an der Wand. Jenni im Planschbecken, mit Schultüte, im Dirndl, am Meer. Thorsten schluckte. Auf jedem der Bilder lachte Jenni. Sie hatten viel zusammen gelacht, und er hatte erst später begriffen, wie traurig sie hinter ihrer Fröhlichkeit gewesen war.

»Seit wann bist du draußen?« Jennis Mutter setzte sich nun doch und griff nach einem Tabakpäckchen, das auf dem Couchtisch lag. Mit geschickten Fingern drehte sie sich eine Zigarette und steckte sie an.

»Seit Freitag«, antwortete Thorsten.

»Was hast du ihr angetan?« Selbst der Vorwurf klang teilnahmslos.

»Ich weiß es nicht.« Er zögerte. »Ich weiß nicht, was in der Nacht passiert ist. Wir hatten was getrunken und Drogen genommen.« Es gab keinen Grund, irgendetwas zu verheimlichen. Schließlich war alles bei der Verhandlung zur Sprache gekommen. »Wir haben uns gestritten, und dann war Jenni fort.«

»Du hast den Mord gestanden.« Knisternd brannte das Zigarettenpapier herunter. Jennis Mutter blies den Rauch in Richtung des offenstehenden Fensters. Der Lärm eines vorbeifahrenden Busses dröhnte zu ihnen hinauf. Gelächter schallte über die Straße. »Du musst ihr sehr weh getan haben.«

»Ich weiß es nicht. Ich weiß es wirklich nicht, Frau Böseke.«

»Du kannst mich Helga nennen.« Jennis Mutter drückte die Zigarette aus und drehte sich gleich eine neue. »Die Polizei war hier. Sie haben mich nach einem jungen Mann gefragt.« Ihre Stimme klang tonlos.

»Mike Kaprolat.« Es war eher eine Feststellung als eine Frage.

»Kanntest du ihn?« Helga hielt die Selbstgedrehte vor die Lippen, vergaß aber, die Gummierung mit der Zunge anzufeuchten.

»Ich weiß nicht.«

»Du weißt viel nicht, was?«

»Ich war die letzten Jahre im Gefängnis für einen Mord, den ich nicht begangen habe«, erinnerte Thorsten sie.

»Dieser Kaprolat ist tot.«

»Tot?« Thorsten schluckte. »Wie ist das passiert?«

»Keine Ahnung.« Helgas Zunge glitt nun doch über das Zigarettenpapier. »Sie sagen einem ja nichts.«

»Verdammt«, murmelte Thorsten.

»Hast du Jenni geliebt?«

»Ich glaube«, antwortete Thorsten, das klang besser als: Ich weiß nicht. Er hatte zwei Jahre Zeit gehabt, über diese Frage nachzudenken, und noch immer keine Antwort. »Ich mochte sie. Wir hatten Spaß zusammen.«

»Mit euren Drogen.« Jennis Mutter drückte die Zigarette aus. Sie hatte sie nicht einmal angesteckt.

»Damit auch«, räumte Thorsten ein. »Aber auch so.«

»Ich habe dich einmal gesehen«, sagte Jennis Mutter. »Unten vor dem Haus. Ich habe gedacht, endlich hat sie mal einen, der nicht doppelt so alt ist wie sie.«

»Echt jetzt?« Thorsten starrte auf die Fotos. Ihm dämmerte, dass er Jenni kaum gekannt hatte.

»Du hast dich verändert«, sagte Jennis Mutter. »Warum?«

Sie war die Erste, die ihm diese Frage stellte.

»Die erste Zeit war sehr schwierig.« Thorsten starrte auf seine Oberschenkel, die vor ihm aufragten. Hinter all diesen Muskeln hockte der zu Tode erschrockene Thorsten, der den panischen Schrei einer Frau hörte. »Mich anzustrengen hat mir geholfen, mit allem fertig zu werden.«

»Auch mit Jennis Tod?«

»Nein, damit nicht. Aber ich konnte darüber sprechen.«

»Mit deinen Kumpels?« Helgas Stimme bekam einen eisigen Klang.

»Mit einer Seelsorgerin.«

»Hab ich auch mal versucht.« Helga strich mit dem Zeigefinger über die auf der Tabakpackung abgebildeten Zahnstümpfe. »Es war ein Pfarrer, aber irgendwie hatte ich das Gefühl, dass er Jenni die Schuld gab. Bist du erleichtert?«

»Eigentlich nicht«, antwortete Thorsten. »Ich bin froh, dass ich sie nicht umgebracht habe, aber …«

»Du fragst dich, warum sie dir das angetan hat – zu verschwinden«, flüsterte Jennis Mutter.

»Ja.« Thorsten hatte das Gefühl, nicht mehr atmen zu können. Er stemmte sich in die Höhe und trat ans Fenster.

»Ich mich auch. Das ist jetzt fast noch schlimmer als damals«, murmelte Helga und drehte sich die nächste Zigarette. »Allein der Gedanke, dass sie zwei Jahre da draußen war, ohne auch nur ein Lebenszeichen von sich zu geben, ist unvorstellbar.«

»Und Sie haben keine Idee, wo Jenni gewesen sein könnte?«

»Nein.« Helga starrte auf die dünne Rauchsäule, die von ihrer Zigarette aufstieg. »In meinen Träumen irrt sie orientierungslos durch den Wald. Einsam, immer auf der Suche nach einem Ausgang. Und ich kann sie nicht erreichen. Und jetzt das mit diesem Jungen? Ich kannte ihn nicht, und ich frage mich, ob sie die ganze Zeit bei ihm war und was passiert sein muss, dass sie nun tot ist.« Helga schlug die Hände vors Gesicht.

Thorsten hörte ihr Schluchzen und trat hilflos zu ihr. Er

wusste nicht, wie er mit ihr umgehen sollte. Schließlich legte er ihr die Hand auf die Schulter, die aber riesig und deplatziert wirkte. Trotzdem ließ er sie liegen, bis das Schluchzen verebbte.

Mit tränennassen Augen blickte Helga zu ihm auf. »Danke«, sagte sie schlicht. »Das ist das Schlimmste am Zurückbleiben. Niemand berührt einen mehr.«

»Was ist mit Jennis Vater?«

»Der hat sich verpisst, als ich mit Jenni schwanger war. Wir haben nie wieder etwas von ihm gehört.«

»Er stammte aus der Gegend, oder?«

»Woher weißt du das?«

»Jenni hat mir von ihm erzählt.« Thorsten erinnerte sich an ihr Gespräch an ihrem letzten Abend. Sie hatten Kartoffeln ins Feuer geworfen und tranken Wein. Noch hatten sie nichts eingeworfen, sie wollten erst essen. Sie sprachen über ihre Eltern, und Jenni hatte Bilder seiner Familie sehen wollen. Er hatte nur ein Foto seiner Mutter auf dem Handy. Jenni hatte mehr Fotos. Die meisten waren Selfies von ihr und ihrer Mutter, aber eins zeigte sie auch mit ihrem Vater, einem fülligen Mann mit zurückweichendem Haar, der die Augen gegen die Sonne zusammenkniff.

»Sie hat mich immer gelöchert. Wie war er? Warum ist er fortgegangen. Irgendwie hat sie mir die Schuld gegeben. Sie hat wohl gedacht, dass ich es hätte verhindern können.« Helga wandte den Blick ab.

Thorsten überlegte, ob er ihr erzählen sollte, dass Jenni ihren Vater gefunden hatte, doch er entschied sich dagegen. Wenn Jenni es ihr nicht gesagt hatte, war es vielleicht besser, wenn sie es nicht wusste. Er erhob sich. »Ich muss gehen«, sagte er. »Wissen Sie, wo es passiert ist?«

»Nicht genau.« Jennis Mutter wiegte nachdenklich den

Kopf. »Nur dass es in der Nähe von Lübbenau an der Landstraße passiert sein muss. Was willst du jetzt tun?«

»Mich von Jenni verabschieden.«

»Du willst da hinfahren – zu dieser Landstraße?«

Thorsten nickte.

»Die Polizei sagt, dass jemand ein Kreuz dort aufgestellt
hat. Willst du es wirklich suchen?«

»Ich muss.«

»Ja«, sagte Helga nachdenklich. »Das musst du wahrscheinlich.«

»Und Sie?« Thorsten verließ das Wohnzimmer.

»Ich?« Helga blickte sich in ihrem Wohnzimmer um. »Ich
will nicht sehen, wo sie gestorben ist. Ich bleibe, wo sie gelebt
hat. Hier ist sie mir am nächsten.«

Thorsten war schon im Treppenhaus, als Jennis Mutter ihn
zurückrief.

»Hier.« Sie drückte ihm das Foto von Jenni im Dirndl in die
Hand.

32. KAPITEL

Auch wenn die Ermittlungen zurückgefahren waren, hielten
sie Klaudia und ihre Kollegen weiterhin auf Trab. Untersu-
chungsergebnisse trudelten ein und mussten in die Fallakten
übertragen werden, Spuren mussten katalogisiert und Berichte
geschrieben werden. Auch ein ruhender Fall machte Arbeit.
Und eigentlich war Klaudia froh darüber. Annalenes Überra-
schungsbesuch hatte sie aus dem Gleichgewicht gebracht. In
der Nacht hatte sie von Uwe geträumt, und das waren keine
Träume gewesen, die man einfach so erzählen konnte. Allein
daran zu denken verursachte ein Kribbeln in ihrem Schoß.

Während Demel bei einem Einbruch war, arbeiteten sich Klaudia und Thang durch die Berichte. Wie immer war es stickig in ihrem Büro unter dem Dach. Klaudia fächelte sich mit einer Akte Luft zu, während sie in dem umfangreichen Bericht las, den Eberswalde geschickt hatte. Grafiken demonstrierten, dass Jennifer Böseke von hinten mit hohem Tempo angefahren worden war.

»Das war kein Unfall.« Sie lehnte sich in ihrem Stuhl zurück. »Das war Mord.«

»Das bestreitet auch niemand.« Thang misshandelte seine Tastatur. »Nur liegt unser einziger Verdächtiger ebenfalls in der Rechtsmedizin. Und wie du weißt, ermittelt der Staat nicht gegen Tote.« Das Klingeln, mit dem sich die Schranke schloss, kündigte einen Zug an.

»Das ist wirklich frustrierend. Wir wissen nicht einmal, wo sie gewesen sein könnte. Ich meine: Irgendwo muss sie schließlich die letzten beiden Jahre verbracht haben. Und warum ist sie überhaupt verschwunden?« Klaudia schnaubte unzufrieden. Sie war zur Kriminalpolizei gegangen, um Fälle zu lösen, nicht, um sie zu den Akten zu legen.

»Vielleicht hatte sie das Gedächtnis verloren.«

»Auch möglich.« Klaudia ärgerte sich, dass sie nicht selbst auf diesen Gedanken gekommen war. Natürlich. Die Schädelverletzung.

»Irgendjemand muss sich um sie gekümmert haben«, murmelte Thang und klopfte sich wieder gegen die Schneidezähne. »Mit so einem Schädelbasisbruch machst du schließlich nicht einfach so weiter, als wäre nichts geschehen.«

»Und dieser Jemand hat weder die Polizei informiert noch sie ins Krankenhaus gebracht, denn das wüssten wir«, entwickelte Klaudia den Gedankengang weiter. Missmutig ließ sie die Akte, mit der sie sich Frischluft zufächelte, auf ihre Computertastatur fallen. »Wer macht so was?«

»Jemand, der etwas zu verbergen hat.«

»Hatte die Strahl etwas zu verbergen?«

»Nicht so wirklich«, gab Thang zu.

»Außerdem gibt es keine Spuren in Strahls Haus, die diese Hypothese stützen.«

»Noch nicht«, erwiderte Thang gelassen.

»Apropos Spuren.« Klaudia scrollte sich durch den Vorgang. Vergeblich. »Ist der Hund genesen?«

»Wohl noch nicht. Aber was versprichst du dir davon?«

»Du hast recht. Eigentlich können wir die Sache abblasen. Oder vielleicht kann der Hund ihre Spur finden?« Klaudia tippte eine Erinnerung in ihr Handy.

»Kannst du nicht einfach abwarten, bis wir die Spuren ausgewertet haben, die wir bereits haben?«, fragte Thang. »Oder willst du auf Biegen und Brechen beweisen, dass Jennifer Böseke nicht in Strahls Haus war?«

»Ich weiß einfach, dass sie nicht dort gelebt hat«, beharrte Klaudia. »Sie muss woanders hergekommen sein.«

»Aber wie willst du das beweisen?«, fragte Thang. »Wir können nicht jedes Haus im Umkreis abklappern, um DNA von ihr zu finden. Außerdem kann sie überall gewesen sein, auch außerhalb vom Spreewald.«

»Sie hatte keine Tasche, nichts sonst dabei.«

»Wir haben nichts bei ihr gefunden«, korrigierte Thang sie.

»Okay.« Klaudia griff wieder nach der Akte. »Nur mal angenommen.« Sie lehnte sich zurück. »Mike hat sie überfahren, dann angehalten und – was immer sie bei sich hatte – mitgenommen. Kannst du mir folgen?« Klaudia blickte zu Thang, der wie schlafend in seinem Sitz hing.

»Ich hoffe, die Frage war theoretisch«, knurrte er.

»Müssten dann nicht auch Spuren von ihr im SUV sein?«

»Nicht zwangsläufig«, antwortete Thang schließlich. »DNA-Spuren sind schließlich keine Schuppen.«

Klaudia beugte sich zur Seite und öffnete die Schreibtischschublade, die Büroklammern und ihre Notvorräte enthielt. Ihr Gehirn brauchte jetzt unbedingt Zucker.

»Mist«, presste sie zwischen zusammengepressten Zähnen hervor. Selbst die vertrocknete Lakritzschnecke war den Ermittlungen zum Opfer gefallen, und sie hatte vergessen nachzufüllen. Sie knallte die Schublade zu und kassierte dafür einen vorwurfsvollen Kollegenblick.

»Müsste dann nicht der Fußraum auf der Fahrerseite verschmutzt gewesen sein?« Ihr Gehirn lief auf Notzucker, aber immerhin lief es noch.

»Spricht jetzt die Hausfrau, oder was?« Thangs Augenbrauen wanderten in die Höhe.

»Spar dir deinen Alltagssexismus. Außerdem sind saubere Autos ja wohl eher Männersache.« Klaudia grinste. »Es hat in der Nacht wie aus Eimern geschüttet. Ich weiß, dass du Besseres zu tun hattest, als zum Fenster rauszuschauen.« Sie genoss das Vergnügen, dass Thang ihrem Blick auswich und auf seinen Computer starrte. »Aber ich war da.«

»Okay«, sagte Thang gedehnt.

»Durch den Unfall wurde das Opfer auf den Acker geschleudert. Wenn Kaprolat sich also an der Toten zu schaffen gemacht hat, muss Erde an seinen Schuhen gewesen sein ...«

»Davon steht nichts in der Akte.« Thang scrollte sich durch den Bericht aus Eberswalde. »Außerdem könnte ihre Tasche wer weiß wohin geflogen sein. Nicht jeder trägt einen Rucksack.«

»Das ist ein Punkt«, räumte Klaudia ein.

»Also sind wir so klug wie zuvor. PH hat recht, lass uns einfach in dem Fall aufräumen und gut ist. Irgendwie sind alle tot, die damit zu tun haben könnten.«

»Vielleicht nicht«, widersprach Klaudia. »Die Frau vom Apotheker war übrigens nicht bei der Chorprobe.« Sie berichtete Thang, was sie von Schiebschick wusste.

»Und jetzt verdächtigst du sie?« Thangs Stimme klang spöttisch. Er nahm selten ernst, was der alte Fährmann sagte.

»Immerhin hat sie uns angelogen.«

»Wie wahrscheinlich neunzig Prozent aller Bürger. Hast du noch nie die Polizei angelogen?«

»Nein«, antwortete Klaudia, obwohl ihr bewusst war, dass sie gerade jetzt wieder einen Polizisten belog. »Trotzdem.«

»Lass uns erst einmal das abarbeiten, was wir haben. Vielleicht finden wir ja einen Hinweis, den wir bis jetzt übersehen haben.«

»Willst du mich gerade trösten?«

»Wenn du es so siehst, dann gerne.«

»Also gut.« Nachdenklich kratzte Klaudia an einem Mückenstich herum. »Ich glaube, ich muss mir nachher in der Apotheke etwas gegen den Juckreiz besorgen.«

»Dann kauf dir auch gleich einen Mentholstift.« Thang grinste breit. »Morgen um acht Uhr ist die Obduktion. Professor Stemmler freut sich schon auf uns.«

»Du mich auch«, knurrte Klaudia und vertiefte sich wieder in den Bericht aus Eberswalde.

Klaudia hatte Glück und fand einen Parkplatz direkt vor der Apotheke. Kühle Luft strömte ihr entgegen, als die Glastür aufglitt. Eine Mutter mit Kleinkind auf dem Schoß wartete auf der Bank neben dem Wasserspender. Sie lächelte Klaudia freundlich an. Die Auszubildende erschien aus einem der Nebenräume. Sie stockte, als sie Klaudia sah, und ihre Augen füllten sich mit Tränen. Sie blieb hinter dem Verkaufstisch stehen.

Klaudia ging zu ihr hinüber. »Guten Tag, Frau Grube. Ich hätte gerne etwas gegen Mückenstiche.«

»Sie haben Mike gefunden, nicht wahr?«, fragte die Auszubildende, während sie Klaudia das Gewünschte reichte. Die Stimme des Mädchens klang belegt, ihre Augen waren gerötet.

»Es tut mir leid.« Klaudia wusste, wie das Mädchen sich fühlen musste, und wahrscheinlich hatte sie niemanden, mit dem sie darüber sprechen konnte. »Sie mochten ihn, nicht wahr?«

»Es ist alles so grässlich. Die Leute sagen, er hätte diese Frau überfahren und Frau Strahl getötet. Stimmt das?«

»Ich kann leider nicht mit Ihnen über laufende Ermittlungen sprechen.«

»Aber Mike hätte das nie getan. Im Leben nicht.«

»Hat er mal mit Ihnen über Frau Strahl gesprochen?«

»Er fand sie komisch.«

»Komisch im Sinne von ...?«, fragte Klaudia.

»Verrückt eben. Sie halte sich für eine Hexe und fasele ständig so merkwürdiges Zeug. Aber ansonsten sei sie ganz in Ordnung, hat er gemeint.«

Genau das Gleiche hätte auch Klaudia über die Spreewaldhexe gesagt. »Ich würde gerne Frau Zink sprechen. Ist sie da?«

»Tut mir leid, sie macht im Moment die Auslieferungen. Jetzt, wo Mike nicht mehr da ist.« Roberta Grube stieß einen trockenen Schluchzer aus. »Haben Sie bei der Adresse etwas herausbekommen?«

»Welcher Adresse?«, fragte Klaudia.

»Die ich Ihnen gegeben habe«, antwortete Roberta Grube, »von dem Patienten mit dem BTM-Rezept.«

»Noch nicht«, räumte Klaudia ein. An diese Lieferung hatte sie überhaupt nicht mehr gedacht. »Aber auf jeden Fall werden wir das noch klären.« Sie würde Thang bitten, sich darum zu kümmern.

Der Apotheker erschien nun ebenfalls aus den hinteren Räumen. Er stutzte, als er Klaudia sah. »Würden Sie das bitte der Kundin geben?« Er drückte der Auszubildenden eine weiße Tube in die Hand. »Was kann ich diesmal«, er betonte das letzte Wort so, dass es im Subtext »schon wieder« bedeutete, »für Sie tun?«

»Ich hätte gerne mit Ihrer Frau gesprochen. Aber sie ist nicht da, wie mir Frau Grube gerade sagte.«

»Genau«, bestätigte Zink. »Sie liefert noch aus.«

»Ist sie schon lange unterwegs?«

»Anschließend wollte sie wieder zu ihrem Vater.«

Es klang, als würde er sich ein wenig vernachlässigt fühlen. Seine Frau war offensichtlich zu oft bei ihrem Vater. »Es ist nicht leicht, wenn die Eltern krank werden.« Auch wenn Klaudia den Apotheker nicht leiden konnte, war ihre Empathie echt. Sie dachte an ihren eigenen Vater, dessen Gehirn sich mit Hohlräumen füllte.

»Ich weiß nicht, was das auf einmal soll«, schnaubte der Apotheker. »Bisher ist mein Schwiegervater blendend allein zurechtgekommen.«

»Bisher?«

»Ja. Es hat ihm völlig gereicht, wenn Rena ihm seine Medikamente gebracht hat. Er leidet an Multipler Sklerose, das ist …«

»Ich weiß«, unterbrach Klaudia ihn. Sie hatte keine Lust auf einen medizinischen Vortrag.

»Na ja, wie dem auch sei.« Zink richtete seinen Krawattenknoten. »Bisher konnte er auf jeden Fall gut ohne Renas Hilfe auskommen, aber seit ein paar Tagen ist sie ständig bei ihm. Ausgerechnet jetzt.«

»Ja«, sagte Klaudia und dachte an den alten Mann am Ende der Sackgasse. Sie hatten ihn befragt, und er hatte behauptet, nichts von einem Mädchen zu wissen. Aber wie sagte Thang so schön treffend? Die meisten Bürger belügen die Polizei.

33. KAPITEL

Thorsten hockte vor seinem Rennrad, tropfte Öl auf die Kette und pumpte die Reifen auf. Zwei Jahre hatte er nur davon träumen können, eine Straße entlangzufahren. Er stemmte sich in die Höhe und schob es aus der Garage. Fahrradfahren verlernt man nicht. Er betete diesen Satz wie ein Mantra. Er brauchte die Ermutigung, um sich auf das Rad zu schwingen, doch dann ging es besser als gedacht.

Er hatte gewartet, bis seine Mutter das Haus verließ, um einzukaufen. Sie war noch verärgert wegen seiner Fahrt nach Berlin. Sie hatte sich Sorgen gemacht, weil er so lange geschlafen hatte. Auf ihr Klopfen hatte er nicht reagiert. Also war sie voller Panik in sein Zimmer, und dass er nicht tot im Bett lag, hatte sie nur kurzfristig beruhigt. Diesmal lag ein Zettel auf dem Küchentisch. Thorsten wollte nicht, dass sie sich sorgte, er wollte das hier allein durchstehen. Er musste diesen Ort sehen, an dem Jenni überfahren worden war, einfach, um abschließen zu können.

Den Vormittag hatte er damit verbracht, so viel wie möglich über Jennis Tod und den von Mike herauszufinden. Freier Internetzugang, noch so ein Luxus, an den er sich wieder gewöhnen musste. Zu seiner Überraschung hatte es eine weitere

Tote gegeben. Irgendwie wirkte das auf ihn, als sei Jennis Tod der Dominostein gewesen, der die anderen zum Umfallen gebracht hatte.

Seit er erfahren hatte, dass er Jenni nicht getötet hatte, war er im Wesentlichen erleichtert und wütend gewesen. Er hatte sich die ganze Zeit gefragt, wie sie ihm das hatte antun können. Nun fragte er sich, ob sie wirklich freiwillig dort geblieben war, wo immer das gewesen war, oder ob sie nicht auch eine Gefangene gewesen war. Die Bilder, die dieser Gedanke in ihm lostrat, waren so übel, dass Thorsten mit der Faust gegen die Wand schlug.

Bevor er losfuhr, kehrte Thorsten noch einmal in sein Zimmer zurück und holte das Foto, das ihm Helga gegeben hatte. So wäre Jenni bei ihm, wenn er am Kreuz an sie denken würde.

Zwei Stunden später stieg Thorsten in Lübben aus dem Zug. Sein Plan war einfach: entlang der Landstraße nach Lübbenau nach einem Holzkreuz Ausschau halten. Allerdings war das einfacher gesagt als getan. Sein Weg führte ihn durch Wälder und Ortschaften, über asphaltierte Straßen und über Kopfsteinpisten, die so uneben waren, dass seine Zähne aufeinanderschlugen. Trotzdem tat es gut, den Fahrtwind im Gesicht zu spüren. Als Schüler und auch noch als Student war er viel mit dem Fahrrad unterwegs gewesen, jetzt merkte er seinen Hintern schon kurz hinter der Lübbener Stadtgrenze. Kurz hinter Ragow wollte Thorsten aufgeben und umkehren, da sah er an einem Abzweig einen Mann im Rollstuhl. Wahrscheinlich wäre Thorsten achtlos weitergefahren, wenn der Mann nicht so umständlich rangiert hätte. Er bremste ab. Was immer der Mann vorhatte, schien nicht so einfach zu sein, er setzte mehrere Male vor und zurück, doch schließlich hatte er es geschafft. Und dann sah Thorsten auch das Kreuz. Es stand auf dem Randstreifen neben einem Acker. Ein schlichtes Holzkreuz, zwei zusammengenagelte Bretter, mehr nicht. Der Mann legte eine Hand auf den Querbalken und senkte den Kopf wie zum stillen Gebet. Thorsten stieg vom Rad. Wer war dieser Mann und wieso betete er an Jennis Kreuz? Die Sonne brannte auf Thorstens Nacken, während er auf der Landstraße stand und den Mann beobachtete. Schweiß rann ihm in die Unterhose, und seine Kehle schwoll an vor Durst. Was immer der Inhalt der stillen Zwiesprache war, die dieser Mann im Rollstuhl mit Jenni hielt, sie dauerte lange. Endlich rollte er zurück auf den Weg und wendete. Ohne sich noch einmal umzublicken, rollte er davon. Thorsten schob sein Rad in die Seitenstraße und folgte ihm. Am Kreuz hielt er inne. Der Unfall hatte eine Schneise der Verwüstung in den Acker gefräst. Thorsten hoffte, dass es schnell gegangen war und dass Jenni nicht gelitten hatte. Nicht am Tag ihres Todes und auch nicht in den Jahren davor.

Thorsten schob sein Rad weiter den Weg entlang. Es war ein einsamer Weg. Rechts und links Äcker, vor ihm die Silhouette des Waldes. Die Sonne brannte auf seinen Nacken. Die Räder des Rollstuhls hinterließen schmale Linien auf dem staubigen Asphalt. Der Mann hielt vor einem verschlossenen Hoftor. Polizeiband war davor gespannt und flatterte im Wind. Die Hand auf dem Gatter und den Kopf gesenkt, schien er auch hier eine stille Zwiesprache zu halten. Ein einsamer Kopfkissenbezug flatterte im Wind. Hinter Thorsten brummte ein Automotor. Das hohle Geräusch von Rädern, die über Asphalt rollen.

Hastig stellte Thorsten sein Rad auf den Ständer und hockte sich vor den Vorderreifen. Auch der Mann hatte den Wagen gehört. Er drehte den Rollstuhl in Thorstens Richtung, ihre Blicke begegneten sich, und dann war der Wagen zwischen ihnen. Es war ein Mercedes. Eine Frau saß am Steuer. Sie klebte geradezu hinter der Windschutzscheibe. Es sah aus, als klammere sie sich ans Lenkrad. Sie bremste und hielt vor dem Haus mit dem Flatterband. Aus den Augenwinkeln sah Thorsten, wie sie ausstieg und zu dem Mann im Rollstuhl ging. Die beiden schienen sich zu kennen. Die Frau beugte sich vor und redete auf den Mann ein. Unwillig schüttelte er den Kopf, dann blickte er sich kurz um, wandte den Blick jedoch sofort wieder ab.

Thorsten konnte unmöglich weiter so tun, als würde er an seinem Vorderrad herumschrauben. Allein die Tatsache, dass er kein Werkzeug in Händen hielt, verriet ihn. Übertrieben langsam stemmte er sich in die Höhe und schwang sich auf das Rad. Als er an den beiden vorbeiradelte, nickte er ihnen grüßend zu. Der Mann erwiderte sein Nicken, die Frau sah einfach durch ihn hindurch. Thorsten erschrak, das Vorderrad machte einen Schlenker, dann hatte er sich wieder in der Gewalt. Er kannte den Mann, genauer gesagt kannte er ein Bild von ihm. Dieser Typ war Jennis Vater. Thorsten trat fester in die Pedale. Der Fahrtwind kühlte sein Gesicht. Jennis Vater! Er hatte Jennis Vater gesehen.

Nach der nächsten Kehre endete die Straße vor einem heruntergekommenen Gehöft. Thorsten lehnte sein Rennrad an den verwitterten Zaun. Löwenzahn leuchtete im Schotter, und überall auf dem Hof standen Totems, in die schmerzverzerrte Gesichter geschnitzt waren. Es sah aus, als wären die Qualen der Menschheit in dem Holz gefangen. Thorsten erkannte diesen Schmerz als seinen eigenen. Genauso hatte er sich bis zu dem Tag gefühlt, an dem er erfuhr, dass er kein Mörder war.

Langsam umrundete er das Haus, dabei hatte er das Gefühl, Jenni ginge neben ihm her. Sie war immer so ein bisschen seitlich gelaufen, so als wollte sie einen nicht aus den Augen verlieren. Es fühlte sich an, als würde ihn ihr Lachen begleiten. Nur wusste er nicht, ob sie ihn aus- oder anlachte. Warum warst du hier?, fragte er den Schatten an seiner Seite. Warum hast du mir das angetan?

Ein Wagen rollte in den Hof. Er hörte das Knacken des Schotters. Sofort kehrte Thorsten um.

»Was wollen Sie hier?« Die Frau beugte sich vor und nahm einen Korb vom Rücksitz.

»Ich habe mich verfahren.« Thorsten sagte das Erstbeste, was ihm einfiel.

»Verfahren?« Misstrauisch kniff sie die Augen zusammen. »Wo wollen Sie denn hin?«

»Nach Lübbenau.«

»Und warum sind Sie dann nicht auf der Landstraße geblieben?« Sie hielt den Korb wie einen Schild vor sich.

»Zuviel Verkehr.« Thorsten ließ die Schultern hängen, um weniger wuchtig zu erscheinen. Er war sich durchaus bewusst, wie wenig vertrauenerweckend er auf die Frau wirken musste. Er war ein Muskelprotz mit Tattoos auf den Oberarmen und einem fast kahl geschorenen Schädel. Fieberhaft überlegte er, wie er das Gespräch in Gang halten konnte. »Tolle Skulpturen«, sagte er schließlich. »Ihr Werk?«

»Nein.« Ein Lächeln glitt über ihr Gesicht, verschwand aber sofort wieder. »Das Werk meines Vaters. Er ist Künstler.« Jetzt, wo sie von ihrem Vater sprach, wirkte sie weicher, zugänglicher. Erst dann bemerkte Thorsten die Ähnlichkeiten zwischen ihr und dem Mann im Rollstuhl. Beide hatten den gleichen untersetzten Körperbau.

»Die sind wirklich toll.« Thorsten dämmerte, dass diese Frau Jennis Halbschwester sein musste. Jennis deutlich ältere Halbschwester, fügte er in Gedanken hinzu. Das also war der Grund gewesen, warum Jennis Vater sich aus dem Staub gemacht hatte, als sie unterwegs war. Er hatte bereits eine Familie. Ob die Frau von Jenni wusste? Ob sie von ihm wusste? So viele Fragen.

Thorsten redete wie ferngesteuert. »Ich meine, wie er die Verzweiflung in den Gesichtern getroffen hat, das ist große Kunst.«

»Ja«, bestätigte die Frau. »Sie klingen, als würden Sie sich auskennen.«

»Nicht unbedingt mit Kunst«, ruderte Thorsten zurück.

»Dann mit Verzweiflung?« Sie musterte ihn, den Kopf zur Seite geneigt. Eigentlich schien sie blaue Augen zu haben, doch jetzt waren sie dunkel vor Schmerz. Offenbar kannte sich nicht nur ihr Vater mit Schmerzen aus.

Thorsten lachte gezwungen auf. Er suchte noch nach einer Antwort, als der Rollstuhl in den Hof einbog.

»Der junge Mann bewundert deine Totems«, sagte die Frau. Ihre Stimme hatte einen atemlosen Kleinmädchenklang angenommen.

»Tust du das?« Jennis Vater streckte Thorsten die Hand entgegen. »Ich bin der Kurt, und das ist die Rena.« Mit dem Daumen zeigte er in Richtung seiner Tochter. Es war eine nachlässige Geste, die irgendwie auch kränkend wirkte.

Thorsten ergriff Kurts Hand. Es war eine kräftige Hand mit abgesplitterten Fingernägeln und rissiger Hornhaut. Es war die Hand eines Mannes, der mit Werkzeug umgehen und zupacken konnte, doch sein Händedruck war schlaff.

»Und du bist?«

Thorsten hatte nicht die Geistesgegenwart, sich ad hoc einen falschen Namen auszudenken.

»Thorsten also«, murmelte Kurt und kniff die Augen zusammen. Rena atmete hastig ein und trat einen Schritt zurück. Für einen Moment war nur das Tschilpen der Spatzen zu hören, die in einem Busch lärmten.

»Ich muss dann mal wieder los.« Thorsten nickte den beiden zu. Er hatte das Gefühl, etwas habe sich vor die Sonne geschoben, obwohl sie weiterhin vom wolkenlosen Himmel brannte.

»Möchten Sie etwas trinken?« Rena berührte ihn am Unterarm.

Die Berührung war leicht, trotzdem zuckte Thorsten unwillkürlich zurück. Er kam sich albern vor. Wie konnte er sich vor einer mittelalten Hausfrau und einem Krüppel fürchten?

»Ich wollte gerade Tee machen.«

»Nein, danke.« Thorsten wollte nur noch weg von den beiden.

»Bleiben Sie doch.« Rena lächelte ihn an. »Mein Vater bekommt so selten Besuch.« Sie öffnete die Holztür, die ins Haus führte.

»Ich muss wirklich los.«

»Ich koche uns einen Kräutertee.« Sie überhörte seinen Einwand. »Das geht ganz schnell. Setzen Sie sich doch.«

»Es hat keinen Zweck, sich gegen Rena zu wehren.« Kurts Stimme klang resigniert. »Ich hoffe, du magst Kräutertee?« Er rollte auf Thorsten zu und lud ihn mit einer Handbewegung ein, ihm ins Haus zu folgen. »Wir haben eine Spezialmischung. Meine Nachbarin stellt sie her.« Kurt führte ihn in die Küche. Es war ein stickiger Raum mit Schlafsofa. An der Wand hing ein Fernseher. Er war eingeschaltet, wahrscheinlich um die Stille mit Leben zu füllen. Rena stand mit dem Rücken zu ihnen und füllte Wasser in eine Teekanne.

»Die, die sich umgebracht hat?«, fragte Thorsten.

»Du weißt davon?«

»Hab davon gehört.«

»Tragische Sache. Setz dich doch.«

»Hier passieren gerade eine Menge tragischer Sachen.«

Thorsten schob den Korb zur Seite und setzte sich. Wenn er schon mal hier war, konnte er auch Fragen stellen.

»Ja«, antwortete Kurt. Als sich ihre Blicke begegneten, hatte er Tränen in den Augen.

»Kanntest du sie?«

»Wen kanntest du?« Rena stellte zwei Tassen auf den Tisch. Aromatischer Dampf stieg auf.

»Manuela natürlich«, antwortete Kurt, dem Blick seiner Tochter ausweichend.

»Ja, natürlich.« Rena schüttelte den Kopf. »Schrecklich dieser Selbstmord. Der Tee schmeckt übrigens am besten heiß. Ganz schrecklich. Hätte ich nie von ihr gedacht, aber man kann den Leuten ja immer nur vor den Kopf schauen, nicht wahr?« Sie griff nach dem Korb und wandte sich wieder ab. »Tut mir leid, dass ich euch keine Gesellschaft leisten kann, aber ich muss nach Hause. Mein Mann wartet. Ich sehe nur noch eben nach der Wäsche.« Den letzten Satz richtete sie an ihren Vater.

Der Tee war unangenehm süß, aber da Thorsten durstig war, trank er ihn. Sie unterhielten sich über die Totems und allgemeine Dinge. Kurt war ein angenehmer Gesprächspartner, und sein Lachen erinnerte Thorsten an Jenni.

»Ist Rena deine einzige Tochter?« Thorsten lehnte sich zurück und streckte die Beine aus. Sie fühlten sich schwer an. Fahrradfahren war doch anstrengender, als er gedacht hatte. Er blinzelte. Um Kurts fülliges Gesicht bildete sich ein Heiligenschein. Er war so schrecklich müde. Er schloss die Augen. Irgendwie wusste er, dass diese Müdigkeit nicht normal war und er sich fürchten sollte, doch gleichzeitig fühlte er sich so wohl wie seit seiner ersten Begegnung mit Jenni nicht mehr. Es war im Labor gewesen. Er ging ihr entgegen, sie rief seinen Namen, und seine Welt wurde dunkel.

34. KAPITEL

Klaudia stieg gerade in ihren Wagen, als ihr Handy wie eine Horde Spatzen tschilpte. Es war Demel.

»Alles klar bei dir?«, fragte er.

»Wieso fragst du?«

»Na ja, es ist gerade mal fünf, und du bist schon weg.«

»Und was ist daran so ungewöhnlich?« Klaudia schaltete die Zündung ein und fuhr die Seitenscheiben herunter. »Der Kollege Rudnik geht ständig pünktlich nach Hause.« Obwohl der Wagen im Schatten stand, hatte er sich aufgeheizt. Ein Bilderbuchsommer für alle, die vom Tourismus lebten. Ob die Natur das ebenso sah, bezweifelte Klaudia. Sie jedenfalls schwitzte.

»Na ja ...« Demel räusperte sich. »... Rudnik vielleicht, aber doch nicht du.«

»Was soll dieser Anruf?«, fragte Klaudia. »Hat PH dich dazu verdonnert?«

»Wie kommst du darauf?«

»Weil es zu ihm passen würde.«

»Also verdonnert würde ich nicht gerade sagen.«

»Er hat also Angst, dass ich mich nicht an seine Anordnung halte.«

»Zumindest möchte er sicherstellen, dass du keine Extra-touren fährst.«

»Ich bin auf dem Weg nach Hause.«

»Nicht zufällig mit einem Abstecher in die Apotheke?«

»Nein.« Klaudia blickte zu dem roten Schriftzug über dem Schaufenster. »Nicht in die Apotheke.«

»Thang hat mir von der Apothekerin erzählt.«

»So«, antwortete Klaudia spitz. »Hat er das?«

»Wir sind schließlich Kollegen«, entgegnete Demel.

»Tut mir leid. Diese Hitze macht mich … Ach, ich weiß nicht.«

»Aber ich«, behauptete Demel. »Wir könnten zusammen ein Bier trinken.«

»Das könnten wir«, bestätigte Klaudia. »Aber nicht heute. Es ist einfach viel zu heiß.«

»Ein Grund mehr, um mit mir ein Bier zu trinken.«

»Alkohol ist keine Lösung, das weißt du doch.« Klaudia tippte mit den Fingern der Linken auf dem Lenkrad herum. »Ich glaube, ich weiß jetzt, warum sie uns angelogen hat.«

»Ach ja?«

»Ich bin mir ziemlich sicher, dass Jenni die letzten Jahre bei diesem Gunkler verbracht hat und dass die Zink davon wusste und wahrscheinlich auch die Strahl.«

»Und wie kommst du darauf?«, fragte Demel skeptisch.

Klaudia berichtete ihm von ihren Gesprächen, die sie mit dem Apotheker und seiner Auszubildenden geführt hatte.

»Du warst also doch in der Apotheke?«

Klaudia hörte geradezu, wie Demel die Augen verdrehte.

»Mann, Klaudia«, schnauzte er. »Extratouren sind nie eine gute Idee. Lass diese Frau in Ruhe. Zumindest heute Abend. Morgen können wir …«

»Wir sehen uns.« Klaudia drückte das Gespräch weg und startete den Wagen. Diese Leute hatten dafür gesorgt, dass ihre Albträume zurückgekehrt waren. Sie hatten bewirkt, dass sie sich selbst nicht mehr vertraute. Und was noch viel schlimmer war: Sie hatten ihr das Gefühl gegeben, eine Mörderin zu sein. Sie wollte keine weitere schlaflose Nacht, sie wollte Klarheit. Aber vielleicht hatte Demel doch recht. Sie sollte das nicht allein machen. Klaudia wählte die Nummer der Leitstelle.

»Wer fährt denn gerade Streife?«, fragte sie.

»KOM Michalke und KOM Kuloth«, antwortete die Kollegin nach kurzem Zögern. »Brauchst du sie?«

Klaudia dachte einen Moment nach. Kuloth wäre nicht so die große Hilfe, und mit Uwe wollte sie zurzeit nicht zusammenarbeiten. Irgendwie litt sie gerade an Gefühlsverwirrung, was ihn anging. »Nein«, sagte sie also. »Ich wollt's nur wissen.«

»Kein Thema«, antwortete die Kollegin betont freundlich. »Soll ich dir vielleicht auch noch die Lottozahlen durchgeben?«

Klaudia drückte das Gespräch weg. Auch wenn sie annahm, dass Rena und ihr Vater für den Tod von drei Menschen verantwortlich waren, fürchtete sie sich nicht. Wer die Wahrheit kennt, ist vorbereitet.

Auf dem Weg zu Gunklers Haus hielt sie an dem schmalen Holzkreuz, das den Ort markierte, an dem Jennifer Böseke gestorben war. Ein Zitronenfalter saß mit angelegten Flügeln auf dem Querbalken des Kreuzes. Er flog davon, als Klaudia in die Hocke ging und die Hand auf das warme Holz legte. Die Berührung fühlte sich an wie eine Begrüßung. Klaudia schloss die Augen. Ihre Gedanken kehrten zur Unfallnacht zurück. Nicht zum ersten Mal fragte sie sich, ob Jenni noch leben würde, wäre sie nur eine oder zwei Minuten eher da gewesen? Wüsste sie dann, was das Mädchen vor zwei Jahren dazu gebracht hatte, einfach zu verschwinden und zuzulassen, dass ihr Freund wegen Totschlag verurteilt wurde? Sie hoffte, dass am Ende der Straße zumindest einige Antworten auf sie warteten.

Klaudia stieg wieder in ihren Peugeot und fuhr weiter. Vorbei an dem nun verlassenen Hof von Manuela Strahl. Auf der Wäscheleine neben dem Haus flatterte ein gestreifter Kopfkissenbezug. Unwillkürlich nahm Klaudia den Fuß vom Gaspedal. Bei ihrer letzten Begegnung hatte die Strahl ihn gegen die Hauswand geschlagen. Warum tat man so etwas? Sie fragte sich, was wohl in dem Bezug gewesen war? Wahrscheinlich irgendwelche Kräuter. Sie würde es nicht mehr erfahren. Sie zuckte mit den Achseln und senkte den rechten Fuß wieder auf das Gaspedal.

Ein Rennrad lehnte am Gartenzaun von Gunklers Haus. Sie war also nicht der einzige Besucher. Während Klaudia ihren Peugeot vor dem verwitterten Gasthausschild parkte, fragte sie sich, ob das gut oder schlecht war. Zumindest erhöhte es ihre Sicherheit. Auch wenn Klaudia sich nicht fürchtete, würde sie kein Risiko eingehen und vor allem nichts zu trinken annehmen. Zwischen den aus Holz gefrästen Albträumen parkte der Mercedes des Apothekers. Rena Zink war also auch schon da. Das vereinfachte einiges. Klaudia stieg aus und ging auf das baufällige Haus zu.

»Herr Gunkler?«, rief sie. »Frau Zink?«

Keine Antwort.

Klaudia ging zur Haustür, legte das Ohr ans Türblatt. Sie meinte, Stimmen zu hören, also klopfte sie noch einmal. Wieder keine Reaktion. Sie drückte die Klinke. Mit einem leisen Knarren öffnete sich die Haustür. Klaudia zögerte. Was sie vorhatte, war Hausfriedensbruch und eine dieser eigenmächtigen Aktionen, die PH hasste. Trotzdem schob sie die Tür weiter auf. Ein Vorraum, eine Treppe, die nach oben führte, eine angelehnte Tür vor ihr. Klaudia schob sie vorsichtig auf und stand in einer Wohnküche mit Sofa und Fernseher. Eine weitere Tür führte aus der Küche heraus. Das Sofa sah aus, als diene es seinem Besitzer als Bett, und der Fernseher lief. Das erklärte also die Stimmen, die Klaudia gehört hatte. Ihre Schultern entspannten sich etwas. Bodendielen knarrten. Die hintere Tür wurde aufgestoßen.

Kurt Gunkler rollte in die Küche. Erstaunt riss er die Augen auf. »Was wollen Sie hier?«

»Die Tür stand offen.« Klaudia war sich bewusst, dass diese Antwort eher ungenügend war.

»Das gibt Ihnen noch lange nicht das Recht, hier einzudringen.«

»Entschuldigen Sie die Störung.« Klaudia zwang ein verbindliches Lächeln in ihre Mundwinkel. »Erinnern Sie sich an mich? Ich bin …«

»Ich weiß, wer Sie sind«, unterbrach Gunkler sie schroff. »Sie sind von der Polizei. Sie waren die Tage hier, wegen Manuela.« Er fuhr mit seinem Rollstuhl so nah an sie heran, dass Klaudia zurückwich. Es war offensichtlich, dass er sie nicht im Haus haben wollte. »Das sind ja Stasimethoden. Einfach so hier einzubrechen.«

»Es tut mir leid. Ich habe Stimmen gehört.« Klaudia blickte zum Fernseher hoch. »Seit wann sitzen Sie im Rollstuhl?«

»Das geht Sie gar nichts an«, knurrte Gunkler. Etwas hinter ihm polterte, und er zuckte zusammen.

»Ist das der Wagen Ihrer Tochter im Hof?«

»Meiner jedenfalls nicht.« Gunkler griff nach zwei Tassen, die auf dem Tisch standen, und bugsierte sich damit zur Spüle.

Klaudia wartete schweigend ab.

»Sie macht die Wäsche«, sagte Gunkler schließlich.

Wieder das Poltern, dann ein Keuchen.

»Was geht hier vor sich?« Klaudia drängte sich an dem Rollstuhl vorbei.

»Warten Sie.« Gunkler griff nach ihrem Arm, doch seine Hand hatte nicht genügend Kraft. »Sie können doch nicht einfach …«

Hinter Klaudia knallte der Rollstuhl gegen die Wand. Wieder hörte sie ein Poltern, dann ein unterdrücktes Stöhnen.

Kalter Schweiß brach ihr aus. Sie verfluchte ihr kaputtes Ohr, das verhinderte, dass sie die Richtung, aus der das Geräusch kam, orten konnte. Sie stürmte auf eine Holztür zu, riss sie auf. Vogelgezwitscher empfing sie, der Wind rauschte in den Erlen, und vor ihr floss träge die Spree. Gunkler rollte heran. Sein Rollstuhl blockierte den schmalen Flur. Hastig blickte er nach rechts, und Klaudia wusste, wo sie suchen musste.

»Bitte gehen Sie«, flehte er, das Gesicht weiß vor Panik.

»Machen Sie die Tür frei!«

Für einen Moment sah es so aus, als wollte Gunkler sich widersetzen, dann sackten seine Schultern nach vorn, und er rollte zurück.

Vorsichtig öffnete Klaudia die niedrige Tür einen Spalt, dann wich sie zur Seite aus und trat sie auf. Sie hatte keine Lust auf unliebsame Überraschungen.

»Hände hoch und rauskommen!«, rief sie.

Adrenalin pumpte durch ihren Körper, verengte ihr Gesichtsfeld. Sie hörte ein Poltern, und Rena Zink erschien in der niedrigen Tür. Im Flur richtete sie sich auf, ihr Gesicht war gerötet, und ihr Atem ging keuchend, als hätte sie eine große Anstrengung hinter sich.

»Was geht hier vor?«, fuhr Klaudia sie an, dabei behielt sie sowohl Zink als auch ihren Vater im Auge.

»Das Holz«, stammelte Zink. »Ich weiß auch nicht.«

»Gehen Sie vor.« Klaudia trat zur Seite, um Rena Zink vorbeizulassen.

Gehorsam setzte sie sich in Bewegung. Sie ging langsam, als trüge sie eine schwere Last. Klaudia starrte auf die roten Flecken, die ihre Schuhe auf dem verblassten Linoleum hinterließen. Blut.

35. KAPITEL

Thorsten rutschte. Reflexhaft griff er nach dem Rand des Abgrundes, der sich unter ihm auftat. Das Gewicht seines eigenen Körpers zerrte an seinen Schultergelenken.

Er blinzelte, starrte in das Gesicht der Frau über ihm und verstand nichts.

»Sie hätten nicht herkommen sollen«, keuchte Rena, die Stimme ein wütendes Knurren.

»Ihr habt Jenni getötet.« Blut lief Thorsten in die Augen.

»Sie haben ja keine Ahnung.« Rena richtete sich auf, sie streckte den Arm aus. Dunkelheit schoss auf Thorsten zu und landete mit einem Krachen auf seinen Fingern. Ein unmenschlicher Schmerz schoss Thorsten in die Schultern und von da aus in seinen Schädel. Galle stieg ihm in die Kehle. Es fühlte sich an, als seien seine Finger zerschmettert. Unaufhaltsam glitt er in die Tiefe, und dann hockte er zusammengekauert auf kaltem Betonboden, um ihn herum Dunkelheit. Thorstens schlimmster Albtraum war wahrgeworden, und er wusste nicht einmal, wie ihm das passiert war. Die verletzten Hände unter die Achseln geklemmt, rollte er sich vor Schmerzen wimmernd zusammen. Was, verdammt, hatte das alles zu bedeuten? Er verstand es einfach nicht. Dieser Scheißtee! Sie hatten ihn betäubt. Wie hatte er nur so naiv sein können! Ein Mann im Rollstuhl und eine fette Alte hatten ihn ausgeknockt. Ob sie das auch mit Jenni gemacht hatten? Hatten sie ihr Tee eingeflößt und sie dann hier gefangen gehalten? War das der Ort, an dem sie zwei Jahre vegetiert hatte? Gefangen gehalten von ihrer eigenen Familie?

Thorsten richtete sich auf. Er hob den Arm und keuchte vor Schmerz, als seine Finger gegen die Decke stießen. Er biss die Zähne zusammen und tastete sich die Rampe hoch. Durch

Ritzen fiel wenig Licht in den Keller, und mit jeder Minute gewöhnten sich seine Augen mehr an die Dunkelheit. Er drückte die Hände gegen die Falltür. Der Schmerz war unerträglich, es fühlte sich an, als würden seine Finger aufplatzen. Thorsten keuchte, knirschte mit den Zähnen, spannte die Muskeln an und drückte, als hätte er zweihundert Kilo zu stemmen, doch die Falltür ächzte nicht einmal.

Wimmernd klemmte Thorsten die gequetschten Finger wieder unter die Achseln und setzte einen Fuß vor den anderen, bis er gegen eine Wand stieß. Dort glitt er zu Boden und schloss die Augen. Diese Frau hatte ihn wie ein Bierfass in diesen Keller gerollt, und wahrscheinlich hatte sie nicht die Absicht, ihn wieder herauszulassen. Wie lange dauerte es, bis man verdurstete? Drei Tage? Vier? Oder noch länger? Panik nahm ihm die Luft. Er würde hier verrecken. Er dachte an seine Mutter, die vielleicht gerade vom Einkaufen zurückkam und den Zettel fand. Wann würde sie wohl zur Polizei gehen und ihn vermisst melden? Morgen? Übermorgen? Oder würde sie glauben, er habe sich davongeschlichen? Sein Vater würde das bestimmt tun. Und selbst wenn nicht? Wie sollten sie ihn hier finden? Thorsten schlug mit dem Hinterkopf gegen die Wand. Einmal, zweimal. Lieber ein Ende mit Schrecken, als ein Schrecken ohne Ende. Aber er schmetterte seinen Kopf kein drittes Mal gegen die Wand. Es war nicht der Schmerz, der ihn daran hinderte, es war die Aussichtslosigkeit. Außerdem: So lange er lebte, gab es Hoffnung. Er zog die Knie an, umschlang sie und bettete den Kopf auf die Unterarme. Der Schmerz in seinen Händen hatte sich in ein dumpfes Pochen im Rhythmus seines Herzschlages verwandelt.

Thorsten hob den Kopf. Er musste weggedämmert sein. Er wusste nicht, ob für Stunden, Sekunden oder Minuten. Hier in diesem grauen Zwielicht hatte Zeit keine Bedeutung mehr. Stöhnend richtete er sich auf. Unverändert pochte der Schmerz in seinen Fingern. Thorsten hob den Kopf. Schritte. Auf einmal hatte er das Gefühl, dass über ihm jemand die Luft anhielt. Er lauschte angestrengt, doch jetzt dröhnte nur das Rauschen seines eigenen Blutes in seinen Ohren. Thorsten schluckte. Jeder Atemzug fühlte sich an, als würde er ihn gegen ein Hindernis einatmen. Er musste unbedingt etwas trinken.

Da ist nichts, versuchte Thorsten sich selbst zu beruhigen. Du kannst atmen. Deine Kehle ist ausgetrocknet, mehr ist da nicht. Wieder das Geräusch von Schritten. Stimmen, gedämpft durch die Decke und das Holz der Falltür. Trotzdem hatte Thorsten das Gefühl, dass zwei Frauen miteinander stritten. Er richtete sich auf.

»Hilfe«, krächzte er. Zu leise, viel zu leise. Er räusperte sich.

»Hilfe«, presste er hervor. Immer noch nicht laut genug. Er kämpfte sich auf die Beine. Über seinem Kopf polterte es. Jemand fluchte.

»Hilfe!« Er hatte keine Ahnung, woher er die Kraft nahm, laut zu rufen. Aber es half. Knarrend hob sich die Falltür. Licht fiel in den Keller. Geblendet näherte sich Thorsten der Rampe. »Ich bin hier«, keuchte er.

»Was haben Sie getan?« Die Stimme einer Frau. Sie klang entsetzt. Thorsten erkannte sie, er hatte sie schon einmal gehört. Es war die Polizistin. Noch nie im Leben war er so froh gewesen, die Stimme eines Polizisten zu hören.

»Er ist hier eingebrochen.« Renas Stimme kippte weg. »Er hat uns bedroht.«

Das ist nicht wahr, wollte Thorsten sagen, doch jetzt, wo die Rettung so nah war, fehlte ihm die Kraft zu sprechen. Dabei musste er nur Luft durch seine Stimmbänder pressen oder besser noch die Arme heben, mit den Fingern die Umrandung der Falltür greifen und sich hochziehen. Allein der Gedanke verursachte ihm Schwindel. Thorsten sackte in die Knie. Er konnte nichts tun als warten.

»Rühren Sie sich nicht von der Stelle.« Die Frauenstimme klang drohend. Thorsten wusste nicht, ob sie ihn oder Rena meinte, also verhielt er sich still.

Plötzlich ein überraschtes Keuchen, ein Poltern, und hart prallte ein Körper gegen seine Knie. Mit einem Krachen, das in seinen Knochen vibrierte, schlug die Falltür wieder zu. Um Thorsten herum herrschte wieder Dunkelheit. Er lauschte in die Stille. Atmete die Frau noch? Er konnte es nicht sagen, nicht einmal, wenn er die Luft anhielt. Mit steifen Fingern tastete er nach ihrem Hals. Seine Finger verfingen sich in feuchtem Haar. Blut, dachte er. Ihr Hals war glitschig, doch schließlich fand er die weiche Stelle unterhalb des Kinnwinkels. Er drückte die Fingerkuppen hinein, doch er spürte nur seinen eigenen Schmerz.

36. KAPITEL

»Hallo?« Eine Stimme wie ein Schwamm. Weich und voller Löcher. »Hallo?« Die Stimme wurde drängender.

Klaudia spürte einen kurzen Schmerz an der Wange. Sie hob die Hand. Zumindest hatte sie das vor, doch irgendwie gelang es ihr nicht. Der Impuls fand einfach nicht den Weg in ihren Arm. Bilder fluteten ihr Hirn: Grelles Licht. Eine Frau mit einer Schrotflinte. Klaudia blinzelte, hörte ein Stöhnen, realisierte, dass sie es war, die stöhnte. Sie öffnete die Augen, kein grelles Licht, sondern Dunkelheit. Undurchdringliche

Dunkelheit. Klaudia war sich nicht sicher, ob sie die Augen wirklich geöffnet hatte. Sie wusste nur, dass sie saß, ihr Rücken lehnte an einer kalten Mauer, und ihr Kopf schmerzte, als wollte er zerspringen. Mit der Hand tastete sie auf der Suche nach der Quelle des Schmerzes ihren Schädel ab. Ihr Haar war feucht. Sie führte die Fingerspitzen an die Nase. Blut. Neben ihr raschelte es.

»Können Sie mich hören?« Die Stimme des Mannes klang gepresst, so als unterdrücke er einen Anfall von Panik.

»Ja, verdammt.« Ihre Stimme ein Krächzen. Doch ihre Sinne kehrten zurück, ein gutes Zeichen. Klaudia roch feuchten Putz und den Schweiß des Mannes neben sich. Sie biss sich auf die Zungenränder, um wenigstens einen Tropfen Speichel zu produzieren. Sie kannte den Trick von einer alten Schulfreundin, die Sprecherin beim Radio war. Mit der linken Hand tastete sie ihre Schädelknochen ab und zog dabei Bilanz: Haare blutverklebt, Beule, Schmerz. Zischend atmete Klaudia ein, und auf einmal funktionierte auch ihr Gehirn wieder. In dem grauen Licht, das durch die Ritzen der Holzbohlen fiel, sah sie Thorsten Gebhardt. Massig wie ein Berg hockte er neben ihr. Wie kann das sein?, fragte sie sich. Der Typ war durchtrainiert bis in die Zehennägel, und trotzdem trocknete Blut auf seinem Gesicht.

Du siehst vermutlich nicht besser aus, erinnerte sie sich selbst daran, wie beschissen ihre Situation gerade war. Auch sie hockte hier, obwohl sie es besser hätte wissen müssen. Schließlich kannte sie die Regeln. Gehe niemals allein zu einem Verdächtigen.

Demel hatte sie gewarnt, doch sie hatte sich darüber hinweggesetzt. Arrogant, wie sie war, hatte sie gedacht, eine mittelalte Hausfrau und ein alter Mann im Rollstuhl könnten ihr nichts anhaben, aber dann hatte Gunkler sie über den Haufen gerollt. Einfach so. Sie war nur für den Bruchteil einer Sekunde abgelenkt gewesen, hatte instinktiv nach der Falltür gegriffen, die Rena Zink aus den Händen zu gleiten schien. Genau diesen Augenblick hatte Gunkler genutzt und mit seinem Rollstuhl ihre Kniekehlen gerammt. Kopfüber war sie in die Tiefe gestürzt.

Klaudia stockte der Atem. Sie hätte sich das Genick brechen können. Sie hatte wahnsinniges Glück gehabt. Oder auch nicht, schoss es ihr durch den Kopf. Glück war relativ, und in diesem Fall hing es davon ab, was ihre sehr besonderen Gastgeber noch mit ihnen vorhatten. Verdammt. Mit zitternden Fingern tastete Klaudia nach ihrem Handy. Hatte sie es in der Hand gehalten? Sie wusste es nicht. Auf jeden Fall war es nicht mehr in ihrer Hosentasche.

»Die haben mich betäubt, aber ich bin zu früh wach geworden.« Gebhardts Stimme klang verwaschen. Er tastete seinen Schädel ab, wie Klaudia es gerade selbst getan hatte.

Trotz der Lage, in der sie sich befanden, klang seine Stimme selbstgefällig. »Wissen Ihre Kollegen, dass Sie hier sind?« Nun wich die Selbstgefälligkeit sofort wieder.

»Nein«, flüsterte Klaudia. »Vielleicht«, fügte sie hinzu, als er hastig einatmete.

»Sie haben nicht zufällig eine Waffe dabei?«

Wieder verneinte Klaudia die Frage, doch diesmal wirkte Gebhardt eher erleichtert.

»Zumindest können die mich dann nicht erschießen und anschließend Ihren Selbstmord vortäuschen.«

»Sie sehen zu viele Krimis«, antwortete Klaudia.

»Nicht genug«, widersprach Gebhardt. »Sonst hätte ich vielleicht eine Idee, wie wir hier aus diesem Keller herauskommen könnten. Haben Sie eine?«

»Wir müssten an die Falltür gelangen.«

»Habe ich schon versucht, da tut sich nichts.«

»Trotzdem«, beharrte sie. »Es muss einen Weg geben.« Klaudia bewegte den Kopf, sofort kippte der Raum weg, erst ganz langsam, dann immer schneller, als würde er einen Hang hinunterrutschen. Galle stieg ihr in die Kehle. Sie visualisierte ein Stoppschild, klammerte sich an den rot-weißen Kreis wie an einen Rettungsring. Als sie den Kopf hob, war sie wieder sie selbst. Zwar ziemlich angeschlagen, aber – soweit sie das beurteilen konnte – im Siebenachtelbesitz ihrer geistigen Kräfte. Das musste vorerst reichen.

»Wie lange war ich weggetreten?«

»Keine Ahnung.« Gebhardt kratzte sich Blut von der Wange. »Nicht lange.«.

»Und wie lange ist nicht lange?«

»Woher soll ich das wissen, vielleicht eine Minute, vielleicht zwei.«

»Okay«, sagte Klaudia gedehnt. Das bedeutete dann wohl, dass sie wahrscheinlich eine Gehirnerschütterung hatte. Kein Wunder also, dass ihr schwindelig war. Der Gedanke beruhigte sie.

»Vielleicht schaffen wir es zusammen«, sagte sie.

»Meinen Sie, das macht den Unterschied?«

»Wenn wir es nicht versuchen, wissen wir es nicht.« Klaudia legte so viel Zuversicht in ihre Stimme, wie sie angesichts der Situation aufbringen konnte. Wer kämpft, kann verlieren, wer aufgibt, hat schon verloren.

»Na gut.« Gebhardt baute sich neben ihr auf. Gemeinsam pressten sie die Handflächen gegen das Holz der Falltür. Klaudia ächzte, Luft entwich aus ihrer Lunge, Schlieren tanzten vor ihren Augen, und ihr war so schlecht, dass sie am liebsten auf der Stelle gestorben wäre. Auch Gebhardt ächzte, oder war es die Tür? Ein Spalt tat sich auf, Licht fiel in den Keller, doch es ging nicht weiter. Es war, als würde die Tür gegen ein Hindernis stoßen.

Keuchend sackten Klaudia und Gebhardt zu Boden.

»Was ist das?« Klaudia griff unter ihr Bein. Etwas drückte dagegen. »Mein Handy«, keuchte sie. »Es ist mein Handy.« Sie wischte mit dem Daumen über das Display, und ihr Vater lächelte ihr entgegen.

»Haben Sie Netz?«, krächzte Gebhardt.

»Ich weiß nicht.« Klaudia starrte auf das Symbol. »Ein Balken, vielleicht zwei.« Ihr Daumen fuhr über das Display, fand die Nummer der Leitstelle.

»Rufaufbau.« Sie presste das Smartphone gegen ihr gesundes Ohr.

Gebhardt berührte sie am Arm.

»Was?« Klaudia senkte das Smartphone.

»Ob Sie ein Freizeichen haben, habe ich gefragt?«, fauchte er.

Klaudia schüttelte den Kopf. Eine Bewegung, die sie sofort wieder bereute. Ihr Magen hob sich, und verzweifelt schluckte sie gegen die Übelkeit an. »Scheiße«, fluchte sie, als sie wieder Luft bekam. »Es funktioniert nicht.«

»Aber immerhin haben wir Licht.«

»Solange der Akku reicht«, dämpfte Klaudia seine Zuversicht.

»Es wird lange genug reichen.«

Klaudia leuchtete mit dem Handy die Ecken ihres Gefängnisses aus.

»Was ist das?«, fragte Gebhardt und bückte sich.

Auch Klaudia hatte das Bündel in der Ecke gesehen. »Das dürfte Mike Kaprolats Trekkingrucksack sein.

»Meinen Sie, er war hier?« Die Beine an den Körper gezogen, hockte sich Gebhardt an die Wand. Sein Gesicht wirkte eingefallen. Auf einmal war die Wahrscheinlichkeit, dass sie hier lebend herauskamen, wieder in weite Ferne gerückt.

Klaudia dachte an den toten Jungen im Kofferraum, an Manuela Strahl, die sie mit dem Kopf im Backofen gefunden hatte. Welchen Tod hatten Gunkler und seine Tochter für sie geplant?

Wahrscheinlich warteten sie einfach ab. Sie mussten überhaupt nichts tun. Sie konnten einfach ihr Leben weiterleben, Totems schnitzen, im Kirchenchor singen.

Nein, dachte Klaudia. Diesmal werden sie nicht davonkommen. Ihre Kollegen würden sie kriegen. Die Frage war nur, ob das früh genug der Fall sein würde. Klaudia spürte geradezu, wie ihr Mund austrocknete. Innerhalb von drei Tagen konnte man verdursten. Zuerst würde ihr Blutdruck fallen, dann würden ihre Nieren den Geist aufgeben, ihr Herz würde wegen der Unmengen an Kalium, die in ihrem Blut kreisten, anfangen zu flimmern und schließlich aufhören zu schlagen. Klaudia dachte an ihren Vater. Tränen stiegen ihr in die Augen. Jetzt war sie froh, dass er sich nicht mehr an sie erinnerte, so würde er wenigstens nicht um sie trauern. Conny würde traurig sein und wahrscheinlich auch die Zwillinge und natürlich Dickie und Schiebschick und Wibke und die Kollegen. Klaudia wischte sich mit dem Handrücken übers Gesicht.

»Weinen Sie?«, fragte Gebhardt. Seine Stimme klang, als würde er genau das tun.

»Nein«, log Klaudia. »Ich denke nach.«

»Wir könnten unseren Urin trinken«, sagte Gebhardt. »Das verschafft uns Zeit.«

»Unseren Urin?« Klaudia nickte nachdenklich. Es könnte funktionieren, sie hatte mal von Schiffbrüchigen gelesen, die deshalb überlebt hatten. Doch wie sollten sie ihn auffangen?

Die Bilder, die diese Frage in ihrem Kopf auftauchen ließ, wollte Klaudia nicht sehen, also verschob sie den Gedanken auf einen späteren Zeitpunkt.

Klaudia schreckte auf. Sie musste weggeduselt sein. Wahrscheinlich wegen der Gehirnerschütterung. Ein Rumpeln weckte sie, und dann fiel Licht auf sie herab. Uwe steckte seinen Kopf durch die Luke.

»Wir brauchen einen Arzt«, rief er über die Schulter hinweg.

Dann rutschte er die Rampe hinunter und landete zwischen Klaudia und Gebhardt. Ohne Klaudias Protest zu beachten, hob er sie hoch, presste sie an sich. Sie atmete sein Rasierwasser ein, spürte das Zittern und wusste nicht, wer von ihnen zitterte. Sie oder Uwe.

»Du machst vielleicht Sachen«, murmelte er an ihrem Haar. Dann tauchte Kuloths Gesicht in der Öffnung auf.

»Kannst du sie annehmen?«, keuchte Uwe.

»Lass mich runter.« Auf keinen Fall wollte sie von den Kollegen getragen werden.

37. KAPITEL

Thorsten begriff nicht, woher auf einmal all die Polizisten kamen. Hände griffen nach ihm und zerrten ihn über den Rand. Sie brachten ihn in die Küche und legten ihn auf das muffige Sofa, außerdem gaben sie ihm Wasser. Thorsten trank und spürte, wie sich seine Kehle weitete. Endlich konnte er wieder frei atmen. Er schloss die Augen, und als er sie wieder öffnete, saß die Polizistin am Tisch und musterte ihn. Ihr Gesicht und ihr Polohemd waren voller Blut.

»Wo sind die beiden?«, fragte er sie.

»Wo sie hingehören«, antwortete die Polizistin.

Thorsten wollte sich aufrichten, doch seine Arme gaben unter dem Gewicht seines Körpers nach. Er musterte seine Hände. Fingerknöchel waren aufgeschlagen, die Fingerkuppen geschwollen und bläulich verfärbt.

»Das sieht echt übel aus«, meinte die Polizistin.

»Fühlt sich auch so an«, räumte Thorsten ein.

»Wieso waren Sie hier?«

»Ich wollte eigentlich nur zu dem Kreuz.« Thorsten starrte auf die Decke über sich. Licht, Luft. Er seufzte. Er war nicht mehr lebendig begraben. »Ich wollte Abschied nehmen«, murmelte er. »Ich hab's nicht verstanden und gedacht, vielleicht verstehe ich es, wenn ich die Stelle sehe. Vielleicht bin ich Jenni dann nahe.«

»Ich verstehe«, sagte die Polizistin. Ihre Worte klangen, als teile sie seinen Schmerz.

Thorsten berichtete weiter: wie er Kurt gesehen und eins und eins zusammengezählt hatte.

»Sie haben wirklich Glück gehabt.« Die Polizistin nickte. »Können Sie aufstehen?«

»Wir haben Glück gehabt. Wie haben Ihre Kollegen uns gefunden?«

»Sie haben versucht, mich anzurufen, und als nur meine Mailbox angesprungen ist, haben sie einen Einsatzwagen hierher geschickt. Und weil mein Wagen vor der Tür stand, sind sie ins Haus. Gunkler ist sofort eingeknickt.«

»Die Polizei dein Freund und Helfer, was?« Thorsten versuchte noch einmal, sich in die Höhe zu stemmen. Diesmal trugen seine Arme das Gewicht seines Körpers, und vorsichtig schob er die Beine über die Sofakante, bis seine Schuhsohlen den Fußboden berührten.

»Geht's?«, fragte die Polizistin.

Er nickte vorsichtig.

»Dann möchte ich Ihnen etwas zeigen.« Sie erhob sich, und gemeinsam stiegen sie eine enge Treppe hinauf. Sie öffnete eine Tür zu ihrer Linken. Thorsten trat hinein, und eine Woge von Trauer überrollte ihn. Ein Bett, ein Schrank, ein bodenlanger Spiegel, ein Stuhl, darüber hing ein Kleid. Mit steifen Fingern nahm Thorsten es auf und versenkte sein Gesicht darin. Er erinnerte sich nicht mehr an den Klang von Jennis Stimme, wusste nicht mehr, wie sich ihre Berührung angefühlt hatte, doch als er ihren Geruch einatmete, war alles wieder da: ihr Lachen, die Art, wie sie kicherte, wenn sie sich liebten, ihr Streit. Die Panik in ihren Augen, ihre brennenden Haare.

»Ich habe wirklich gedacht, ich hätte sie umgebracht«, murmelte er in den weichen Stoff hinein. »Und das Schlimmste für mich war, dass ich nicht wusste, was ich mit ihrem Körper gemacht habe. Ich bin am Morgen wach geworden und habe sie nicht einmal vermisst.«

»Das ist schlimm.«

»Ich fand, ich hatte es verdient. Mein Anwalt wollte in Revision gehen, aber ich wollte das nicht. Ich wollte bestraft werden.« Thorsten hob das Gesicht aus dem Kleid. »Ich glaube, wenn das nicht passiert wäre, wären wir immer noch zusammen.« Er blickte sich noch einmal um, diesmal aufmerksamer. Trotzdem war da nichts, was ihn an Jenni erinnerte, nur das Kleid. Das Zimmer war so unpersönlich wie ein Fremdenzimmer in einer Gastwirtschaft. »Hier hat sie also gelebt?«

»Sieht so aus«, sagte die Polizistin.

»Es war alles so verrückt damals. Ich hätte nie gedacht, dass ich das könnte. Ich meine, eine Frau schlagen. Das hat meine Familie am meisten mitgenommen. Ich meine: Ich bin nicht so, auch wenn ich vielleicht so aussehe. Vor zwei Jahren war ich eher ein Nerd. Diese ganzen Muskeln sind nur eine Schutzschicht. Je mehr Muskeln du im Knast hast, umso weniger Ärger hast du.«

»Davon habe ich gehört.«

»Danke.« Thorsten hängte das Kleid wieder über den Stuhl. Jetzt sah der Raum genauso aus, wie Jenni ihn verlassen hatte.

»Wofür?«

»Dass Sie mir das hier zeigen.«

»Ich dachte, Sie sollten das sehen.« Die Polizistin lehnte im Türrahmen und ließ ihn nicht aus den Augen. Ihr Gesicht war so blass, dass Thorsten am liebsten die Hand nach ihr ausgestreckt hätte, um sie zu stützen. Aber irgendwie wusste er, dass er ihr mehr half, wenn er ihre Schwäche ignorierte, so wie sie seine Schwäche ignorierte.

»Hat sie die ganze Zeit hier gelebt?«

»Möglich.«

»Zwei Jahre?« Thorsten trat ans Fenster. Gesichter voller Qual starrten zu ihm auf. Er erkannte sich, Jenni, Rena und auch Kurt in ihnen. Sie alle waren dort unten im Holz eingeschlossen. Ebenso wie Jennis Mutter und all die anderen Menschen, die Jennis Tod getroffen hatte. »Aber warum?« Er griff in die Brusttasche seines Hemdes und holte das Bild von Jenni heraus. Es war zerknittert und fühlte sich klamm an.

»Diese Frage können uns nur Herr Gunkler und seine Tochter beantworten.«

»Als wir da unten, in diesem Keller waren.« Thorsten wandte sich vom Fenster ab. »Da habe ich mir vorgestellt, dass Jenni auch dort gewesen ist, dass sie gefangen gehalten worden ist, nicht wegkonnte. Aber sie hätte gehen können, nicht wahr?«, krächzte er. »Sie hätte dieses Zimmer, dieses Haus verlassen können? Aber sie hat es nicht getan? Warum?

Warum hat sie mir das angetan?« Er legte das Foto auf den Nachttisch neben dem schmalen Bett. Mit hängenden Armen wandte er sich zur Polizistin um, sah das Mitleid in ihrem Blick.

Lange sahen sie einander einfach nur in die Augen. Er, der rehabilitierte Mörder, und sie, die Polizistin. Von unten schallten Stimmen zu ihnen herauf. Befehle wurden gerufen, jemand fluchte.

»Vielleicht wusste sie es nicht.« Die Polizistin räusperte sich. »Sie hatte eine Schädelverletzung. Möglicherweise hat sie sich einfach nicht erinnert.«

Schritte auf der Treppe. Eine Frau in der orangenfarbenen Jacke des Rettungsdienstes lief die Treppe hinauf. Ihr folgte ein schnaufender Sanitäter mit Notfallkoffer.

»Sie schon wieder?«, sagte die Ärztin zu der Polizistin und musterte sie streng. »Irgendwann macht ihr Kopf das nicht mehr mit.«

»Meinem Kopf geht es gut«, widersprach Klaudia Wagner. »Kümmern Sie sich um den jungen Mann, er hat mehr abbekommen als ich.«

»Nicht nötig.« Thorsten wich einen Schritt zurück. »Sie sind übler dran.« Er klemmte die Finger unter die Achseln.

»Was wird das hier?«, fragte die Ärztin entnervt. »Wenn hier einer eine Triage vornimmt, bin ich das.« Sie zeigte auf Gebhardt. »Sie folgen mir jetzt. Und Sie,« ihr ausgestreckter Finger wies nun auf Klaudia, »rühren sich nicht von der Stelle, oder ich lasse Sie für die nächsten vier Wochen aus dem Verkehr ziehen.«

Plötzlich verspürte Thorsten so etwas wie Zuneigung für die Polizistin.

38. KAPITEL

Nachdem die Sanitäter mit Thorsten Gebhardt abgezogen waren, nahm Klaudia das Foto vom Nachttisch. Nachdenklich betrachtete sie es. Es zeigte Jennifer Böseke, sie lachte fröhlich in die Kamera. So jung, dachte Klaudia. Das Mädchen hatte sein ganzes Leben noch vor sich gehabt, und trotzdem hatte sie sich hier versteckt. Klaudia steckte das Foto ein und verließ das Haus. Ihre Lungen weiteten sich, als sie die nach Wasserlinsen duftende Luft einatmete. Sie ging zu Demel hinüber, der mittlerweile auch eingetroffen war und zwischen den Totems telefonierte. Gunkler hockte, von uniformierten Kollegen bewacht, in einem Streifenwagen. Er würde gleich zum Revier gebracht werden. Seit die Kollegen Klaudia und Gebhardt befreit hatten, war er wie erstarrt. Klaudia hatte wenig Hoffnung, dass sich das ändern würde. Sein Gesicht hatte den gleichen verzweifelten Ausdruck wie die Gesichter auf den Totems angenommen.

»Was ist mit Rena Zink?«, fragte sie Demel.

»Hat ein Beruhigungsmittel gekriegt und ist auf dem Weg in die Justizvollzugsanstalt Luckau-Duben. Wir können morgen mit ihr sprechen.«

»Ich will mit ihr sprechen.«

»Warum habe ich mir das nur gedacht.« Demel musterte sie kopfschüttelnd.

»Ich bin okay.«

»Natürlich bist du das.«

Er klang, als hätte sie behauptet, vom Planeten Jupiter zu stammen. Klaudia war es egal. Demel würde sie nicht daran hindern, ihren Job zu machen, doch sie musste sich die Notärztin vom Hals halten. Die Kopfwunde war nicht so tief, dass man nähen musste, und alles andere würde ein wenig

Schlaf im eigenen Bett kurieren. Klaudia lehnte sich an eines der Totems. Sie fühlte sich leer und ausgelaugt. Zu viel war passiert in den letzten Tagen, zu viele Menschen waren gestorben. Sie fragte sich, ob sie einen der Morde hätte verhindern können. Sie bezweifelte es. Obwohl sie jetzt zwei Verdächtige hatten, wussten sie eigentlich immer noch nicht, wie die drei Todesfälle tatsächlich zusammenhingen. Sie wussten nicht einmal, welches Opfer zuerst gestorben war, Jenni oder Mike? Das warf die Frage auf, wer Jenni überfahren hatte und wie Mike ums Leben gekommen war. Die letzte Frage würde hoffentlich die Obduktion beantworten, alle anderen würden sie Rena Zink und ihrem Vater stellen müssen. Auch die Frage, ob Manuela Strahl wirklich Selbstmord begangen hatte.

»Ich verstehe das alles nicht«, murmelte sie vor sich hin.

Die meisten Morde geschahen im familiären Umfeld: Ein Mann erschlug im Suff seine Frau, eine Frau hielt es nicht mehr aus und vergiftete ihren Mann, der sie jahrelang unterdrückt hatte. Meistens geschahen die Morde aus Hass und manchmal aus Liebe. Aber immer war es einfach. Doch dies hier war nicht einfach. Auch wenn Gunkler Jennis Vater war. Zumindest behauptete das Gebhardt. Das machte Rena Zink zu ihrer Halbschwester. Machte sie es auch zu ihrer Mörderin?

»Alles klar?« Demel musterte sie besorgt.

»Geht so.« Klaudia strich sich eine Haarsträhne aus dem Gesicht. Ihr Tinnitus sirrte, ihre Hände zitterten, und ihre Glieder waren bleischwer. Klaudia wusste, dass diese körperliche Reaktion vom Adrenalin kam. Es puschte einen hoch und saugte einen aus.

»Du hättest tot sein können.« Demel steckte das Handy ein und blickte zum Haus. In seiner Stimme schwang kein Vorwurf mit, nur Entsetzen.

»Bin ich aber nicht.« Klaudia stieß sich von dem Totem ab. Sie wollte dieses Entsetzen erst gar nicht zulassen.

»Fahr nach Hause und leg dich ins Bett.«

»Ich will mit Gunkler reden.«

»Überlass das PH.« Abwehrend hob Demel die Hände, als Klaudia widersprechen wollte, und zuckte dann resigniert mit den Schultern. »Was sagt denn die Ärztin?«

»Dass sie Besseres zu tun hat, als sich um meine Schramme zu kümmern«, nutzte Klaudia den Umstand, dass die Notärztin sich für Gebhardt entschieden hatte. Wenn sie mit ihm fertig war, wollte Klaudia möglichst weit weg sein. Sie hatte keine Lust auf Stablampen, die ihr in die Augen leuchteten, und dämliche Fragen.

»Mach doch, was du willst«, brummte Demel. »Aber besorg dir erst mal was zu essen, mit viel Fett und Kohlenhydraten. Du siehst aus, als könntest du das gebrauchen.«

»Oh, ich wusste gar nicht, dass du auch ein Medizinstudium abgeschlossen hast.« Klaudia grinste. »Aber du hast recht.« Sie nickte ihm zu. »Und danke.«

»Nicht dafür.«

»Aber dafür, dass du einen Streifenwagen losgeschickt hast.«

»Du hättest das Gleiche getan. Ach Moment, nein, ich wäre nicht in so eine Situation hineingestolpert«, korrigierte Demel sich.

Klaudia ließ es dabei bewenden und stieg in ihren Wagen. Sie hatte es nicht besser verdient. Demel würde noch bleiben und alles erledigen, was zu erledigen war, und dann das Haus versiegeln. Morgen würde die Spurensicherung sich das Haus vornehmen. Mit Klaudia verließen die ersten Streifenwagen das Grundstück. Sie war froh, als das Haus hinter ihr verschwand: ... *und ich sehe auf der Straße nach Norden.* Die Melodie legte sich über ihren Tinnitus. Ja, dachte Klaudia. Dieser Teil der Welt war definitiv anders geworden, auch für sie.

Klaudia befragte Gunkler in einem Büro der Bereitschaftspolizei. Die Büros der Lübbener Kriminalpolizei waren nicht behindertengerecht zu erreichen. Und selbst, um Gunkler in dieses Büro zu bekommen, hatten zwei Kollegen den Rollstuhl tragen müssen. Klaudia setzte sich ihm gegenüber an den Tisch, während die Kollegin der Bereitschaftspolizei etwas seitlich Platz nahm. Sie waren einfach nicht genügend Sachbearbeiter bei der Kripo, um alle Befragungen zu zweit durchzuführen.

Klaudia musste schon sehr genau hinschauen, um Gunklers Atembewegungen zu sehen. Er wirkte, als hätte er seine ganzen Lebensfunktionen heruntergefahren.

»Herr Gunkler«, sprach sie ihn mit sanfter Stimme an, »dieses Gespräch wird aufgezeichnet. Haben Sie das verstanden?«

Kurt Gunkler nickte fast unmerklich.

»Würden Sie es bitte laut sagen?«, bat ihn Klaudia.

»Ich habe verstanden.« Der alte Mann hob den Kopf, ihre Blicke begegneten sich.

»Ich nehme jetzt zunächst einmal Ihre Personalien auf.«

Während er seine Lebensdaten herunterrasselte, legte Klaudia das Foto von Jennifer Böseke auf den Tisch zwischen ihnen. Gunkler stockte, sprach dann aber mit monotoner Stimme weiter.

»Jennifer Böseke ist Ihre Tochter, nicht wahr?« Klaudia nutzte das Wissen, das sie von Gebhardt hatte.

»Ja.« Zärtlich strich Gunklers rissiger Daumen über das Fotopapier.

»Und Sie hatten die ganzen Jahre Kontakt mit ihr?« Klaudia

wusste, dass das nicht der Fall war, aber sie wollte seine Version der Geschichte hören.

»Sie hat mich gefunden. Drei Jahre ist das jetzt her. Wir haben uns gut verstanden. Sie ähnelte ihrer Mutter.«

»Die Sie verlassen haben.«

»Ich habe sie geliebt.«

»Also hat Jennis Mutter Sie verlassen?«

»Ist das wichtig?«

»Ich weiß es nicht. Sagen Sie es mir.«

»Sie war mit Jenni schwanger, und bei mir wurde MS diagnostiziert. Ich wollte sie nicht damit belasten. Also bin ich gegangen.«

»Und wusste Frau Böseke, dass Jenni Kontakt zu Ihnen hatte?«

»Nein«, antwortete Gunkler. »Ich wollte nicht, dass sie mich so sieht.«

»Ich verstehe.« Klaudia nickte. »Bevor wir weitersprechen, werde ich Ihnen jetzt erst einmal Ihre Rechte verlesen. Ist das in Ordnung für Sie.« Der letzte Satz war eine nichtssagende Floskel, doch Klaudia hatte die Erfahrung gemacht, dass er die Befragten beruhigte. Er gab ihnen die Illusion von Kontrolle.

»Wie im Fernsehen?«, fragte Gunkler.

»So ziemlich«, antwortete Klaudia und las ihm den Standardtext vor. »Möchten Sie mit einem Anwalt Kontakt aufnehmen?«, fragte sie, während Gunkler die Belehrung unterschrieb.

»Nein.« Der Alte schüttelte den Kopf.

»Wir haben Thorsten Gebhardt aus dem Keller Ihres Hauses befreit. Er war verletzt und stand unter dem Einfluss von Betäubungsmitteln. Warum das Ganze?«, fragte Klaudia.

»Er hat ihr wehgetan.« Gunkler hob den Kopf und starrte an Klaudia vorbei. Sein Blick war voller Schmerz.

»Wem hat er wehgetan?«, fragte Klaudia. »Rena?«

»Nein«, widersprach Gunkler. »Jenni.« Er streichelte über das Foto.

»Wollen Sie mir erzählen, was damals passiert ist?«

»Gebhardt, dieser Scheißkerl, hat sie geschlagen und ins Feuer gestoßen.«

»Sie waren dabei?«

»Nein.« Gunkler schüttelte bedächtig den Kopf. »Sie ist in der Nacht zu mir gekommen, ihrem Vater. Sie war verletzt und verängstigt.«

»Und warum haben Sie nicht die Polizei benachrichtigt?«, fragte Klaudia.

»Jenni wollte das nicht.«

»Okay«, antwortete Klaudia gedehnt. »Sie haben aber auch keinen Krankenwagen gerufen. Jenni war ziemlich schwer verletzt.«

»Das wollte sie auch nicht. Sie hat mich angefleht, es nicht zu tun.«

»Und warum wollte sie das nicht?«

»Weil sie geglaubt hat, sie hätte ihn getötet.«

»Und Sie haben Jennifer in dem Glauben gelassen?«

»Sie war verletzt, zugedröhnt. Sie war alles, was man sich nicht für seine Tochter wünscht. Ich habe mich um sie gekümmert, und es ging ihr gut.«

»Wer hat Ihnen geholfen?«, fragte Klaudia. »Ihre Tochter Rena?«

Gunkler schüttelte den Kopf. »Niemand«, brummte er.

Klaudia glaubte ihm nicht.

»Hat Manuela Strahl Ihnen geholfen?«

»Die hätte sich raushalten sollen.«

»Sie hat also nicht gewusst, dass dieses Mädchen bei Ihnen lebt.«

»Dieses Mädchen war meine Tochter.«

»Die Sie in dem Glauben gelassen haben, eine Mörderin zu sein.« Klaudia gelang es nur mit Mühe, diese Frage auf dem schmalen Grat zwischen Verständnis und Unglauben zu halten.

»Sonst wäre sie doch nicht geblieben. Ich brauchte sie doch.« Er sagte es mit einer Selbstverständlichkeit, die Klaudia erschreckte. Dieser Mann war kein liebender Vater, sondern ein manipulativer Soziopath, der seiner Tochter ihr Leben geraubt hatte.

»Was ist mit Jennis Mutter?«, fragte Klaudia. »Sie haben sie doch geliebt?«

»Für Helga war es besser zu glauben, Jenni sei tot, als eine Mörderin.«

»Aber Jenni war keine Mörderin«, widersprach Klaudia. »Sie haben der Liebe ihres Lebens«, sie benutzte bewusst diese Formulierung, »die Tochter genommen. Wie würden Sie sich fühlen, wenn Rena aus Ihrem Leben verschwinden würde?«

»Rena ist egal.« Es waren nicht nur die Worte, die Klaudia nach Luft schnappen ließen, sondern vor allem die Kälte, mit der sie ausgesprochen wurden. Sie verspürte Mitleid mit der Frau, die Thorsten Gebhardt überwältigt hatte.

»Helga war doch völlig überfordert.« Gunklers Stimme klang gepresst. »Ich habe ihr geholfen. Ich habe Jenni gerettet.« Den letzten Satz schrie er beinahe. Ein Nerv an seinem Auge zuckte.

»Jenni ist tot«, erinnerte Klaudia ihn. »Was ist Freitagnacht passiert? Als Jenni überfahren wurde?«

»Dieser Spacken hat sie aufgehetzt.« Gunkler hielt das Foto nun in beiden Händen, und Klaudia hatte das Gefühl, dass er mit der Toten sprach.

»Ich nehme an, dieser Spacken ist Mike Kaprolat.«

»Von mir aus«, zischte Gunkler. »Er hat ihr erzählt, dass ihr Freund im Knast ist. Er hätte nie kommen dürfen. Ich habe Rena gesagt, dass nur sie mir die Medikamente bringen soll, aber sie musste ja unbedingt im Kirchenchor trällern. Und dann ist Jenni weg.«

»Und Sie haben Rena angerufen.«

»Ja.« Der alte Mann schloss müde die Augen. »Sie sollte Jenni zurückbringen.«

»Aber das hat sie nicht getan«, sagte Klaudia sanft. »Was ist schiefgegangen?«

»Sie sollte Jenni zurückbringen«, wiederholte Gunkler. Seine Stimme klang auf einmal verwaschen. Er keuchte, seine Hände ballten sich zu Fäusten, er überstreckte den Kopf, und seine Hände trommelten auf die Tischplatte.

»Scheiße, ein Krampfanfall!«

Die uniformierte Kollegin riss die Tür auf und rief um Hilfe.

39. KAPITEL

Klaudia kam nur mit Mühe aus dem Bett. Ihr Frühstück bestand aus einer kalten Dusche, Koffein und Schmerzmitteln. Einigermaßen frisch fuhr sie zum Revier, hielt nur unterwegs an einer Tankstelle, um sich ein Käsebrötchen und einen Kaffee zu holen. Thang wedelte bereits mit den Schlüsseln des Dienstwagens. Klaudia ließ sich auf den Beifahrersitz fallen und packte ihr Käsebrötchen aus. Lustlos kaute sie darauf herum. Sie hatte keinen Hunger, wusste aber, dass sie einen langen Tag vor sich hatte. Nach der Obduktion würden sie nach Luckau fahren, um in der dortigen

JVA mit Rena Zink zu sprechen. Sie sollte also besser etwas essen.

»Albträume gehabt?« Thang lenkte den Wagen auf die A13 und gab Gas. Im Radio dudelte Gute-Laune-Musik, und Klaudia hatte Mühe, die Augen offen zu halten. Als ihr Smartphone sie geweckt hatte, war sie gerade erst eingeschlafen. Dickie hatte auf ihren Beinen gelegen und unwillig gemaunzt, als sie sich aus dem Bett gequält hatte.

»Nur schlecht geschlafen.« Unwillkürlich strich sie sich eine Haarsträhne hinters Ohr. Klaudia wusste, wie sie aussah. Ihr rechtes Auge war angeschwollen und ihre Wange zerkratzt. Ihr Nacken fühlte sich an wie gepfählt, ihr Kopf brummte, und in ihrem Ohr sirrte es, als säße eine Fliege in ihrem Gehörgang.

»Das hätte schiefgehen können«, sagte Thang.

»Wenn ich nicht gewesen wäre«, entgegnete Klaudia scharf, »wäre es schiefgegangen: und zwar für Gebhardt.«

»Du weißt, was ich meine.«

»Ja.« Unwillig biss Klaudia in ihr Brötchen. »Keine Alleingänge«, nuschelte sie mit vollem Mund.

»Und trotzdem machst du genau das ständig«, brummte Thang. Vor ihnen leuchteten Bremslichter auf. Der erste Stau. »Wenn Demel nicht gewesen wäre …«

»Ich weiß.« Klaudia packte das Brötchen wieder in die Tüte und nahm den Becher aus der Halterung. Thang hatte ja recht. »Trotzdem: Es war gut, dass ich da war.« Ihr Herzschlag beschleunigte sich, und sie spürte, wie ihr das Blut in den Kopf stieg. Offensichtlich regte Thangs Kritik ihren Kreislauf mehr an als Wechselduschen. »Sonst hätten wir nämlich noch eine Todesfallermittlung.«

»Wenn Demel nicht geschaltet hätte«, erwiderte Thang, »hätten wir zwei.«

Sie hasste ihn für die Ruhe, in der er das sagte. Sie hasste ihn für den besorgten Blick, und sie hasste ihn dafür, dass er recht hatte.

»Hätte ich etwa dich anrufen sollen?«

»Du hättest einen Streifenwagen anfordern können.« Thang sah eine Lücke und scherte aus. Er gehörte zur Kategorie der Stauhopser, während Klaudia eher stoisch in der Spur blieb.

»Wollte ich ja.« Klaudia bereute den Rechtfertigungsversuch sofort wieder, denn jetzt musste sie erklären, warum sie es nicht getan hatte.

»Und warum hast du es nicht?«, fragte Thang prompt.

»Weil ich die Situation falsch eingeschätzt habe. Herrgott!« Klaudia schluckte ihren Ärger herunter. »Außerdem: Wir hatten die Leute nicht auf dem Schirm. Zumindest nicht so«, räumte sie ein. »Wie geht's eigentlich deiner Frau?«, wechselte sie eher brutal als unauffällig das Thema. »Hat's geklappt?«

»Es ist noch zu früh, um was zu sagen.« Thang grinste schief; kurz blitzten seine Goldzähne auf.

»Ich drücke euch jedenfalls die Daumen. Und wenn es diesmal nicht geklappt hat ...«, Klaudia räusperte sich, »... solltest du nächsten Monat Freizeit brauchen, um zu ...« Ihr dämmerte, dass es keine Möglichkeit gab, diesen Satz zu beenden, ohne dass sie aussah wie ein Krebs, der in kochendes Wasser geworfen wurde, also hielt sie lieber die Klappe, und auch Thang schwieg für den Rest der Fahrt. Seine Ohrläppchen leuchteten so, wie Klaudias Wangen sich anfühlten.

Die Sekretärin an der Anmeldung blätterte in ihren Unterlagen und schickte die Beamten dann zu Saal 3.1. Rechter Hand.

»Bitte nicht schon wieder Studentenmikado«, murmelte Klaudia. Sie dachte nur ungern an ihre letzte Obduktion in Saal 3.1 zurück.

»Alt genug wäre die Leiche.« Thangs eher dunkle Gesichtsfarbe hatte bereits einen grünlichen Schimmer angenommen.

»Hoffentlich wird das nicht wieder so ein Schauturnen.«

»Stemmler genießt das richtig, oder?«, fragte Thang. Sie standen vor der verschlossenen Tür zu Saal 3.1.

»Er liebt seinen Job.«

Professor Stemmler war nicht nur ein herausragender Rechtsmediziner, sondern auch Dozent. Klaudia und Thang zogen Kittel über, dann drückte sie auf den Türöffner, und die Tür glitt vor ihnen auf. Irina winkte sie heran. Ein grünes OP-Tuch verbarg Mike Kaprolats Leiche. Keine Studenten. Erleichtert atmete Klaudia aus. Zwei Polizisten als Publikum reichten nicht, um Stemmler zu Hochform auflaufen zu lassen.

Die über dem Tisch installierte Luftabsaugung lief bereits auf Hochtouren, trotzdem atmete Klaudia unwillkürlich flacher. Sie schloss die Augen und konzentrierte sich auf den toten Menschen, der vor ihr auf dem Tisch lag. Ein Leben war gewaltsam beendet worden, das noch nicht einmal richtig begonnen hatte. Mike war Student gewesen, er hatte Eltern, die um ihn trauerten, Freunde und eine junge Auszubildende, die ein wenig in ihn verliebt gewesen war. Und nun war er tot, gestorben, bevor aus Verliebtsein Liebe werden konnte und aus einem Studium ein Beruf. Klaudia schluckte trocken. Sie brauchte diesen persönlichen Moment der Trauer. Er machte ihr klar, welche Verantwortung dieser Tod für sie bedeutete. Es war ihre Aufgabe und die ihrer Kollegen, Antworten zu finden: Antworten, die den Hinterbliebenen halfen, ihr

Schicksal anzunehmen. Antworten, die im besten Fall halfen, Täter zu ermitteln.

»Sind wir dann so weit?«

Stemmler war hereingekommen, ohne dass Klaudia ihn bemerkt hatte.

»Wie schön, dass Sie auch mal wieder den Weg hierher gefunden haben.« Stemmler schaltete das Mikrofon ein, zog das OP-Laken von Mike Kaprolat und begann mit der äußeren Leichenschau. »Immerhin haben Sie uns mit einigen Kunden versorgt.«

Während er mit Klaudia sprach, half er Irina, den Toten zu entkleiden, dabei beschrieben sie wie zwei Schneider Beschaffenheit und Zustand der Stoffe. Anschließend begann die äußere Leichenschau. Nach den eröffnenden Feststellungen wie Geschlecht, Konstitutionstyp und Ähnlichem rauschten Begriffe wie Grünfäulnis, durchschlagende Venennetze und Gasdunsung an Klaudia vorbei. Kein Hinweis auf äußere Gewalteinwirkung – erst hier horchte sie wieder auf. Stemmler schaltete das Mikrofon aus und wendete mit Irinas Hilfe den Toten auf den Bauch. Als hätte es keine Unterbrechung ihrer Unterhaltung gegeben, fuhr er an Klaudia gewandt fort: »Sie waren wohl zu sehr damit beschäftigt, uns hier mit Nachschub einzudecken.« Er lachte sein breites Lachen.

»War wirklich keine Absicht.« Entschuldigend hob Klaudia die Hände.

»Sie hat sogar einen weiteren Todesfall verhindert«, quetschte Thang zwischen zusammengepressten Zähnen hervor.

»Haben Sie das?« Stemmlers Mund wurde noch breiter, was nach Klaudias Dafürhalten eigentlich eine anatomische Unmöglichkeit war. »Und ich dachte, Leichen pflastern Ihren

Weg. Gab's da nicht mal so einen Western mit Klaus Kinski, der so hieß?« Fragend blickte er in die Runde.

»Wenn Sie das sagen.« Klaudia warf einen unbehaglichen Seitenblick zu Thang, doch auch er zuckte nur mit den Schultern.

»Was ist mit dir?«, fragte Stemmler seine Assistenzärztin. »Kennst du ihn?«

»Ich bin nicht so der Westerntyp«, antwortete Irina gelassen. »Frag mich also lieber etwas anderes.«

»Die Casper-Regel besagt?«

»Dass die Leichenveränderungen nach einer Liegezeit von einer Woche an der Luft jenen nach zwei Wochen im Wasser und jenen nach acht Wochen im Erdgrab entsprechen«, leierte Irina die Antwort herunter.

»Das war gut, oder?«, fragte Klaudia.

»Für den aktuellen Fall jedoch ziemlich bedeutungslos«, sagte Stemmler. »Weil Casper mangels Kraftfahrzeugen noch nicht die Auswirkungen des Verstauens einer Leiche im Kofferraum berechnen konnte.« Stemmler schaltete das Mikrofon wieder ein. Es fielen die gleichen Begriffe, und auch jetzt fanden die Rechtsmediziner keine Hinweise auf äußere Gewalteinwirkung.

»Er wurde also weder niedergeschlagen noch sonst was?«, fragte Thang.

»Nun«, sagte Stemmler. »Die Leiche ist nicht ganz frisch. Und wie Sie wissen, kann Fäulnis Spuren äußerer Gewalt verdecken oder sogar ausmerzen.«

»Könnten Sie uns sagen, wann er ungefähr gestorben ist?«

»Wann wurde er denn zuletzt gesehen.«

»Am achten Juli gegen zwanzig Uhr dreißig«, antwortete Thang. »Da hat er die Betäubungsmittel ausgeliefert«, fügte er an Klaudia gewandt hinzu.

»Nun.« Stemmler runzelte die Stirn. »Das Wetter der letzten Tage hat sicherlich die Fäulnisprozesse sehr beschleunigt. Was ich Ihnen allerdings sagen kann: Er lebte noch, als er in den Kofferraum gelegt wurde.« Die beiden Ärzte drehten die Leiche wieder auf den Rücken.

»Wegen der Leichenflecken, nicht wahr?« Nachdenklich strich sich Klaudia eine Haarsträhne hinters Ohr. »Aber warum hat er nicht um Hilfe gerufen? Wir haben ihn auf einem Garagenhof in der Nähe eines Kulturzentrums gefunden. Ein beliebter Fuß- und Radweg zum Spreeweltenbad führt dort entlang.«

»Nun«, Stemmler drückte den Kiefer des Toten auseinander, »ich bin zuversichtlich, dass wir einige Ihrer Fragen in den nächsten Stunden beantworten können. Was haben wir denn da?« Ohne überhaupt hinzusehen, griff er nach einer bereitliegenden Pinzette.

Unwillkürlich beugte Klaudia sich vor, selbst Thang trat einen Schritt näher. Der Fäulnisgeruch war vergessen, ihr Jagdtrieb war erwacht. Gespannt starrten sie auf die Pinzette, mit der Stemmler im Mund des Toten herumstocherte. Unwillkürlich biss Klaudia die Zähne zusammen. Endlich, nach einer gefühlten Ewigkeit zog er die Pinzette zurück. »Ich glaube, wir haben einen Hinweis auf die Todesursache«, sagte er.

Klaudia starrte auf das Stück Stoff in seiner Hand. Es war blutig und stank bestialisch. Ein Herrentaschentuch, dachte sie. Mike Kaprolat war an einem Herrentaschentuch erstickt.

40. KAPITEL

Müde ließ Klaudia sich auf den Beifahrersitz fallen, ihre Knie schmerzten, und hinter ihren Schläfen wummerte es dumpf. Sie griff nach dem Gurt und lehnte sich mit geschlossenen Augen zurück, nur um sie gleich wieder aufzureißen, weil sich der Moment, in dem Stemmler die Haut vom Schädel gelöst hatte, auf das Innere ihrer Lider gestanzt hatte.

»Und du bist da allein hin.« Thang quetschte sich hinters Lenkrad. »Du könntest tot sein wie all die anderen.«

»Wenn du meinst.« Klaudia hatte keine Lust, dieses Gespräch wieder aufzunehmen.

»Du hast ihre kriminelle Energie unterschätzt, genau wie Kaprolat, Böseke, Strahl und Gebhardt. Und bis auf einen sind sie alle tot.«

Klaudias Smartphone brummte. Sie seufzte und kramte es aus dem Rucksack. Sie fuhr mit dem Finger über das Display. Eine Kurznachricht poppte auf. »Scheiße«, fluchte Klaudia unwillkürlich.

»Was ist los?«

»Sobald das hier vorbei ist, soll ich mich bei PH melden.« Klaudia stopfte das Smartphone zurück in ihren Rucksack. »Willst du heute noch irgendwann losfahren?«, schnauzte sie.

»PH wird dir schon nicht den Kopf abreißen«, versuchte Thang, sie zu beruhigen. »Schließlich hast du ja Thorsten Gebhardt gerettet.«

Was du nicht sagst! Klaudia unterdrückte ein Grinsen. Sie würde einen Teufel tun und ihren Kollegen darauf aufmerksam machen, dass er sich gerade selbst widersprach. Aber so war Thang. Er nahm kein Blatt vor den Mund, wenn sie allein waren, aber wehe, ein anderer kritisierte sie.

Thang drehte den Zündschlüssel, und bis zur Autobahn schwiegen sie beide.

»Ob er zwischendurch wach geworden ist?«, fragte Klaudia, als sie wieder auf der A13 waren.

»Besser nicht«, entgegnete Thang.

»Wie sie das wohl geschafft hat?« Klaudia versuchte dieses Bild von dem Menschen, der wie ein Sack Müll in den Kofferraum gestopft worden war, mit dem Bild, das sie sich von Rena Zink gemacht hatte, unter einen Hut zu bringen. Sie hatte die Frau gemocht, hatte sie als patent und hilfsbereit erlebt. Sie hatte Mitleid mit ihr gehabt, als ihr eigener Vater sie mit einer Handbewegung abgetan hatte. War es wirklich vorstellbar, dass diese Frau drei Menschenleben auf dem Gewissen hatte und bereit gewesen war, ein viertes zu opfern, um …?

Ja, warum eigentlich? Unwillkürlich schüttelte Klaudia den Kopf. Wen hatte Rena Zink schützen wollen? Sich selbst? Ihren Vater? Oder ihren Mann? Klaudia dachte an den umständlichen und wenig liebenswürdigen Apotheker. Wusste er, dass seine Frau eine Mörderin war? Hatte er ihr vielleicht sogar geholfen?

»Meinst du, ihr Mann hängt mit drin?«

»Glaubst du das?«

»Irgendwie nicht«, antwortete Klaudia. »Aber das will nichts heißen.«

»Dann lass ihn zur Befragung abholen. Demel kann das übernehmen.«

»Er ist mit der Spusi am Haus.«

»Dann eben PH«, entgegnete Thang. »Der kann sich ja nicht für den Rest seiner Dienstzeit hinter der Polizeireform 2020 verstecken.«

»Wie lange hat er eigentlich noch?«

»Keine Ahnung.« Thang warf ihr einen Seitenblick zu. »Willst du seinen Job?«

»Du spinnst.« Lachend schüttelte sie den Kopf.

Rena Zink trug dieselbe Kleidung wie bei ihrer Verhaftung. Eine Beamtin führte sie ins Befragungszimmer und schloss dann die Tür. Klaudia musterte die Frau, die an der Tür stand: eine Marionette, aufgehängt an ihren Bändern und dann vergessen. Ihr Gesicht wirkte seltsam teigig, und ihre Augen wanderten ziellos durch den Raum, während Thang sie über ihre Rechte belehrte.

»Frau Zink«, sagte Klaudia sanft.

Nur das Zucken ihrer Lider verriet, dass die Gefangene sie gehört hatte. Sie stand offensichtlich unter dem Einfluss von Beruhigungsmitteln.

»Wollen Sie sich nicht setzen?« Klaudia zog einen Stuhl unter dem Tisch hervor und berührte Zink am Ellbogen.

Gehorsam setzte sie sich auf die äußerste Kante des Stuhls, bereit aufzuspringen und wegzulaufen. Doch aus diesem Raum gab es kein Entkommen.

»Was ist mit meinem Vater?« Zinks Stimme klang verwaschen. Sie knetete die Finger, und ihre Augen fixierten einen Punkt hinter Klaudia und Thang.

»Er wird ärztlich versorgt.« Bewusst beließ es Klaudia bei dieser Floskel. Sie konnte alles bedeuten, und wie sie erwartet hatte, vermutete Rena Zink das Schlimmste. Nur brauchte es eine Weile, bis die Worte sie erreichten.

»Wir haben nichts getan.« Zum ersten Mal sah sie Klaudia direkt in die Augen. Es war ein Blick voll unterdrückter Wut. Unter dieser Watteschicht aus Beruhigungsmitteln brodelte ein Vulkan.

»Ihr Vater sieht das anders«, sagte Klaudia.

»Er ist krank«, fauchte Zink.

»Das mag sein«, entgegnete Klaudia sanft, »trotzdem haben wir Thorsten Gebhardt aus seinem Keller gerettet. Er stand unter Drogen und war verletzt.«

»Er stand schon unter Drogen, als er ankam.« Zink setzte sich aufrecht hin. »Er hat Vater bedroht. Ich meine, er war gerade aus dem Gefängnis entlassen worden. Er war wütend. Ich wusste mir nicht zu helfen. Es war Notwehr. Ich konnte doch nicht zulassen, dass er Vater etwas antut.«

»Und warum hat Thorsten Gebhardt Ihren Vater bedroht?«, fragte Thang.

»Wegen Jennifer.«

»Wussten Sie von ihr?«

»Nicht bis zu der Nacht. Erst da habe ich alles erfahren. Sie hat sich bei ihm eingenistet, behauptet, sie sei seine Tochter.«

»Und?«, fragte Klaudia. »Ist sie das nicht?«

»Natürlich nicht«, zischte Rena. »Es ist alles gelogen. Er ist mein Vater.« Ihre Stimme wurde schrill. »Mein Vater! Hören Sie?«

»Musste Jennifer Böseke deshalb sterben?«

»Davon weiß ich nichts.« Rena Zink verschränkte die Arme vor der Brust.

»Ihr Vater hat mir erzählt, dass er Sie Freitagnacht auf der Chorprobe angerufen hat.«

»Ja und?«

»Er sagt, Jenni hätte nach einem Streit das Haus verlassen, und Sie wären ihr gefolgt.« Klaudia lehnte sich zurück. »Was ist dann passiert, Frau Zink? Was ist mit Jenni und Mike geschehen?«

»Davon weiß ich nicht, ich bin nach Hause gefahren, weil ich die Faxen satthatte. Und das ist mein letztes Wort.«

»Das ist Ihr gutes Recht«, sagte Klaudia und holte ihr Smartphone aus dem Rucksack. »Aber vielleicht kann uns Ihr Mann weiterhelfen.«

»Mein Mann hat damit nichts zu tun.« Etwas Farbe kehrte in Zinks Wangen zurück. Sie beugte sich vor und starrte auf das Smartphone in Klaudias Hand.

Bingo, dachte Klaudia. Sie hatte die Stelle gefunden, wo es wehtat, und Thang bohrte seinen Finger in die Wunde, ganz tief und ganz langsam.

»Das kann er uns selbst erzählen.« Thangs Stimme klang herrisch, die Worte marschierten im Stechschritt über seine Lippen. »Wir werden ihn abholen lassen. Von uniformierten Kollegen.« Er ließ die Worte wirken.

»Das Ganze muss wirklich schrecklich für ihn sein«, sagte Klaudia nach einer Weile. »Frau und Schwiegervater im Gefängnis.« Mitleidig schnalzte sie mit der Zunge. »Er selbst zur Befragung abgeholt. Ihr Mann hatte noch nie etwas mit der Polizei zu tun, nicht wahr?«

»Nein.« Rena Zink schüttelte den Kopf. Tränen traten ihr in die Augen. »Das können Sie ihm nicht antun, bitte. Er weiß doch nichts.«

»Es sind Drogen im Spiel.« Thang übernahm wieder den Part des Treibers. »Unsere Kollegen werden die gesamte Apotheke auf den Kopf stellen.«

»Bitte! Das können Sie doch nicht machen.« Zink rang die Hände. Ihre Fingerknöchel traten weiß hervor.

»Wir tun das nur sehr ungern«, sagte Klaudia sanft. »Aber Sie müssen uns auch verstehen: Gebhardt stand unter dem Einfluss von Drogen, und irgendwoher müssen sie gekommen sein. Was liegt näher, als in einer Apotheke zu suchen?«

»Ich habe Ihnen doch bereits gesagt, dass er in diesem Zustand bei meinem Vater angekommen ist.«

»Das ist nicht möglich«, sagte Thang. »Und das wissen Sie. Wenn wir fertig sind, ist nichts mehr an seinem Platz.«

»Aber das geht doch nicht«, widersprach Zink hilflos.

»Es ist wirklich übel«, übernahm Klaudia wieder. »Meine Kollegen haben jedoch leider keine Wahl, außer ...« Das letzte Wort stand wie ein Ausrufezeichen im Raum.

»Außer?«, fragte Rena Zink schließlich. Ihre Stimme klang gepresst.

»Sie sagen uns, was fehlt.«

»Und dann?«

»Kann ich meine Kollegen informieren, und sie müssen nicht alles beschlagnahmen. Ich schätze, für Ihren Mann wird das schrecklich. Die Einzige, die ihm jetzt noch helfen kann, sind Sie.«

»Ich?«

»Ja.« Klaudia nickte. »Sagen Sie uns, wo wir suchen müssen.«

»Es war *Nembutal*, und ich hatte es nicht aus der Apotheke«, flüsterte Rena Zink. »Ich hätte nie etwas aus dem Bestand genommen. Das müssen Sie mir glauben.«

»Natürlich«, antwortete Klaudia. »Aber woher hatten Sie es dann?«

»Mein Vater hat es verschrieben bekommen, wegen der Anfälle.«

»Ich verstehe«, sagte Klaudia. »Solche Krampfanfälle sind etwas Schreckliches. Eigentlich konnte er doch gar nicht mehr allein leben, oder?«

»Er wollte nicht zu uns ziehen, und in ein Heim wollte er schon gar nicht.«

»Und deshalb haben Sie Jennifer akzeptiert?«

»Ich wusste nichts von ihr.« Rena Zink nickte. »Bis Mike ihr Flausen in den Kopf gesetzt hat.«

»Sie wollen uns wirklich weismachen, dass Sie nichts von ihrer Halb-...«

»Sie ist nicht meine Schwester«, fuhr Zink auf.

»Warum ist sie bei Ihrem Vater geblieben Frau Zink?«

»Was weiß ich! Wahrscheinlich hat sie gedacht, sie könnte was erben.« Rena Zink schnaubte. »Aber da hat sie sich geschnitten. Es hat alles meiner Großmutter gehört, und jetzt gehört es mir. Sie hat mir alles vererbt und Vater mit dem Pflichtteil abgefunden.«

»Sie hätten Jennifer also jederzeit vor die Tür setzen können«, sagte Klaudia.

»Hätte ich, ja.« Zink nickte. »Und das hätte ich auch getan, wenn ich von ihrer Existenz gewusst hätte.«

»Außerdem waren Sie froh, dass sich jemand um ihn gekümmert hat, oder?«

»Nein!« Zink senkte den Blick. »Ich wollte mich um ihn kümmern, aber er hat mich fortgeschickt.«

»Außerdem hatten Sie ja auch noch Ihren Mann.«

»Ich hätte es geschafft.«

»So wie Sie es jetzt geschafft haben?«

»Sie verstehen überhaupt nichts«, sagte Rena Zink.

»Was ist in der Nacht passiert?«

»Mike hat Jenni gesehen und ihr Flausen in den Kopf gesetzt. Auf einmal wollte sie weg, und Vater rief mich bei der Chorprobe an. Er war außer sich, und ich hatte Angst, dass er einen Anfall kriegt. Sie wissen nicht, wie das ist.«

»Doch«, sagte Klaudia, »das weiß ich.« Sie war sich nicht sicher, ob es funktionieren würde, aber es war einen Versuch wert. »Er hatte einen bei der Befragung.«

»Was haben Sie ihm angetan?«, fuhr Rena Zink auf.

»Nichts«, entgegnete Klaudia ruhig. »Er war wütend auf Sie. Er hat gesagt, Sie wären eifersüchtig und ...« Klaudia beendete den Satz nicht. Sie war so weit gegangen, wie sie gehen konnte, ohne zu lügen. Jetzt konnte sie nur darauf vertrauen, dass Gunklers Tochter den Satz in ihrem Sinne beendete.

»Das hat er gesagt?« Rena Zinks Schultern sackten nach vorne.

Klaudia nickte.

»Ich wollte sie nicht überfahren.« Rena Zink hob den Kopf und starrte wieder auf den Punkt zwischen Klaudia und Thang. »Ich war so aufgewühlt. Ich wollte sie ruhigstellen. Beide. Mit Tee. Jennifer ist ausgerastet, und dann ist sie aus dem Haus gerannt. Sie wollte zur Polizei. Das konnte ich nicht zulassen. Vater ist doch krank. Ich wollte, dass sie einsteigt, aber sie hat mich geschlagen und beschimpft, und dann ist sie weitergelaufen, und es hat geregnet. Erst wollte ich nicht hinterher, ich habe gedacht: Soll sie doch weglaufen! Aber dann bin ich doch hinterher und hab Gas gegeben, und auf einmal hat es einen schrecklichen Ruck gegeben. Ich konnte nichts dazu.« Rena Zink suchte Klaudias Blick. »Es war ein Unfall.«

»Das ist schrecklich. Wo war Mike, als der Unfall passierte?«

»Ich weiß nicht.« Die Antwort kam zu schnell.

»Wir waren gerade bei seiner Obduktion«, sagte Klaudia. »Professor Stemmler hat ein Taschentuch aus seinem Hals gezogen. Ein Herrentaschentuch. Ich denke, wir werden die DNA Ihres Vaters an diesem Taschentuch finden. Wirklich, Frau Zink …« Klaudia schüttelte scheinbar bedauernd den Kopf. »Ich versuche, Ihnen zu helfen, aber damit ich das tun kann, müssen Sie uns die Wahrheit sagen. Was ist mit Mike passiert?«

»Als ich zurückkam, war er fort.«

»Und wo war er?«

»Ich weiß es nicht.«

»Frau Zink.« Thang erhob sich und stellte sich dicht vor die Gefangene. »Wir werden seine DNA im Haus finden, und dann ist Ihre Chance zur Kooperation vertan. Wie, glauben Sie, wird Ihr Mann das aufnehmen.«

»Er war im Bierkeller.« Rena Zinks Stimme war nur noch ein Flüstern. »Er konnte da nicht bleiben.«

»Wann haben Sie ihn in Manuelas Garage geschafft. Bevor oder nachdem sie Manuela umgebracht haben?«

»Davor.« Zink war längst darüber hinweg zu leugnen.

»Musste Manuela deshalb sterben?«

»Sie wollte mich erpressen.«

»Sie wusste also von Jennifer?«

»Ich hätte sie nicht fragen sollen«, sagte Zink. »Vater war überfordert, und sie hat im Haus herumgeschnüffelt. Hat behauptet, Mike zu spüren. Da hat Vater die Nerven verloren.«

»Also hat er ihr auch Tee angeboten.« Thangs Stimme klang beinahe traurig.

»Nein«, antwortete Zink. »Er hat sie rausgeschmissen, und ich bin zu ihr gefahren. Erpressen wollte sie mich. Wir sollten ihre Salben verkaufen.«

»Überinszeniert«, murmelte Klaudia. Sie fühlte sich erschöpft und hatte das Gefühl, keinen Moment länger die gleiche Luft wie Rena Zink atmen zu können. »Sie haben Manuela die SMS geschickt und sie wieder gelöscht. Warum?«

»Sie haben Mike doch gesucht wegen dem Unfall, und Manuela hatte sein Handy, da habe ich gedacht, ich lenke den Verdacht auf ihn, und es wäre ja auch alles gut gegangen, wenn nicht dieser junge Mann und Sie«, ein vorwurfsvoller Blick traf Klaudia, »aufgetaucht wären.«

»So ein Pech!« Klaudia gelang es, nicht allzu barsch zu klingen. Die Frau hatte drei Menschen auf dem Gewissen und sprach davon, dass alles gut gegangen sei.

»Im Protokoll stand nichts davon, dass Gunkler seine Tochter beschuldigt hat?«, sagte Thang, als sie wieder im Wagen saßen.

»Habe ich auch nicht behauptet.« Klaudia lehnte sich mit geschlossenen Augen zurück. Ihre Kopfschmerzen wummerten im Rhythmus ihres Herzschlages, außerdem war ihr schlecht. Sie überlegte, wann sie das letzte Mal etwas gegessen hatte, und erinnerte sich an das Käsebrötchen. Vorsichtig zog sie es aus dem Papier. Der Käse war geschmolzen und das Brötchen zäh wie Kaugummi, trotzdem biss sie hinein. Es schmeckte, wie es aussah.

»Du hast sie das denken lassen.«

»... denn das Denken der Gedanken ist gedankenloses Denken«, murmelte Klaudia.

»Und was bitte soll das heißen?«

»Keine Ahnung. Ich bin gerade unterzuckert.« Klaudia biss wieder in ihr Brötchen. Kauend fuhr sie fort: »Außerdem ist es egal. Es hat funktioniert.«

»Und?«, fragte Thang nach einer Weile. »Meinst du, sie hat wirklich nicht gewusst, dass Jennifer sich bei ihrem Vater versteckt hat?«

»Nein.« Klaudias Antwort kam prompt und bestimmt, dann ein Zögern. Schließlich sagte sie: »Ich glaube, Rena Zink macht sich ihre Welt, wie es ihr gefällt.«

Klaudia verstand sie sogar. Rena Zink war von ihrer Mutter verlassen worden, ihr Vater war ein Narzisst, und ihr Mann sah in ihr wahrscheinlich nur die preiswerte Hilfskraft. Alles gute Gründe, in einer Traumwelt zu leben, in der die Mutter einen nicht verlassen hatte, Vater und Ehemann voller Liebe und Zuneigung waren, und man selbst war selbstbewusst und erfolgreich. Also das Gegenteil von dem, was man in seinem tiefsten Inneren war. Auch Klaudia kannte das Gefühl, nur geduldet zu sein. Auch sie wusste, wie es war, einen geliebten Menschen zu verlieren, und auf eine sehr tragische Art und Weise hatte auch ihre Mutter sich aus dem Staub gemacht. Jede Flasche Wein, die sie leerte, hatte sie weiter von ihrer Tochter entfernt, bis sie schließlich, an ihrem eigenen Blut erstickt, in der Küche gelegen hatte. Auch Klaudia hatte sich in Traumwelten geflüchtet, doch sie hatte Glück gehabt und frühzeitig gelernt, dass solche Fluchten in Sackgassen endeten. Und stand man erst einmal mit dem Rücken zur Wand, konnte es passieren, dass man falsche Entscheidungen traf, wie Rena Zink es getan hatte. Sie hatte gemordet, um ihre Scheinwelt aufrechtzuerhalten. Insofern war sie die Hauptschuldige. Andererseits … Klaudia dachte an den Mann im Rollstuhl.

»Die Welt, wie es ihr gefällt … Das ist aus Pippi Langstrumpf, oder?«, sagte Thang in ihre Gedanken hinein.

»Stimmt.« Klaudia schüttelte die trüben Gedanken ab. Sie hatten ihren Job erledigt, jetzt war es Aufgabe der Gerichte, über das Maß der Schuld zu entscheiden. »Ich bin beeindruckt von deinem fundierten Allgemeinwissen. Ich dachte, du liest nur B. Traven.« Sie rieb sich die Schläfen.

»Terry Pratchett«, korrigierte sie Thang.

»Oder den.« Angeekelt stopfte Klaudia das Brötchen in die Tüte zurück. »Was hältst du von Döner?«

»Ich bin dabei.« Thang startete den Wagen. »Und das alles fing mit einem Unfall an«, murmelte er. »Kaum zu glauben.«

»Du weißt, dass es kein Unfall war«, widersprach Klaudia. »Die Spurenlage spricht dagegen, und außerdem: Sie ist ohne Licht gefahren.«

41. KAPITEL

Klaudia lud Mikes Trekkingrucksack, den die Spurensicherung freigegeben hatte, in ihren Kofferraum. Die Untersuchungen waren abgeschlossen, und sie hatte sich angeboten, den Rucksack zu seinen Eltern zu bringen. Thang, Demel und sogar PH hatten versucht, sie davon abzuhalten, doch sie hatte darauf bestanden. Sie fühlte sich mitschuldig am Tod des Jungen. Und auch wenn sie sich immer wieder sagte, dass sie nicht die Schuld der Täter auf ihre Schultern laden durfte, wich dieses Gefühl nicht. Es war ihr nicht gelungen, Mike zu retten, wie sie Thorsten Gebhardt gerettet hatte. Klaudia hatte ihn seit ihrem Gespräch in Jennis Zimmer nicht mehr gesehen. Sie hoffte, dass die Tatsache, dass Jenni geglaubt hatte, eine Mörderin zu sein, und sich deshalb versteckt hatte, ihm half, den beiden verlorenen Jahren nicht so sehr nachzutrauern, dass er daran zerbrach.

Sie klemmte sich hinter das Steuer und gab die Adresse der Eltern ein. Sie wohnten in einer Kleinstadt, in der Nähe von Berlin. Knapp zwei Stunden später fuhr Klaudia an einer mittelalterlichen Stadtmauer vorbei, in ein waldiges Gelände hinein, das zu einer Anstalt gehörte. Backsteinhäuser duckten sich unter ausladenden Bäumen, es herrschte kaum Verkehr, und die wenigen Menschen, die auf den Straßen unterwegs waren, schienen alle Zeit der Welt zu haben.

Klaudia spürte, wie die Ruhe, die dieses Umfeld ausstrahlte, auch auf sie überging. Hier also hatte Mike gelebt. Es gab schlechtere Orte, an denen man aufwachsen konnte. In ihrer Zeit auf dem Streifenwagen war Klaudia an jedem dieser Orte gewesen.

Aus den Akten wusste Klaudia, dass Mikes Mutter als Oberärztin im Stiftungskrankenhaus arbeitete, sein Vater war Sonderschulpädagoge. Zwei Menschen, die bereit waren, zu helfen und Verantwortung zu übernehmen. Werte, die sie auch Mike vermittelt hatten.

Das Haus der Familie Kaprolat lag in einer ruhigen Seitenstraße, es war ein weiß verputztes, zweigeschossiges Wohnhaus mit spitzem Giebel. Wuchtige Hortensien rahmten den Weg zum Haus. Klaudia nahm den Rucksack aus dem Kofferraum und trug ihn vorbei an von Hummeln umschwirrten Lavendelbüschen. Klaudia sah, wie sich eine Scheibengardine bewegte. Klaviermusik schallte aus dem Haus, ein Hund bellte. Es war ein grollendes Bellen. Die Haustür öffnete sich, bevor Klaudia sie erreichte. Die Frau war blass und hielt sich bemüht aufrecht.

»Guten Tag«, stellte Klaudia sich vor. »Wir haben miteinander telefoniert. Ich bin Kriminalhauptmeisterin Wagner von der Kripo Lübben.«

»Das ist Mikes Rucksack.« Die Frau presste die Faust gegen die Lippen. Ihr Blick klebte geradezu an dem Trekkingrucksack, der von Klaudias Schulter hing.

»Darf ich hereinkommen?«, fragte Klaudia sanft.

»Ja, bitte.« Die Frau trat zur Seite. Der Flur war hell gefliest. Holzgitter, wie man sie benutzte, um Kleinkinder zu schützen, waren in jede Türöffnung gespannt.

»Hier entlang bitte.« Die Frau öffnete ein Holzgitter und führte Klaudia ins Wohnzimmer. Es war ein gemütlicher Raum mit Bildern an den Wänden, einem Kamin, auf dessen Sims sich Familienfotos drängten und vor dem eine Hundedecke lag. Vor der Terrassentür hockte ein Bernhardiner und starrte trübsinnig in den Raum. Klaudia war froh, dass der Hund ausgesperrt war.

Herr Kaprolat erhob sich von dem Klavierhocker und begrüßte Klaudia. Die Ähnlichkeit mit seinem Sohn war verblüffend.

»Nehmen Sie doch Platz.« Auch er flüsterte, als schliefe irgendwo in diesem Haus ein Kind. Er führte Klaudia zu einer Sitzgruppe. Während sie in einem Ledersessel mit abgestoßenen Kanten Platz nahm, setzten sich die Eltern auf das Sofa ihr gegenüber.

»Frau Gabriel hat uns gesagt, dass Sie kommen.«

»Frau Gabriel ist die Notfallpsychologin?«

»Sie hat uns sehr geholfen. Es war alles so …« Frau Kaprolat hob die Schultern und ließ sie wieder fallen. Noch immer fehlten ihr die Worte für das, was sie in den letzten zwei Wochen durchgemacht hatte. Erst war ihr Sohn wegen Fahrerflucht gesucht worden, dann hatte man ihn erstickt in einem Kofferraum aufgefunden. »Sie hat uns gesagt, dass Sie an den Ermittlungen beteiligt waren.«

Klaudia nickte. »Ich habe Ihren Sohn gefunden.«

»Hat er sehr gelitten?« Herr Kaprolat griff nach der Hand seiner Frau.

»Nein«, antwortete Klaudia wahrheitsgemäß. Mike hatte Unmengen Pentobarbital im Blut gehabt. »Er hat nicht gelitten. Er ist einfach eingeschlafen.«

»Ich habe gehört, der Schuldige ist wieder draußen«, sagte Frau Kaprolat. »Wie kann das sein?« Ihre Stimme brach, und fürsorglich legte ihr Mann den Arm um ihre Schultern. So saßen sie da, nebeneinander, sich an den Händen haltend und einer den anderen stützend.

»Seine Tochter hat gestanden, und er ist nicht haftfähig. Aber es geht ihm nicht gut.« Klaudia hatte Gunkler in dem Heim besucht, in dem er jetzt lebte. Er hatte sie ignoriert, sein Gesicht war starr und sah aus wie die Gesichter, die er in die Totems geschnitzt hatte.

»Unser Sohn hatte noch sein ganzes Leben vor sich. Er wollte nach Afrika gehen«, schluchzte Frau Kaprolat, »neue Medikamente entwickeln. Er wollte Gutes tun.«

»Meine Frau hat ihm angeboten, er könnte sein Praktikum auch bei ihr in der Klinik machen«, ergänzte ihr Mann mit erstickter Stimme. »Wir haben hier eine Krankenhausapotheke. Aber er wollte unbedingt woandershin. Da habe ich bei den Rotariern herumgefragt. Und jemand wusste von dieser Apotheke im Spreewald. Mike war ganz begeistert. Er war immer gerne in der Natur. Hätte ich nur nicht gefragt.« Seine Stimme brach; er senkte den Kopf. Tränen tropften von seinem Kinn und versickerten im Hemdkragen.

Klaudias Kehle wurde eng. »Es ist nicht Ihre Schuld«, sagte sie.

»Das hat Frau Gabriel auch gesagt«, flüsterte Frau Kaprolat. »Aber natürlich sucht man die ganze Zeit nach Erklärungen. Fragt sich, was man hätte anders machen können.«

»Sie haben nichts falsch gemacht und auch Mike nicht. Er hat getan, was er für richtig hielt, und er hat einen Menschen gerettet.«

»Sie meinen Thorsten Gebhardt?«

»Ja«, bestätigte Klaudia. »Durch Mike ist er freigekommen, und selbst Jennifer hat vor ihrem Tod zumindest noch erfahren, dass sie keine Mörderin ist.«

»Und in welchem Bewusstsein ist mein Sohn gestorben?«, fragte Herr Kaprolat. »In dem Bewusstsein, ein Idiot zu sein?«

»Es tut mir leid«, ruderte Klaudia zurück. »Das kann für Sie kein Trost sein.«

»Thorsten Gebhardt hat uns besucht«, sagte Frau Kaprolat. »Er hat uns erzählt, woher er Mike kannte und dass er dankbar ist, ihm begegnet zu sein.«

»Ich hätte Mike auch gerne kennengelernt«, sagte Klaudia. »Ihr Sohn war ein mutiger Mensch.«

»Er konnte Unrecht nie ertragen.« Über Frau Kaprolats Gesicht glitt ein wehmütiges Lächeln. »Weißt du noch damals in der Schule?«, fragte sie ihren Mann.

»Wie könnte ich das vergessen.« Herr Kaprolat schnäuzte sich die Nase. »Er ist zwischen zwei Streithähne gegangen und sollte dem Schulleiter sagen, wer angefangen hat. Als der auftauchte, sind die anderen stiften gegangen. Nur Mike nicht, er hatte ja ein reines Gewissen. Natürlich wollte er nicht petzen, deshalb hat der Schulleiter ihn dabehalten. Mike war so zornig über diese Ungerechtigkeit, dass er den Schulleiter beschimpft hat.« Trauer übermannte ihn.

»Was die Situation nicht besser gemacht hat«, nahm seine Frau den Faden auf. »Damals waren wir ziemlich verärgert, aber so im Nachhinein betrachtet hat Mike wohl recht gehabt. Der Schulleiter hätte ihn nicht dabehalten dürfen.«

»Nein«, bestätigte Klaudia. »Das hätte er wohl nicht.«

»Danke, dass Sie uns seine Sachen gebracht haben. Das bedeutet uns viel.«

»Das war das Mindeste, was ich tun konnte.«

»Wissen Sie, was fast noch schlimmer war als die Nachricht von seinem Tod?« Mikes Vater hob den Kopf.

»Dass wir ihn wegen Fahrerflucht gesucht haben?« Klaudia ahnte, dass die Vorstellung, ihr Sohn hätte eine Frau hilflos liegen lassen, die Eltern fast umgebracht haben musste.

»Er hätte so etwas nie getan.«

»Das konnten wir nicht wissen.«

»Aber wir haben es Ihren Kollegen gesagt«, beharrte Frau Kaprolat. »Sie hätten es wissen können.«

»Nicht so, wie ich es jetzt weiß«, sagte Klaudia. »Es tut mir leid, dass wir Ihren Sohn nicht retten konnten.«

»Wir fragen uns, ob es irgendwann in den Tagen vor seinem Tod einen Punkt gegeben hat, wo Sie es hätten können?«

»Mit der Frage gehe ich zu Bett und stehe wieder auf. Und wie ich meine Kollegen kenne, geht es denen nicht besser. Aber ich denke nicht …« Klaudia schüttelte traurig den Kopf. »Nein, wir hatten keine Chance, ihn rechtzeitig zu finden.«

»Wissen Sie, wann wir ihn heimholen können?« Frau Kaprolats Blick wanderte zum Rucksack, der in der Türöffnung lehnte.

»Nicht genau, aber es kann nicht mehr lange dauern.« Klaudia spürte, dass es nun an der Zeit war zu gehen. Die Eltern brannten darauf, den Rucksack zu öffnen. »Ich muss weiter«, log sie. »Ich habe noch einen wichtigen Termin.«

»Natürlich.« Frau Kaprolat brachte Klaudia zur Tür. »Haben Sie die Frau nie verdächtigt?«, fragte sie, als Klaudia ihr zum Abschied die Hand reichte.

»Erst, als es zu spät war«, sagte Klaudia. »Es tut mir leid.«

»Was für ein Mensch ist diese Frau?«

»Sehr unauffällig. Sie singt im Chor, kümmert sich um ihren Mann und ihren Vater. Jeder mochte sie. Fast jeder«, fügte sie hinzu.

»Und wer mochte sie nicht?«

»Ihr Vater.« Klaudia dachte an die Befragung von Kurt Gunkler, die Kälte und Gleichgültigkeit in seiner Stimme, als er von Rena gesprochen hatte. »Und sie hätte alles getan, damit er sie endlich liebt.«

»Sie klingen, als hätten Sie Verständnis für diese Mörderin.« Frau Kaprolat sagte das nicht unfreundlich, eher nachdenklich.

»Nicht dafür, dass sie Ihren Sohn und zwei weitere Menschen ermordet hat, aber ihren Schmerz verstehe ich schon.«

»Ihr Vater liebt sie«, sagte Frau Kaprolat und legte Klaudia die Hand auf den Unterarm. »Glauben Sie mir.«

»Mein Vater hat mich vergessen.« Der Satz war ausgesprochen, bevor Klaudia es verhindern konnte. Tränen schossen ihr in die Augen. »Er hat Alzheimer«

»Aber Sie haben ihn nicht vergessen. Denken Sie an die guten Zeiten. Denn die gibt es, nicht wahr?«

Fast gegen ihren Willen nickte Klaudia. Diese Frau kannte weder sie noch ihren Vater, trotzdem hatte sie es geschafft, ihr mit einem Satz Trost zu spenden.

42. KAPITEL

Nach dem Besuch bei Mikes Eltern war Klaudia zu aufgewühlt, um direkt nach Hause zu fahren. An einer Autobahntankstelle besorgte sie einen Strauß Blumen und fuhr zu der Stelle, an der sie vor etwas mehr als einer Woche Jennifer Bösekes Leiche überfahren hatte. Wie anders war heute die Situation. Damals hatte ein Unwetter getobt, und Klaudia hatte kaum die Hand vor Augen gesehen. Nur die Musik, die sie hörte, war die gleiche.

... und ich sehe auf der Straße nach Norden,
dieser Teil der Welt ist anders geworden ...

Die Sonne blendete Klaudia, als sie in die Sackgasse einbog. Klaudia parkte ihren Wagen am Wegrand, nahm die Blumen vom Beifahrersitz und stieg aus. Lerchen trällerten über dem Acker, Libellen schossen über den Weg, und der Klatschmohn am Wegesrand wiegte sich in einer leichten Brise. Vor dem schlichten Holzkreuz stand bereits ein Blumenstrauß. Wer immer ihn gebracht hatte, war klug genug gewesen, eine dieser Friedhofsvasen, die wie Schirmständer in die Erde gesteckt wurden, mitzubringen. Außerdem waren nun Jennis Name, ihr Geburtsdatum und der Tag ihres Todes ins Kreuz graviert. Klaudia ging in die Hocke und legte ihren Blumenstrauß ins Gras. Sie strich mit dem Zeigefinger über die Buchstaben. Ob Gunkler das gewesen war? Sie dachte an die Totems in seinem Hof. Wohl eher nicht. Dies hier war nicht kunstvoll geschnitzt, sondern mit einem Taschenmesser ins weiche Holz geritzt. Jemand war hier gewesen, dem es wichtig war, dass die Menschen wussten, wer hier zu Tode gekommen war. Sie war also nicht die Einzige, die den Weg hierher gefunden hatte. Der Gedanke erleichterte Klaudia. Vor zwei Jahren war Jenni verschwunden. Familie und Freunde hatten keinen Ort gehabt, wo sie um sie trauern konnten, jetzt gab es diesen Ort und wahrscheinlich bald einen weiteren. Von Irina wusste Klaudia, dass Jennifers Leiche nach Berlin gebracht worden war. Ihre letzte Ruhe würde sie auf einem Friedhof in Schöneberg finden, wo bereits Marlene Dietrich beerdigt war.

Klaudia verdrängte das Bild der toten Jenni und dachte an sie, als sie noch gelebt hatte. In der Akte war ein Bild von ihr im Dirndl gewesen. Eher ungewöhnlich für eine junge Berlinerin, aber selbst in der Hauptstadt wurde mittlerweile das Oktoberfest gefeiert. Jennifer hatte fröhlich in die Kamera gelacht. Ein Jahr später war sie verschwunden gewesen und Thorsten Gebhardt verurteilt worden.

»Es tut mir leid, was ich dir angetan habe«, flüsterte sie, die Hand am Kreuz. Auch wenn sie wusste, dass sie Jennifer nicht getötet hatte, so hatte ein Augenblick der Unachtsamkeit dazu geführt, dass sie ihr Gesicht zerstört hatte. Klaudia horchte in sich hinein. Das Sirren in ihrem Ohr war so leise wie die Brise, die vom nahen Wald herüberwehte. Das war kein Anfall gewesen, da war sie sich jetzt sicher. Diesmal war sie noch davongekommen. Sie musste einfach darauf vertrauen, dass die Anfälle weiterhin ausbleiben würden. Das war möglich, Klaudia wusste es, und vielleicht hatte sie Glück. Mehr Glück als Jennifer hatte sie auf jeden Fall gehabt. Du hättest mehr Vertrauen haben müssen, dachte sie voller Mitleid. Nein, korrigierte sie sich selbst, das stimmte so nicht. Jennifer hatte ja vertraut, nur leider dem falschen Menschen. Die junge Frau hatte ihrem Vater vertraut. Wie hatte sie ahnen können, dass ihr das zum Verhängnis werden würde?

Klaudia dachte an ihren eigenen Vater. Auch wenn er sich nicht mehr an ihren Namen erinnerte – er hatte sie geliebt. Vielleicht anders als die Zwillinge, die er hatte aufwachsen sehen, aber genug, um sie nach dem Tod ihrer Mutter in seine Familie aufzunehmen, ihre Verzweiflung und Wut zu ertragen und sie in den Arm zu nehmen, wenn sie es zuließ.

Das laute Geräusch eines Motors ließ Klaudia aufblicken. Einer dieser SUVs näherte sich aus Richtung der Sackgasse. Neugierig richtete sie sich auf. Niemand lebte mehr in den Häusern am Fließ. Manuela Strahl war tot und Gunkler in einem Pflegeheim. Der SUV bremste neben ihrem Peugeot. Die Beifahrertür wurde aufgestoßen, und Thorsten Gebhardt stieg aus. Er schien seit ihrer letzten Begegnung irgendwie geschrumpft zu sein. In seinem Gesicht waren Falten, die sie vorher nicht bemerkt hatte, und selbst sein Bizeps wirkte kleiner. Seine Hände waren bandagiert, so dass es aussah, als trüge er Handschuhe.

»Wir haben mein Fahrrad geholt«, sagte er statt einer Begrüßung. Die zwei Jahre in der Justizvollzugsanstalt hatten ihn geprägt. »Es ist alles verlassen.«

Auch die Wagentür an der Fahrerseite wurde jetzt aufgestoßen. Eine hochgewachsene Frau, deren Ähnlichkeit mit Thorsten frappierend war, stieg nun ebenfalls aus. Ihr Blick wanderte von Klaudia zu dem schlichten Holzkreuz und kehrte dann zu Klaudia zurück. »Sie können die Blumen gerne zu unseren in die Vase stellen«, sagte sie mit einem freundlichen Lächeln. Thorsten Gebhardts Mutter gehörte offensichtlich zu den pragmatischen Menschen, die sämtliche Situationen sofort überblickten und immer auf der Suche nach Lösungen waren.

»Das ist sehr freundlich«, bedankte sich Klaudia. »Aber ich denke, das würde zu voll werden.«

»Wahrscheinlich haben Sie recht. Ich bin übrigens Frau Gebhardt.« Sie streckte Klaudia die Hand entgegen. »Das alles muss schrecklich für Sie gewesen sein.« Sie nickte in Richtung des Gurkenfeldes. Noch immer war die Schneise der Verwüstung zu sehen, die Klaudias Peugeot hinterlassen hatte.

»Ja«, antwortete Klaudia und nahm unwillkürlich die Schultern zurück. Dies war bereits die zweite Frau, die Mitleid mit ihr hatte.

»Ist das Ihr Werk?«, wandte sie sich an Thorsten und zeigte auf das Kreuz.

»War das falsch?«, fragte seine Mutter, bevor er antworten konnte. Sie trat einen Schritt zur Seite, so dass sie zwischen Klaudia und ihrem Sohn stand. »Wir dachten, so sei es schöner.«

»Alles gut.« Klaudia hob beschwichtigend die Arme. »Es ist schön, wirklich.«

»Das Mädchen trifft schließlich keine Schuld«, fuhr Frau Gebhardt fort. »Sie wusste nicht, dass Thorsten ihretwegen im Gefängnis war.« Sie schluckte. Ihre Stimme klang heiser, als sie fragte: »Oder?«

»Nein«, antwortete Klaudia bestimmt. »Sie wusste es nicht. Und als sie es erfuhr, wollte sie …« Sie stockte, weil sie nur spekulieren konnte, was Jenni in dieser Nacht gewollt hatte. Aber egal, was es war, ihr Wiederauftauchen hätte Fragen aufgeworfen. Fragen, die Rena hatte verhindern wollen. Und was hatte sie erreicht? Drei Menschen waren tot, sie selbst saß im Gefängnis und würde dort wahrscheinlich alt werden, wenn ihr nicht ein findiger Verteidiger eine milde Strafe verschaffte. Doch Klaudia bezweifelte, dass das möglich war. Kurt Gunkler würde nie in das Anwesen am Fließ zurückkehren. Er starrte in dem Pflegeheim, in dem er jetzt lebte, die Wand an. Heribert Zink hatte die Scheidung eingereicht und Lübbenau Hals über Kopf verlassen. Die Apotheke stand zum Verkauf. Rena Zink hatte alles verloren, weil sie über Leichen gegangen war. Manchmal war das Leben dann doch gerecht.

»Ich muss weiter.« Klaudia ging zu ihrem Wagen und stieg ein. Sie wartete, bis der SUV auf die Hauptstraße abbog, dann startete sie selbst den Wagen.

und ich frag mich, was ich bin, was ich war,
in der Suppe das Salz oder das Haar ...

Unschlüssig schwebte ihre Hand über dem Schalthebel. Sie konnte heute nicht allein sein. Aber wohin sollte sie? Zu Wibke? Die hatte ihren Freund und litt außerdem immer noch unter ihrer Sommergrippe. Thang? Nein, der steckte mitten in der Familienplanung, und Demel schied von vornherein aus. Der würde es auf jeden Fall in den falschen Hals kriegen, wenn sie einfach so bei ihm auftauchte. Blieb nur noch Uwe. Sie dachte an ihr Gespräch mit Annalene. Uwes Tochter hatte ihr mehr oder weniger zu verstehen gegeben, dass sie die richtige Frau für ihren Vater war. Gott sei Dank sah Uwe das anders. Klaudia ignorierte das leise Bedauern, das in ihr aufstieg. Uwe war eine gute Idee, außerdem hatte er immer Babbenbier im Kühlschrank, und sie schuldete ihm sowieso noch einen Besuch. Schließlich hatte sie Tims Geburtstagsfeier geschwänzt. Wenn auch mit gutem Grund.

Klaudia beugte sich zur Seite und öffnete das Handschuhfach. Dort lag das in buntes Papier mit aufgedruckten Luftballons verpackte Holzauto, das ihr Vater ausgesucht hatte. Es hatte den Unfall, die Zeit bei der KTU und den Ausflug in die Werkstatt unbeschadet überstanden. Es bestand also eine gute Chance, dass Tim eine Weile damit spielen konnte, ohne dass es auseinanderfiel. Klaudia fuhr durch den Kreisverkehr und bog in die schmale Straße ein, in der Uwes Haus lag. Sie parkte den Wagen vor Uwes Garage und stieg aus. Lachen hallte vom Minigolfplatz herüber, Holzkohlenduft lag in der Luft. Klaudia stieg die Stufen zur Eingangstür hoch. War es wirklich schon zwei Jahre her, dass sie hier gewohnt hatte? Sie schaute hinauf zu den Fenstern der Dachgeschosswohnung, in der sie gelebt hatte. Soweit sie wusste, vermietete Uwe sie nicht mehr. Klaudia legte den Finger auf die Klingel, hohl hallte der Westminstergong durchs Haus. Eine Weile passierte gar nichts, und Klaudia wollte sich schon wieder abwenden, als der Türsummer ertönte und die Eingangstür aufsprang.

»Hallo.« Tanja Brumme stand in der Tür. »Das ist aber schön, dass du uns besuchst.«

»Ja«, entgegnete Klaudia und wunderte sich selbst am meisten über den Stich, den ihr dieses Uns versetzte.

... ich schwimme mittendrin in meinem alten Hemd,
gehöre noch dazu und bin schon ziemlich fremd.

EPILOG

Die Ermittlungen waren nun endgültig abgeschlossen, und Klaudia hatte die sich daran anschließende freie Zeit genutzt, um ein verlängertes Wochenende mit ihrer Familie zu verbringen. Diesmal hatte ihr Vater sie sogar erkannt, und das, obwohl auch die Zwillinge mit ihren Familien das Wochenende im elterlichen Haus verbracht hatten. Es war ein schönes Wochenende gewesen, deshalb war Klaudia später als beabsichtigt losgefahren. Entsprechend müde war sie, als ihr Handy sie um sechs Uhr weckte. Der Blick aus dem Fenster trug auch nicht dazu bei, ihre Stimmung zu heben. Regenschwer hing der Himmel über den Fließen, und Klaudia versackte mal wieder in dem montäglichen Zeitloch, das zwischen Dusche und Wasserkocher lauerte.

Eine Entschuldigung murmelnd, glitt sie auf den freien Platz zwischen Thang und Demel. Außer den beiden waren nur noch PH und der Diensthabende der Nachtschicht anwesend. PH saß wie immer neben dem Flipchart und hielt sich an seiner Schäfchentasse fest. Er war morgens zwar immer pünktlich, aber nur selten ausgeschlafen. Erst nach dem zweiten oder dritten Kaffee erreichte er seine Betriebstemperatur.

Klaudia hörte nur mit halbem Ohr zu. Viel war nicht passiert. Nur ein Einbruch in einer Laube, und von einem Betriebshof waren Kupferkabel geklaut worden. Nachdem die Aufgaben verteilt waren, bat PH sie, noch zu bleiben. Klaudia warf einen fragenden Blick zu Petra. Die Reviersekretärin wusste in der Regel eher als PH, was er von seinen Sachbearbeitern wollte. Doch Petra hob nur die Brauen. Sie wusste also nicht Bescheid. Kein gutes Zeichen. Mit Unbehagen erinnerte sich Klaudia an die SMS, die er ihr vor Wochen geschickt hatte. PH war ein Elefant. Er vergaß nichts.

PH wartete, bis die anderen Kollegen den Besprechungs-raum verlassen hatten, dann beugte er sich vor, faltete die Hände auf der Tischplatte und räusperte sich. Alles Anzei-chen für ein offizielles Gespräch. Unwillkürlich faltete Klau-dia ebenfalls die Hände über der Tischplatte.

»Ich hatte ja bereits angekündigt, dass ich gerne mit dir sprechen würde, wenn das alles vorbei ist«, eröffnete PH das Gespräch.

»Ja, stimmt.« Klaudia hörte selbst, wie atemlos ihre Stimme klang, deshalb zwang sie sich, langsamer zu sprechen. Sie hatte es geschafft, dieses drohende Gespräch erfolgreich aus ihrem Bewusstsein zu verbannen. War das nun Alzheimer oder Selbstschutz?

»Ich habe mit Frau Demeter-Anders gesprochen.«

»Spielst du etwa auch Tennis?«

Irritiert zog PH die Augenbrauen zusammen.

»Sehe ich so aus?«, fragte er.

Klaudia dämmerte, dass sie sich selbst in eine Ecke manöv-riert hatte. Nicht einmal Demel, der unangefochtene Fett-näpfchenstratege des Lübbener Polizeireviers hätte das besser hingekriegt. Was, verdammt, war die richtige Antwort auf diese Frage?

Nein, du wirkst zu unsportlich? Oder: Ja, du siehst aus, als würde dir die Sonne aus dem Arsch scheinen. Klaudia be-gnügte sich mit einem Schulterzucken. Auf keinen Fall würde sie ihn fragen, was er mit der Staatsanwältin besprochen hatte. Sie dachte an ihr eigenes Gespräch und die unverhüllte Drohung mit dem polizeiärztlichen Dienst.

»Und sie hat mir zugestimmt«, fuhr PH fort.

Sie dir? Oder du ihr? Klaudias Handflächen wurden feucht.

»Auf keinen Fall«, sagte sie.

»Bitte.«

»Ich werde das nicht tun.«

»Aber es ist eine Chance.«

»Eine Chance, die ich nicht will.« Klaudia sah ihrem Chef fest in die Augen. »Ich bin gut in dem, was ich mache.«

»Natürlich bist du das.« PH griff nach seiner Schäfchen-tasse, die zu ihm gehörte wie sein rechter Arm, blickte hinein und schob sie dann von sich.

»Also was soll das dann?«, fragte Klaudia. »Nur weil Demeter-Anders sich in den Kopf gesetzt hat, dass ich belastet bin, musst du nicht ins gleiche Horn blasen.«

»Ich finde, es ehrt sie, dass sie sich Sorgen macht«, verteidigte PH die Staatsanwältin.

»Ich finde, sie mischt sich in Sachen, die sie nichts angehen, und du kuschst.«

»Nichts liegt mir ferner. Und ...«

»Und warum willst du mich dann zum polizeiärztlichen Dienst schicken?«, unterbrach ihn Klaudia.

»Was?« PH starrte Klaudia an, als sei ihr eine zweite Nase gewachsen. »Wie kommst du denn darauf?«

»Wolltest du das nicht? Ich dachte ...« Klaudia stockte. Wenn sie jetzt noch erzählte, was ihr durch den Kopf gegangen war, konnte sie sich gleich in den Innendienst versetzen lassen.

»Eigentlich nicht«, antwortete PH. »Aber warum hast du das gedacht? Bist du krank?«

»Nein«, widersprach Klaudia heftig. »Mir geht's gut. Außer wenn sich Demeter-Anders meiner annimmt.«

»Willst du mir erzählen, was sie verbrochen hat, dass du so sauer auf sie bist?«

»Sie hat nichts verbrochen.« Es widerstrebte Klaudia, über das Gespräch bei der Staatsanwältin zu sprechen, doch PH ließ nicht locker, und schließlich tat sie es doch.

»Okay«, sagte PH dann gedehnt. »Also«, er hob abwehrend die Hände, »nicht, dass du mir jetzt gleich wieder an die Kehle gehst, aber könnte sie ein bisschen recht haben?«

»Natürlich habe ich mich unendlich mies gefühlt, als ich dachte, ich hätte Jennifer Böseke getötet. Aber das hätte jeder«, fügte Klaudia hinzu. »Und ich war frustriert, weil ihr mich von den Ermittlungen ausgeschlossen habt.«

»Weshalb du wieder einige Alleingänge hingelegt hast«, erklärte PH.

»Die die Ermittlungen vorangetrieben haben«, erinnerte ihn Klaudia. »Und dass die Rechten sich auf mich eingeschossen haben, war nicht mein Fehler.«

»Womit wir zum Punkt unseres Gespräches kämen.«

»Gibt's neue Flugblätter von den besorgten Bürgern? Aber Uwe hat doch …« Klaudia biss sich auf die Unterlippe. Sie sollte Uwe nicht auch noch in die Sache hineinziehen, doch es war zu spät.

»Was hat Uwe?«, fragte PH.

»Fiedler daran erinnert, dass er Bewährungsauflagen hat.«

»Scheint geholfen zu haben.«

»Und was ist dann der Punkt unseres Gespräches?«

»Was bleibt denn übrig?«

»Man beantwortet eine Frage nicht mit einer Gegenfrage«, murrte Klaudia. »Du willst also mit mir über die Ermittlungen reden. Und ja, ich weiß, dass ich nicht allein zu Gunklers Haus hätte fahren sollen. War's das dann?«

»Ehrlich, Klaudia«, seufzte PH. »Du machst es mir nicht leicht.«

»Ich sollte einfach mal die Klappe halten, oder?«

»Es würde helfen.« In PHs Mundwinkeln zuckte ein Grinsen.

»Also?« Klaudia lehnte sich zurück.

»Ich werde bald sechzig«, sagte PH, »und da wird es Zeit, sich Gedanken darüber zu machen, wie es weitergeht.«

»Aha«, entfuhr es Klaudia.

»Und du wärst eine gute Nachfolgerin«, fuhr PH fort.

»Das ist toll, dass du das denkst, aber ...«

»Lass mich ausreden.« PH hielt sich jetzt an seiner Schäfchentasse fest. »Du bringst alle Voraussetzungen mit. Deine Beurteilungen sind hervorragend, nicht nur hier, sondern auch an deiner alten Dienststelle. Du bist engagiert und belastbar. Und du bist weiblich.«

»Ja. Das trifft alles auch auf Demel zu. Ich meine, bis auf das weiblich.«

»Demel macht einen guten Job, keine Frage. Aber er hat keine Führungsqualitäten.«

»Ich auch nicht«, behauptete Klaudia.

»Das sehe ich anders«, widersprach PH. Er lächelte matt. »Denk drüber nach. Mehr verlange ich gar nicht. Denke in Ruhe darüber nach, und vielleicht liest du dir das hier mal durch.« Er schob einen dünnen Schnellhefter über den Tisch.

»Was ist das?« Misstrauisch nahm Klaudia ihn.

»Die Bewerbungsunterlagen für die Fachhochschule.«

»Was soll ich denn da?«

»Nun, du solltest mindestens Kommissar sein, um meine Nachfolge anzutreten.«

»Aber du bist doch auch keiner?«

»Die Zeiten ändern sich, und seien wir ehrlich. Du wirst nicht den Rest deines Lebens auf einer Miniwache im Spreewald verbringen wollen.«

Aber ich bin doch gerade erst angekommen, dachte Klaudia. Ein Melodiefetzen setzte sich in ihrem Ohr fest.

… ich schwimme mittendrin in meinem alten Hemd,
gehöre noch dazu und bin schon ziemlich fremd.

DANKSAGUNG

Wie immer möchte ich an dieser Stelle den Menschen danken, ohne die dieses Buch nicht möglich gewesen wäre.

Ich danke meinem Verleger, Reinhard Rohn, und dem Team von Aufbau Verlag für die wunderbare Zusammenarbeit.

Meinem Agenten, Peter Molden, danke ich dafür, dass er mich in schwerer Zeit unterstützt hat.

Christian Zeidler danke ich für alle Informationen rund um Apotheken und dafür, dass ich in seiner wunderschönen Apotheke Mäuschen spielen durfte, dort fand ich auch die Heizung mit dem Suppenfach.

Doktor Hankel und seiner Frau danke ich für ihre Unterstützung bei der Recherche zum polizeiärztlichen Dienst und den wunderbaren Nachmittag mit Kaffee und Keksen.

Und natürlich danke ich wie immer meinem Lieblingsspreewälder, Marko Schröter, den ich jederzeit anrufen und löchern kann. Und zuletzt danke ich meiner Familie, die mich beim Schreiben mit Essen und Getränken und manchmal auch mit Ideen versorgt hat.

Katharina Peters
Abgrund
Thriller
352 Seiten. Broschur
ISBN 978-3-7466-3561-3
Auch als E-Book erhältlich

Die Kriminalpsychologin und ihr schwerster Fall

Hannah Jakob, Kriminalpsychologin beim BKA, muss einen Fall übernehmen, der sie persönlich angreift. Einer ihrer Freunde, ein Experte für rechte Gewalt, wird des Mordes verdächtigt. Sie ahnt, dass man ihm eine Falle gestellt hat. Aber wo ist das Motiv? Bald stellt sich heraus, dass es weitere ungeklärte Todesfälle gibt und dass sie alle mit einem Verein zu tun haben, der sich um vernachlässigte Kinder kümmert. Hannah schafft es, Malenka zu finden, ein Mädchen, das von dem Verein gefördert wurde. Doch was ist sie – Zeugin oder Mörderin?

Der neue Bestseller von Katharina Peters, der Autorin von »Fischermord« und »Todesklippe«

Regelmäßige Informationen erhalten Sie über unseren Newsletter. Jetzt anmelden unter: www.aufbau-verlag.de/newsletter

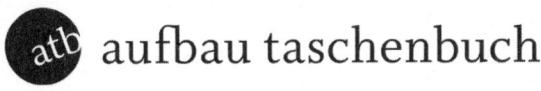

aufbau taschenbuch

Kimberly Belle
Solange du noch lebst
Thriller
Aus dem Amerikanischen
von Kathrin Bielfeldt
368 Seiten. Broschur
ISBN 978-3-7466-3618-4
Auch als E-Book erhältlich

Ein Kind wird vermisst

Der Albtraum einer Mutter: Am frühen Morgen steht die Polizei bei
Kat vor der Tür. Ihr achtjähriger Sohn Ethan, den sie am Tag zuvor ins
Feriencamp gebracht hat, ist verschwunden. Kat macht sich sofort ins
Ferienlager auf. Mitten in der Nacht, als ein Brand ausbrach, ist ihr
Sohn offenbar entführt worden. Doch aus welchem Grund? Sofort
verdächtigt Kat ihren Exmann – aber dann ergibt sich eine andere Spur.
Könnte eine Verwechselung vorliegen? Kat weiß nur eines: Ihr Sohn
schwebt in höchster Gefahr.

»Ein packender Roman – Kimberly Belle schafft es brillant, Spannung
zu erzeugen. Die Leser werden es mögen, zwei sehr unterschiedliche
starke Frauen kennenzulernen.« PUBLISHERS WEEKLY

**Regelmäßige Informationen erhalten Sie über unseren Newsletter. Jetzt anmelden
unter: www.aufbau-verlag.de/newsletter**

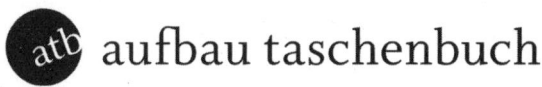

atb aufbau taschenbuch

Cara Hunter
In the Dark
Kriminalroman
Aus dem Englischen
von Teja Schwaner und Iris Hansen
412 Seiten. Broschur
ISBN 978-3-7466-3503-3
Auch als E-Book erhältlich

Keiner weiß, wer sie sind

Bei Renovierungsarbeiten finden Handwerker in einem Kellerraum
eine junge Frau und einen zweijährigen Jungen, kaum noch am Leben.
Niemand hat sie als vermisst gemeldet, und der ältere Mann, dem das
Haus gehört, behauptet, die beiden nie zuvor gesehen zu haben.
DI Adam Fawley übernimmt die Ermittlungen und stößt auf den Fall
einer jungen Frau, die vor zwei Jahren mit ihrem Sohn verschwunden
ist. Das Kind wurde schließlich in einem Kinderwagen gefunden, doch
von der Mutter fehlt seither jede Spur. Gibt es einen Zusammenhang
zwischen den beiden Frauen?

»Twist folgt auf Twist, und das in einem atemberaubenden Tempo.«
DAILY MAIL

**Regelmäßige Informationen erhalten Sie über unseren Newsletter. Jetzt anmelden
unter: www.aufbau-verlag.de/newsletter**

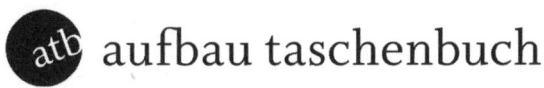

aufbau taschenbuch